创新争先

——宁夏优秀科技工作者纪实

宁夏回族自治区科学技术协会 编

黄河出版传媒集团
阳光出版社

图书在版编目（CIP）数据

创新争先：宁夏优秀科技工作者纪实 / 宁夏回族自治区科学技术协会编. -- 银川：阳光出版社，2022.10
ISBN 978-7-5525-6579-9

Ⅰ.①创… Ⅱ.①宁… Ⅲ.①纪实文学－作品集－中国－当代 Ⅳ.①I25

中国版本图书馆CIP数据核字(2022)第204897号

创新争先——宁夏优秀科技工作者纪实
宁夏回族自治区科学技术协会　编

责任编辑　申　佳
封面设计　马　冬
责任印制　岳建宁

黄河出版传媒集团　阳光出版社　出版发行

出 版 人	薛文斌
地　　址	宁夏银川市北京东路139号出版大厦（750001）
网　　址	http://www.ygchbs.com
网上书店	http://shop129132959.taobao.com
电子信箱	yangguangchubanshe@163.com
邮购电话	0951-5047283
经　　销	全国新华书店
印刷装订	宁夏凤鸣彩印广告有限公司
印刷委托书号	（宁）0024679

开　　本	787 mm × 1092 mm　1/16
印　　张	17.5
字　　数	230千字
版　　次	2022年10月第1版
印　　次	2022年10月第1次印刷
书　　号	ISBN 978-7-5525-6579-9
定　　价	68.00元

版权所有　翻印必究

前言
PREFACE

习近平总书记在党的二十大报告中指出:"培养造就大批德才兼备的高素质人才,是国家和民族长远发展大计。"五年来,宁夏科协深入学习贯彻习近平总书记关于人才工作的重要论述和重要指示批示精神,始终坚持科技是第一生产力、人才是第一资源、创新是第一动力,主动肩负起把各方面优秀科技人才集聚到党和人民事业中来的时代重任。通过强化政治引领、加大人才培养、涵养创新文化、优化人才成长环境等措施,持续做好宁夏各类人才举荐、培养和选树激励以及宣传等工作,团结引领新宁夏广大科技工作者自立自强、创新争先,为建设社会主义现代化美丽新宁夏积极贡献科技力量。

五年来,宁夏广大科技工作者坚定不移听党话、跟党走,坚持"四个面向",矢志不渝默默耕耘在基础研究、技术研发、前沿探索、成果转化、科学普及等工作一线,为宁夏科研攻关实现重大突破、脱贫攻坚夺取全面胜利、疫情防控取得重大战果做出突出贡献。一批批科技创新团队和优秀科技工作者脱颖而出,为宁夏广大科技工作者树立了标杆。推荐吴忠仪表有限责任公司董事长、宁夏回族自治区科协副主席马玉山同志,使其成功当选中国工程院院士,实现宁夏院士评选工作的历史性突破。中卫市柔远镇农技站站长、镇科协副主席梁玉斌获得全国创新争先奖,成为宁夏获此奖项第一人。

在宁夏科协第九次代表大会召开之际,特将中国工程院何季麟、马玉山院士,宁夏全国创新争先奖、全国科协系统优秀"三长"获得者,全国优秀科技志愿者先进典型，以及宁夏创新争先奖获得者的先进事迹编纂成册。他们都是来自宁夏科研生产一线的优秀科技工作者，有的积极促进科技、经济融合，用科学技术服务民生；有的坚持走自主创新之路，将核心技术牢牢掌握在自己手里；有的以青春之志扎根基层，长期坚守在脱贫攻坚和乡村振兴主阵地；有的奋战在抗击新冠肺炎疫情第一线，舍生忘死筑起阻击病毒的钢铁长城……他们的事迹感人至深，他们在科技创新和科学普及实践中创造的宝贵精神财富，值得宁夏广大科技工作者学习传承。

本书坚持以习近平新时代中国特色社会主义思想为指导，旨在团结引领广大科技工作者深入学习贯彻党的二十大精神，大力弘扬"爱国、创新、求实、奉献、协同、育人"的科学家精神，生动展现宁夏科技工作者自立自强、创新争先的精神风貌，力争讲好宁夏科技工作者牢记领袖嘱托、担当时代使命的"好故事"，积极营造尊重劳动、尊重知识、尊重人才、尊重创造的浓厚氛围，激励引领宁夏广大科技工作者坚定创新自信、勇攀科技高峰，奋力谱写全面建设社会主义现代化美丽新宁夏的崭新篇章。

本书在编辑出版过程中，得到有关单位的大力支持，在此深表感谢。疏漏之处，敬请批评指正。

目录

何季麟：宁夏首位工程院院士的钽途 …………………………… 01
马玉山：世间多良法　独爱创新经 …………………………… 07
梁玉斌：兢兢业业做好农民的孩子 …………………………… 13
杨正军：扎根基层也能天广地阔 …………………………… 19
白　静：陶乐镇农情农事的活地图 …………………………… 25
孙　涛：赤脚医生的蝶变 …………………………… 31
田军仓：最幸福的是科研成果落地 …………………………… 37
曹有龙：为了枸杞红遍大江南北 …………………………… 43
鲁　玮：牵引中国高铁三刷世界纪录 …………………………… 49
翟　文：让矿山实现科技范儿 …………………………… 55
王小宁：小企业勇做大国枕梁 …………………………… 61
王振海：在神经系统疾病领域前进了一小步 …………………………… 67
刘　轶：我和铸造3D打印的十年 …………………………… 73
刘庆华：做一名技术人员最满足 …………………………… 79
刘志远：善于解决技术难题的创新达人 …………………………… 85
孙兆军：为生病的大地找到丰收的希望 …………………………… 91
李永华：不安分的育苗路 …………………………… 97
张　蓉：追随虫、草的三十五年 …………………………… 103
张军翔：耕土耕人　酿酒酿心 …………………………… 109
张秀霞：写下有勇有韧的创新故事 …………………………… 115

郑亚莉：用爱为患者护航…………………………………………… 121
胡　蓉：生殖医学是我毕生的事业………………………………… 127
袁　炜：在宁东，我能发挥更大价值………………………………… 133
夏鹤春：毕生救死扶伤　只为八字誓言……………………………… 139
蔡进军：二十一年只干了一件事……………………………………… 145
杨晓军：在病人的生命边缘拉一把…………………………………… 151
赵　巍：甘坐基础科学研究冷板凳…………………………………… 157
姚　敏：从卖炭翁到卖油翁…………………………………………… 163
彭　凡：为铸造业转型升级贡献共享力量…………………………… 169
程炳文：小杂粮做出大文章…………………………………………… 175
刘　炜：心怀种子梦　愿做育种人…………………………………… 181
刘　诤：与中国志愿医生行动一路走来……………………………… 187
李秀广：甘当电力塔上的螺丝钉……………………………………… 193
李海波：通过科研抵达广阔天地……………………………………… 199
冷晓红：这位老师是个多面手………………………………………… 205
张　锋：从授人以鱼到授人以渔……………………………………… 211
陈彦云：一位大学教授的扶贫情结…………………………………… 217
陈解放：寒来暑往三十载　此生无悔兽医人………………………… 223
金政伟：我为第二故乡绘蓝图………………………………………… 229
屈文慧：医路向前　唯爱有光………………………………………… 235
姜怡邓：深耕基础医学　十年磨成一剑……………………………… 241
曹云娥：所有热情献给那片沃土……………………………………… 247
韩凤兰：用科技力量变废为宝………………………………………… 253
遇　旻：在校园里播下科技的种子…………………………………… 259
魏亦勤：人勤了，庄稼才不会懒……………………………………… 265

何季麟
HE JI LIN

  出生于1945年9月，中共党员，中国工程院院士，长期从事稀有金属钽、铌、铍冶炼与加工技术研究。宁夏回族自治区科学技术协会名誉主席。率先研究出固液、液液、汽液、DP、外加料5种适应不同产品的钽粉生产工艺，在掺杂、降氧、钝化、造粒及电池保护等技术方面有重大创新。主持并指导多项新产品研究开发和国家重大技术改造项目，多次获得国家和省部级奖励。其中"彩电配套用钽粉"火炬计划项目获1998年国家火炬计划奖一等奖，"KTO金属包埋切片微米、纳米表征法""平板显示用高性能ITO靶材关键技术及工程化"获国家技术发明二等奖，"超小型化钽电解电容器用关键材料生产技术与应用"获国家科学技术进步二等奖等。获授权专利9项，发表论文40多篇。2021年6月被评为全国优秀共产党员。

何季麟：
宁夏首位工程院院士的钽途

很少有人知道，远在西北内陆的宁夏有着世界领先的钽金属技术。而这一局面的取得，离不开中国工程院院士何季麟的贡献。

何季麟是宁夏第一个工程院院士。

几十年来，他为我国钽铌由小到大、由军到民、由内到外的发展做出了重要贡献，带动我国钽铌行业和电子工业发展，中国钽铌工业技术水平实现了从跟跑到并行甚至部分领跑的转变。

贺兰山下抛洒青春

1965年，从事稀有金属材料研究、开发、生产与科研紧密结合的科技型企业905厂，诞生在寸草不长、荒无人烟的贺兰山下。

那一年，我国进行产业化和工业布局调整，国家选择了一批用量不大，但涉及国防军工需求且战略地位重要的金属材料研究单位进行整体搬迁。原北京有色金属研究院的200多名科技人员和技术工人，响应"三线"建设需要，背井离乡，来到满目荒凉的贺兰山脚下。

尽管当时宁夏无资源、无市场，仅有几栋冶金部的选煤厂房，但考察组还是将中国钽铌铍产业的终身锁定在此。

1965—1970年，一批来自北京大学、清华大学、北京钢铁学院、中南矿业学院等名牌高校的热血青年，怀着报效祖国的满腔热血，带着荣誉感和使命感，义无反顾地来到贺兰山下这片戈壁荒滩。

1970年，25岁的何季麟从北京钢铁学院毕业，怀着赤子情怀，主动申请来到宁夏，开启了稀有金属技术创新和产品研发的漫长征程。

回忆起最初来到宁夏的那段往事，何季麟浅笑之下难掩辛酸与无奈。

无奈是因为石嘴山市不但没有公司生产所需的钽、铌、铍3种稀有金属资源，而且工作环境极其恶劣，漠风劲吹、沙飞石走，晚上睡觉都得戴口罩。"有条件要上，没条件创造条件也要上。设备再简陋，条件再艰苦，也阻挡不了工人们奉献青春才智的爱国之心。"何季麟如是说。

眼看厂子的发展稍有起色，谁承想，随着"军转民"战略的实施，中色东方的军工任务量急剧下降。

"1981年，我们仅拿到250克钽粉的订单。你知道这是什么概念吗？半斤钽粉，要养活全厂1000多人。我们一下从荣誉的顶峰跌入谷底，300多名技术人员流失，大批干部申请调离。那几年，我们一直在倒闭的边缘艰难生存。"

38岁那年，何季麟临危受命，成为宁夏有色金属冶炼厂主管科研和技术工作的副厂长。

临危受命攻克难关

经过认真分析，何季麟认为，钽铌产品的国内市场十分有限，要想在市场经济条件下重铸辉煌，只有开拓国际市场，发展外向型经济。然而，当时国内的生产技术水平和国际的差距非常大。很快，他们受到了国际市场最严厉的打击。

何季麟回忆，中国有色工业总公司领导带着技术人员去美国考察访问，

一家公司为了防止中色东方学习技术，竟然在生产线外30米处画了一道警戒线。不仅如此，一些外国客商在商务交谈时拒绝看中色东方的产品，更有甚者，不屑接他们递过去的名片。当时美国钽制品三大巨头公司在听完中色东方提出的技术引进要求后，只是淡淡地说了句："我们绝不会在世界的东方培植一个竞争对手！"

对方的傲慢让何季麟深刻认识到，必须攻克技术难关，拿出中国人自己的产品，才能在国际上扬眉吐气。

"外援这条路走不通，逼得我们只能自主创新。"于是，何季麟带着课题组一头钻进简陋的实验室，同时展开超高比容钽粉、钽铌湿法冶炼、钽电容器阳极引线用钽丝3个国家级重点技术改造项目的研发。

从拟定项目建议书、进行可行性研究、聘请专家论证、申报立项、工程设计、考察设备、安装，到竣工验收、投料试车，何季麟事必躬亲，甚至许多报告都是他提笔撰写的。

不知道熬了多少个不眠之夜，历时大半年，他们终于成功研制出 17000~23000 $\mu fv/g$ 高比容钽粉，并一次性通过国外客户检验，当年出口额达1万磅，实现了中国钽粉出口零的突破。

技术人员也紧随其后，研制出先进的钽丝生产连续拉拔工艺，质量达到世界先进水平，填补了我国钽丝零出口的空白。企业销售额连续以45%以上的速度增长，经济总量以每两年翻一番的速度开足了发展的马达，但国际市场对中色东方依然陌生。

何季麟说："他们连样品都不愿接受，更不要说评价检测，最不能忍受的是他们对中国人的歧视。"1992年8月，何季麟到世界第一大钽电容器制造商美国美基公司推销产品，对方根本不相信中国，不相信一个不知名的小厂能够生产出这种高科技产品。他从容地站在讲台上，接受这家公司工程技术人员与采购人员对技术原理、生产工艺、产品性能、检测条件、装备水平、原料供给等细节的考察。最终，中色东方以专有的技术、优良的品质和敬业的精神征服了对方。

2009年，中色东方成为国内最大的钽、铌、铍稀有金属科研生产厂家，世界钽行业三强企业和全国唯一的铍材研究及加工基地。钽丝综合质量水平和市场占有量均居世界第一，占市场份额的60%；钽粉占30%，居世界第二。钽铌制品、钽电容器、氟化铝、刃料级碳化硅微粉、电子浆料等20多种产品也逐步走出国门。

此外，中色东方研制的商品级钽粉达到15万超高比容，研究水平达到25万超高比容的世界顶尖水平；研制的细径钽丝直径由原来的0.4毫米缩小到比头发丝还细的0.06毫米，达到国际最高水平。

激情仍在矢志不渝

进入21世纪，何季麟研发团队的工作更加有成效。

他们先后建立了11条钽、铌、铍新产品生产线，11项应用于产业化发展的科研成果获国家级和省部级科技进步奖；成功建成亚洲最大、装备水平最高的钽铌湿法生产线；钽铌精炼及合金的制备水平达到国际领先水平；引进先进的铝热还原法，将钽铌产品的生产技术水平与国际先进水平的差距缩短了20年。

2001年12月12日，何季麟当选中国工程院院士，成为宁夏首位中国工程院院士。

谈及当选院士的感受，他说："我一毕业就在工厂，我所做的事就是通过大量的科研工作，取得科研成果并组织转化为生产力，实现中国钽铌工业工程化的创新发展，为我国钽铌民族工业在世界赢得地位。能获得中国学术界最高级别的荣誉，是对我个人的鞭策，也是对企业的褒奖。"

在这样的鞭策下，2006年已离开领导岗位的何季麟仍以旺盛的热情，积极推进地方相关产业领域的科技创新。

他带病南下北上，走访铍产业相关企业，把脉中国铍工业发展，完成了"战略金属铍材料在我国的可持续发展"项目，指导中色（宁夏）东方集团有限公司尖端项目研发工作，实现了极大规模集成电路芯片材料的国产化。

2014年，联合北方民族大学材料科学与工程学院，何季麟发起成立了宁夏材料研究学会并担任理事长。宁夏材料研究学会依托北方民族大学的智力优势，针对宁夏材料产业和企业发展需求，在人才培养、科学研究、学科建设、社会服务等方面竭尽全力，开展了大量卓有成效的工作。

2020年，何季麟将宁夏回族自治区首届科技功勋奖的50万元奖金全部捐献出来，用于企业的研发工作。

近几年，他每年有1/3以上的时间参加中国工程院会议、有色金属行业科技咨询会和各类学术活动。他紧密结合宁夏新材料、新能源领域的科技创新进步与人才培养，积极牵线搭桥，出谋划策。

2021年，何季麟获得建党100周年"全国优秀共产党员"称号。他说出了这样的感言："我一辈子与科学技术结缘，几十年与冶金专业、材料制备技术相伴，虽已步入晚年，还应该矢志不渝、不忘初心、牢记使命。"

这也是对他一生科研事业最好的诠释。

马玉山
MA YU SHAN

出生于1968年12月，博士，高级工程师，吴忠仪表有限责任公司党委书记、董事长，第十三届全国人民代表大会代表，宁夏回族自治区科学技术协会副主席。多年来从事工业自动化仪表方面的技术研究工作，在石油化工、冶金、电站等重大装备国产化方面做出突出贡献，解决了乙烯催化裂化、煤化工气化炉，以及黑水、灰水等装置关键阀门的技术难题。

主持研发国家发改委、国家级重点火炬计划等项目，获"何梁何利基金科学与技术创新奖"、国家科技进步二等奖、省部级科技进步一等奖及中国石油和化工自动化仪表行业协会科技进步一等奖等荣誉。拥有发明专利38项（均排第一），出版专著3部，发表论文30篇。被评为全国优秀科技工作者、全国青年创新创效能手、国家"万人计划"科技创新领军人才、国家杰出专业技术人才。2015年入选国家百千万人才工程，享受国务院特殊津贴。2020年被评为全国劳动模范。2021年当选中国工程院院士。

马玉山：
世间多良法　独爱创新经

2021年11月18日，一个人的名字在宁夏人的朋友圈刷屏——吴忠仪表有限责任公司党委书记、董事长马玉山。他成功当选中国工程院院士。

他是宁夏第二位两院院士，也是宁夏首位民营企业家院士。一时间，他和他的企业一样，都成了特别的存在。

在宁夏，提起"吴忠仪表"4个字，几乎妇孺皆知。诞生60多年，它经历过起死回生，经历过爬坡过坎，也经历过屡获殊荣。最终，这家老牌企业焕发出强大的生命力，成为我国控制阀领域的龙头企业。

很多人都问马玉山，老企业焕发新活力，"独门秘籍"是什么。马玉山的答案只有两个字——创新。

"有一句话是创新是企业发展的不竭动力，我觉得充分诠释了吴忠仪表这些年从低谷走出来，又发展起来的历程。正是始终坚持技术创新，我们才能从根本上提升竞争力，实现快速发展。"马玉山如是说。

认准创新发展第一动力

在2020年度宁夏科技进步奖评选中，吴忠仪表的项目"天然气调压系统关键控制阀"荣获一等奖。2021年11月25日，宁夏回族自治区科学技术奖励大会在银川召开,马玉山作为获奖代表发言,向大家讲述了获奖背后的故事。

"2006年,我们进行这个项目的时候,说白了就是依葫芦画瓢,仿制国外产品。"马玉山坦言。

由于没有掌握核心技术,他们的实验无法通过。后来吴忠仪表下决心自主创新,专门组建了项目科研攻关团队,从基础理论研究入手,研发核心设计技术,开展工艺攻关。

科研人员都深知科研的苦。每一项科研成果的背后,都有他们难以想象的艰辛付出。

2012年冬天,项目进入工业化应用测试阶段。在内蒙古乌兰察布-40摄氏度的极寒天气,马玉山带领科研团队克服管路冰堵、橡胶件硬化影响控制精度等实际困难,在冰天雪地里调试、测试、验证,最终顺利完成各项测试工作。

他们实现了低流阻精准调节与平稳运行,解决了快速关闭时高强度冲击下的可靠密封难题,确保安全切断。经中国机械联合会科技成果鉴定,产品技术达到国际领先水平,在武汉黄陂站、杭州萧山站等西气东输管线上大批量应用。

在马玉山看来,好的科研成果,只有转化成产品,才能实现它的价值。

2019年,吴忠仪表设计制造的超大口径调压装置关键控制阀成功应用在"世纪工程"中俄东线输气管线上,解决了极端工况可控可调、安全密封、超压快速切断等难题,打破了天然气调压系统关键控制阀长期被国外垄断的局面,保障了我国能源安全战略。

这是吴忠仪表发展史上的高光时刻之一，马玉山由此更加认准创新发展这个第一动力。

加快新旧动能转换，从生产型制造向服务型制造转变，从低附加值向高附加值升级，吴忠仪表从此迈入快车道。

近年来，企业共承担"海洋油气工程用水下控制阀研发""超大口径调压装置关键用阀研制"等国家级及省部级科研项目21项，制定国家标准15项，取得了300多项专利，在保持行业龙头地位的同时，也推动了行业技术进步。

吴忠仪表的逆袭之路

用一帆风顺形容吴忠仪表的发展史，其实是不恰当的。

1991年，马玉山从吉林大学毕业后被分配到吴忠仪表工作。从初出茅庐的大学生，到技术骨干、技术总工，再到如今的董事长，他见证了吴忠仪表怎样栉风沐雨，一路走来。

企业始建于1959年，1964年从上海迁至宁夏。20世纪六七十年代，吴忠仪表先后在国内率先研制生产出液压快速切断阀、大口径球阀、直通单双座调节阀等，产品曾一度占国内市场份额的20%，供不应求。1997年，率先获得国家机械工业部和国际质量标准认证。

"当时企业氛围特别好，攻克技术难题成了大家快速成长的阶梯。我40岁前，每天都在办公室熬夜学习，在车间与工人加班，即便是大年三十。"马玉山回忆。

他很快成为技术骨干，独立承担科研项目。然而好景不长，吴忠仪表在市场调研不足的情况下涉足医疗器械、水电器表等项目，盲目投资导致每年亏损几千万元。

几经市场沉浮，曾经辉煌的吴忠仪表面临倒闭，陆陆续续走了200多名工人。2002年之后，企业连职工的工资都发不出来，技术人员大量流失。到了2006年，剩下不到10名技术人员、3名信息化人员。

"经历过这些，才更加坚信创新是企业发展的唯一出路。"马玉山由衷地感慨。

马玉山出身农村，生活的艰辛锻造了他坚韧的品性。还在灵武一中念高中时，他就经常利用周末和寒暑假时间，带着弟弟上山挖甘草贴补家用。他常说，再艰难的日子都挺过来了，这世上就没有干不成的事、过不去的坎。

2009年，吴忠仪表转为民营，在马玉山等的带领下开始大刀阔斧的体制、机制改革，重新回到专注实体产业创新发展的道路，重心放在高端控制阀制造上。

也是在这一年，宁夏科技厅依托吴忠仪表组建了宁夏重大装备关键调节阀研发科技创新团队，马玉山担任带头人。团队以工业自动化仪表相关技术为攻关方向，主要开发调节阀、球阀、蝶阀、特种阀等各类新产品。

近年来，科技厅不断强化科技资源统筹，推动人才、平台、项目、资金一体化配置，助力团队实现多项重大技术突破。

奋勇担当制造强国使命

2016年，公司搬迁至吴忠仪表产业园。新厂区总投资30亿元，具备年产30万台控制阀的制造能力。

如今的吴忠仪表，产品品种覆盖率为85%，市场占有率达30%，服务于化工、冶金、电站、油气储运、轻工、船舶、水系统等众多流程工业的自动控制，是国家发展改革委振兴装备制造业的骨干企业。

企业以"中国制造2025"为导向，以工业4.0为目标，目前已全面实现智能制造，被工信部评为智能制造试点示范企业，在西部地区率先闯出一条传统产业转型升级的新路子。

行远不忘来时路。再回首，马玉山对"创新"二字有太多感悟，也让这一精神深入骨髓。他不遗余力地参加各种活动，要将这种理念传播出去。

"宁夏不缺老板，但缺企业家，缺科技带头人。"1月6日，宁夏回族自治区政府启动2022年全区企业家创新精神培育行动，目的是进一步提高企业家创新意识、增强企业创新动力、激发企业创新活力。马玉山围绕"科技创新支撑引领企业高质量发展"作发言时，直言不讳。

"创新不但使企业的产品附加值提高，而且可以使企业的成本降低、质量提升、效率提高，最终实现很好的经营效果。"2月15日，宁夏科技厅举办"对话科创家"科技企业创新沙龙活动，马玉山的话掷地有声。

要创新，必须有人，他深知"山高人为峰"。

这些年，吴忠仪表通过创新平台的建立和人才创新工程的实施，从3个层次打造人才金字塔，形成支撑企业发展内生动力的科技人才队伍。通过自主创新，企业实现关键核心技术国产化，深海1500米控制阀达到国际领先水平，压缩机防喘振阀打破国外垄断，大压差低噪音调节阀进入军工和核电领域。

要创新，必须合作，他深知"独木不成林"。

公司加强与国内外高等院校、科研机构和企业的合作，在美国洛杉矶成立研发中心，重点攻关百万级超临界发电机组和高压油气田关键控制阀；与清华大学合作开发天然气储运关键控制阀；与中海油研究总院共同开发水下控制阀，并成功完成深海测试；与中石油合作开发输油输气管线控制阀；与神华宁煤共同开发煤化工特殊阀，全部实现国产化。

"现在是国家装备制造业发展的黄金时期，我们要不忘初心，担当制造强国的使命。"未来，马玉山将继续加强吴忠仪表的科技创新能力，迎接新挑战，开创新局面，为建设美丽新宁夏贡献更大力量。

梁玉斌
LIANG YU BIN

出生于1967年12月，现任农业科技服务中心主任。1989年7月参加工作以来，先后在中卫市沙坡头区宣和镇、柔远镇从事乡镇农技推广工作。2013年10月被宁夏回族自治区人力资源和社会保障厅评为高级农艺师。近年来，在媒体发表农业稿件40多篇，在各类科技期刊发表学术论文20多篇。与人合著《设施果树优质高效综合配套栽培技术研究应用》获宁夏回族自治区科技进步三等奖。

多年来，参加宁夏及中卫市科技攻关项目2项，获自治区科技进步一等奖1项、三等奖1项；被中卫市委、政府评选为先进个人1次；获中卫市科普工作先进个人6次，中卫市农技推广中心先进个人3次；被中卫市科技局评为优秀科技特派员；被中卫市总工会评为先进工作者1次；被自治区党委组织部、科技厅、人事厅、财政厅、扶贫办五厅（局）评为"全区三区人才"；所带领的柔远镇农技站多次被中卫市科协评为"科普工作先进集体"，被自治区农牧厅评为"五好乡镇农技站"，2017年7月被全国农业技术推广服务中心评为全国五星乡镇农技推广机构。

梁玉斌：
兢兢业业做好农民的孩子

虽然工作的地方很不起眼，但在宁夏科技界，梁玉斌是位名人。2020年5月，他荣获第二届全国创新争先奖，成为宁夏首个获此殊荣的科技工作者。

"作为农民的孩子，就是要把农业新科技、新品种、新技术，推广到田间地头，为农民增收、农业增效、农村繁荣做出自己的贡献。"手捧沉甸甸的奖状，梁玉斌向年轻同事说出这样一番话。

他是这样说的，也是这样做的。

参加工作32年来，梁玉斌一直扎根基层，从事乡镇农技推广工作。他用朴实无华的语言、实干担当的精神，成为柔远镇6700户村民心中致富的金钥匙。

让老乡吃饱肚子过好日子

1987年，从农村走出来的梁玉斌考入原宁夏农业学校。他立志要让乡亲们吃饱肚子、过上好日子。毕业后，他如愿回到家乡，成为一名农业技术员。

某天，高营村种植户吕建国遇到"用工难"。他家的蔬菜大棚喜获丰收，可自己和老伴怎么也忙不过来。情急之下，他想起了梁玉斌。

电话很快就接通了，半小时后，梁玉斌已联系好工人。闲聊中梁玉斌发现，如果可以从根本上解决这一问题，就不用年年找帮工。

"要不要试试种大菇？投入少，用工量也少。"

想到自己不懂技术，更不敢冒险，吕建国默不作声。

看出了吕建国的难处，梁玉斌带他到固原市彭阳县城阳乡长城塬村的食用菌产业示范园考察。

"当年即可收回投资并获利，来年投入产出可达1∶4以上……"亲眼看到这些甜头后，吕建国下决心改种大菇。短短一年时间，不仅收回了成本，收入还翻了一番。

像这样的例子还有很多。有了梁玉斌的金点子，村民们的收入一年比一年好。

不少农户摘掉贫困帽，在梁玉斌看来，这只是全面小康的第一步，持续致富才是关键。

2008年8月，梁玉斌被调整到柔远镇农技站担任农技站站长。他先后争取各类惠农项目资金2500多万元，对全镇2500座日光温室前后屋面进行全面改造升级。

为日光温室配套安装卷帘机、保温被1800多座，增强了日光温室的坚固性和保温性。仅此一项，就使柔远镇降低劳动力成本375万元，棚均增收1500元。

硬件好了，软件也不能差。

梁玉斌积极引进新技术、新品种进行试验、示范，普及推广优良品种和成熟农业实用技术，促进"三高一优"农业发展。他同泰金种业、天瑞种业等10多家育苗公司合作，引进新品种40多个。

"老梁几十年来一直服务基层农技工作，帮助农民解决生产中的困难和问题。特别是在设施农业发展等本地优质特色产业方面积极探索研究，对促进产业结构不断调整优化、帮助农民群众增收致富起到了重要作用。"说起梁玉斌，曾经的同事交口称赞。

在田间地头支起教学台

如今,吕建国已经是乡邻们公认的种植能手。

提起这段故事,他总是说:"啥能手呀,这几年梁主任为我们跑前跑后,联系了各种培训,我一次不落都参加了,要是按照以前的老方法种,肯定没这么好的收益。"

种植技术落后、病虫害防治能力弱、种植观念守旧……梁玉斌知道农民的心结和困难,为了积极开展新品种应用、新技术推广,他尝试在田间地头支起教学台。

一方面,他决定每年送 10~20 名大棚种植人员到陕西杨凌参加国家级示范基地培训。另一方面,邀请宁夏区内外知名专家到柔远镇为农民进行实地培训。

通过"请进来、走出去",梁玉斌依托百万农民培训工程、阳光工程、农广校、党员冬训等各种渠道,举办各类培训班 16 期,累计培训 1.8 万人。

在柔远镇务了大半辈子农的赵旭刚说:"梁主任讲课不枯燥,有图有文,有理论有实际,直观形象,人喜欢听。"

"农业科技培训一定要力图创新,同时要注重实效实用,才能收到良好的效果。"这是梁玉斌经常挂在嘴边的一句话。

为了引导农户积极参加培训,他还借助"全国科技工作者日""全国科技活动周""全国科普日"等契机,组织开展科普进集市、进社区、进校园等 30 多场科普活动。

近年来，梁玉斌指导全镇流转 9000 亩土地，建设占地 1.2 万亩的永久性蔬菜基地，创建 3 个农业部标准化园区。此外，他还积极抢抓中卫市大力发展特色产业的机遇，建成以水产品养殖为主，集水禽养殖、莲藕种植等新品种示范为一体的生态高效渔业示范区，每年在沿黄河 5 村示范推广稻田养蟹 1000 亩以上。

梁玉斌有个愿望。他希望通过自己的努力，村民们能改变传统种植模式，增强科技创新意识，借助科学的种植方法与管理技术，走上高品质、高效益的发展之路。

微信名就叫"科技兴农"

"最近大家普遍反映玉米田杂草较多，可以通过物理、化学等措施除草，具体方法如下……"这是梁玉斌某天 22 点 36 分发的微信朋友圈。他的微信名就叫"科技兴农"。

他经常说，土地就像人的身体，需要营养均衡。过去农民撒肥凭感觉、靠经验，导致土地营养失调。

梁玉斌所做的，除了手把手教农民选育良种、规范种植、科学管理，还组建了一支科技志愿者队伍。目前，他在柔远镇建立了 13 个科技志愿服务队伍，吸引 100 多名基层一线科技工作者参加。

为了让志愿者率先掌握实用技术，他设计了蔬菜基础理论、植物生理、土壤肥料、蔬菜栽培、绿色防控等一系列课程，希望能为更多的蔬菜园区、科技大棚农户提供上门服务。

2020 年，新冠肺炎疫情暴发。心里惦记农民的梁玉斌带领 3 名农技干部，深入一线，入户摸排宣传，进到高营村入户登记 800 多户，完成所包村疫情基础摸排工作。

柔远镇是中卫市沙坡头区蔬菜大镇，年产各类蔬菜5.6万吨。为了有效解决蔬菜滞销问题，不让这里的蔬菜积压，梁玉斌多方联系交通、农业等部门，为全镇12家蔬菜流通户办理了绿色通行证。

除此之外，他还动员蔬菜种植大户为隔离户捐赠辣椒、茭瓜、西红柿等各类蔬菜3350多千克；积极组织，驰援武汉甘蓝、辣椒、茄子等各类蔬菜50吨；多方联系上级农牧部门，从广西、云南、山东、海南4省协调80多名嫁接工，从沙坡头区协调各类务工人员400多人，投身育苗工作，解决了8家育苗企业的"用工荒"问题。

大家都说，在这次抗疫战斗中，梁玉斌充分发挥了作为一名农技人吃苦在前、享乐在后的"三农精神"。

"梁主任就是我们农民的娘家人。不管是种植技术问题，还是农补政策，我们都愿意找他咨询。"沙坡头区东园镇赵桥村村民李爱全说。

杨正军
YANG ZHENG JUN

出生于 1973 年 12 月,中共党员,中医内科副主任医师。吴忠市利通区卫健局局长助理,吴忠市方舱医院副院长,利通区人民医院院长兼利通区金积镇中心卫生院院长。作为一名基层医务工作者和管理者,积极开展卫生健康宣传、普及健康知识,在保障百姓健康等方面发挥了积极作用,带领金积镇中心卫生院获得国家首批"群众满意乡镇卫生院"称号和宁夏首批"优质服务基层行"唯一达到国家推荐标准的乡镇卫生院等荣誉。先后荣获全国、宁夏"优秀乡镇卫生院院长"称号,被中国科协评为"全国优秀基层科协三长",获宁夏医疗卫生骨干、吴忠市优秀人才、利通区先进个人等多项荣誉。

杨正军：
扎根基层也能天广地阔

走进吴忠市利通区金积镇中心卫生院，你会被这家卫生院的现代化所震撼。

从一楼到三楼，环境干净整洁，医疗设备实现了信息化、现代化。有外科、内科、放射科、口腔科、检验科，还有理疗室、手术室，完全满足了老百姓"小病不出门"的需要。近年来，卫生院先后获得国家首批"群众满意乡镇卫生院"称号和宁夏首批"优质服务基层行"唯一达到国家推荐标准的乡镇卫生院等荣誉。

这不是第一个被杨正军带活的乡镇卫生院。

医疗卫生制度改革大潮培养了一批批优秀的医务工作者，造就了一个个锐意进取的优秀院长，杨正军就是利通区一个扎根基层20多年的卫生院院长。他默默无闻地工作，鞠躬尽瘁地付出，通过看似平凡的工作，创造出同样辉煌的成绩。

兢兢业业的医者

"太忙了！"这是杨正军回忆在吴忠市汉渠乡卫生院工作时说得最多的一句话。

1995年，20岁出头的他从卫校毕业回到家乡工作。这是一所距离县城约20千米的乡卫生院。在医疗条件有限，交通、信息闭塞的年代，这个小小的乡卫生院成为全乡2万多居民头疼脑热时的唯一去处。当时医院的工作人员特别少，算上杨正军，正式的医生也只有3个。

"毫不夸张地说，那时候我基本白天黑夜都守在医院，随时准备接收病人。夜间出诊也是常有的事。"杨正军说。

一天凌晨2点，杨正军接到了出诊任务，前往距离医院6千米的一个村子。他骑着自行车背上药箱出发，道路崎岖，坑坑洼洼，途中还得经过一片坟场。安静的乡道上，除了自行车发出的吱吱声，就是他扑腾扑腾的心跳声。

到了患者家里，这是一位小产大出血的病人。杨正军是一个中医，为了及时抢救患者，他用中医针灸止血，补充体液，然后和患者家人一起联系了一辆拖拉机，将病人及时送到市医院。

虽然已经过去20多年，这件事却深深地烙印在杨正军的记忆里。"那时候老百姓看病就医真的太难了，医疗条件、经济条件也比较差，很多时候医生看完病，几块钱、十几块钱的医药费都要打欠条，我们只好自己垫上。"

2003年，杨正军离开吴忠市汉渠乡卫生院。离开前他整理出一大摞账单，草草算了算，足有一万多元。而当时医生一个月的工资也不过三四百元。"我在那里出生、长大，那时候都是充满感情地给乡村们治病。"

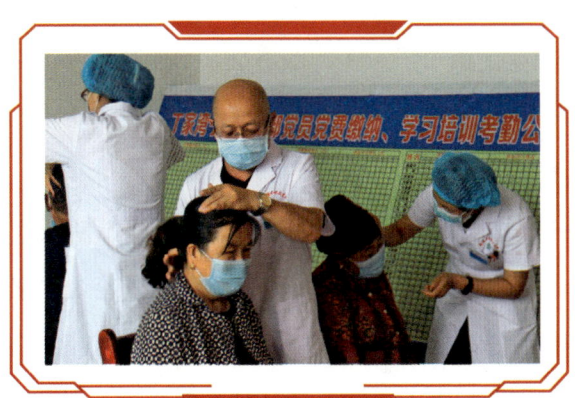

说起从医的意愿，杨正军说是想给常年患病的母亲治病。希望学有所成能解除母亲的病痛，可惜的是，在他上学期间母亲

就离开了。

"这是一种遗憾。我把这种遗憾弥补在了乡亲们身上,希望通过自己的努力能缓解他们患病的痛苦。这也是我扎根基层的一个重要原因。"

锐意改革的管理者

离开汉渠卫生院后,杨正军通过竞聘,先后成为吴忠市利通区杨马湖卫生院、板桥乡卫生院院长。

面对新时期医疗体制改革浪潮,他找准方向,在非常困难的情况下,带领班子认真调研,从制度建设抓起,对人事制度、分配制度、管理机制进行改革。

通过健全完善绩效考核制度,不断增强内部活力,完善医院的基础设施,改进医疗设备,卫生院的竞争力有了很大提高。2016年,他离开工作了9年的板桥乡卫生院时,这家卫生院已经实现从年收入10多万到200多万元的华丽转身。

然而,杨正军最用心的还是为老百姓服务。他的办公室里悬挂着一幅"厚德精术 医泽百姓"的书法作品,可以说是他百姓情结的真实写照。

为了搭建宣传平台,传播健康知识,杨正军带领卫生院组建了18个家庭医生签约服务团队,以举办健康知识讲座、加强重点人群健康管理、科技"三下乡"服务居民等多种形式普及健康知识,签约服务居民3.5万余人,设立健康教育咨询点18个,累积开展健康讲座60多场次。他将科普活动、志愿者活动和家庭医生签约服务紧密结合起来,达到了事半功倍的效果。

"现在全镇有老年人2800多人、患高血压的2200多人、患糖尿病的800多人。针对这些人,我们力争做好'一对一'服务。我要求签约的家庭医生一个月必须下去两次,对重点人群进行健康教育宣传和疾病防控指导。"杨正军说:"有一些科普知识宣传起来不灵活,老百姓不愿意听,我们就组织人员把相关内容改编成歌曲、快板，通俗易懂，老百姓容易接受。"

为了进一步解决群众看病难的问题，他大力开展"互联网＋医疗健康"服务，联通了银川市、吴忠市电生理和医学影像诊断中心，开通了专家远程会诊、远程诊断、区域检验、远程培训等服务，使居民在家门口就能得到三级医院专家的医疗服务。

"在 2020 年常规体检和诊疗过程中，我们向银川市第一人民医院传心电图数据，先后发现 3 个隐性心梗患者，数据传过去不到 5 分钟电话就打了过来，我们对这 3 个人都进行了及时的救治，并转到上级医院。后来回访，他们都得到了相应的治疗。"杨正军欣慰地说。

繁忙的管理工作之余，杨正军没有放弃自己的老本行，坚持每周坐诊，用中医技术诊断处理心悸、失眠、自汗、咳嗽、胃炎、前列腺炎、前列腺增生等疾病。他还积极推广中医适宜技术，开展针灸治疗内、外、妇、儿科等常见病、多发病。

不眠不休的逆行者

"我现在也是利通区疫情防控方面的一个'土专家'了。"提起疫情防控，杨正军笑了起来。

2020 年 1 月至 2021 年 11 月，他调到利通区疫情指挥部工作，在疫情防控工作中"泡"了将近两年。尤其是在 2020 年春节期间的利通区疫情防控中，杨正军一下成了红人。"以前利通其他乡镇的人不认识我，几个月下来，大家都知道杨正军这个名字了。"他的语气中既有自豪，又带着辛酸。

辛酸的是，很少有人知道在疫情最严重的那段时间里，杨正军是怎么熬过来的。

"我现在还清楚地记得，2020 年利通区第一例新冠肺炎患者的名字，以及我和利通区领导到青铜峡火车站接从武汉黄冈返回的第一批人员、连夜寻找隔离酒店的情景。疫情最严重的时候，利通区30多家隔离宾馆同时隔离了2000多人，我也承担着重要工作，半夜接电话处理事情是常态。"他说。

疫情暴发初期，很多防控制度还不完善，疫情防控工作都在不断摸索中。大家都盯上了杨正军，打电话、发微信，大事小情都咨询他。"每天有十六七个小时在接电话，手机就没离开过充电宝。不接电话时就微信回复，最多的时候有八九百条未读信息，我都耐心逐条回复。"

那段时间正好女儿放假在家，杨正军每天凌晨四五点回家，睡上一两个小时就匆匆离开。"有一次女儿说'爸爸我已经半月没见过你了'。有时候觉得自己熬不住了，但最终还是坚持了下来。"

2021年11月以后，根据实际工作需要，杨正军又回到金积镇中心卫生院。和疫情防控相比，他第一次感到医院的工作轻松多了。

鉴于在疫情防控中的优秀表现，他在2020年宁夏抗击新冠肺炎疫情表彰中被评为自治区优秀共产党员，而更大的馈赠是他在抗疫中积累的丰富经验。现在，杨正军的身份很复杂：吴忠市利通区卫健局局长助理、吴忠市方舱医院副院长、利通区人民医院院长兼利通区金积镇中心卫生院院长。

"管理方舱医院（利通区人民医院）又是一个新的开始、新的挑战。路虽艰辛，但只要不放弃，依然可以通向更广阔的天地。"杨正军说。

白　静
BAI JING

女，出生于1977年10月，高级农艺师。现任平罗县农业农村局陶乐农业服务中心主任、陶乐镇科协副主席（兼职），主要从事农业技术推广与服务工作。发表论文4篇，起草专业技术规程6项。先后获得全国十佳年度基层科普人物、全国优秀科技志愿者先进典型、全国岗位学雷锋标兵等荣誉。

作为基层"三长"领军人物，她组织科技志愿服务小分队，开展科普宣传和农业技术指导培训，实现了"智志"双扶的目标，助力脱贫攻坚成效显著。

在"科技工作者日""世界水日""世界人口卫生日""全国科普日"等重要时间节点，组织志愿者在陶乐集市、中小学开展科普宣传，同时积极对接区市县科协、科技馆，深入村镇、社区、中小学校开展科普宣传，共组织培训活动20多场次，发放技术资料2000多份。在陶乐镇东街社区与庙庙湖村安装"乡村e站"，为群众学习科技知识提供便利。

白　静：
陶乐镇农情农事的活地图

说起宁夏高级农艺师白静，石嘴山市平罗县陶乐镇庙庙湖村无人不知。为什么一个农技人员的名字会在这个生态移民村如雷贯耳？

提升群众科学素养是她不变的工作核心。

25年来，她每年下乡的时间达200天以上，现场指导群众上千人次，推广各类农业先进技术40多项（类），帮助种植大棚蔬菜贫困户的收入由原先的户均8000元提高到两三万元，被称为陶乐镇农情农事的活地图。

一年200天以上都在下乡

季夏之月，暑热未消，庙庙湖四季日光温室大棚里更是酷热难耐，一株株西红柿苗耷拉着脑袋，像一个个打盹的孩子。在这里，陶乐镇农业服务中心主任白静正指导村民马居珍照看西红柿苗。

在陶乐全镇1.3万农业人口中，7211人来自固原市西吉县，组成了镇上唯一的生态移民村——庙庙湖村。而白静是土生土长的陶乐人，从2013年开始，她逐渐学着听懂了固原方言。

生态移民刚搬来的时候，庙庙湖地区尚未开发，虽然住房、学校、幼儿园、卫生院等基础设施一应俱全，可没有树，四处都是沙窝地，风沙特别大。"院子里永远是厚厚的一层沙土,怎么扫都扫不干净;刚擦过的桌子,一会儿就又落上薄薄的灰尘。"村民马居珍回想起9年前,那时她曾动过返回的念头。

"那会儿村里没有像样的产业,农民收入很不稳定。村上投入1400多万元各类扶贫资金,新建了28座六跨连体钢屋架大棚,引入宁夏华泰农农业科技发展有限公司,在这片荒漠上种起了大棚蔬菜。"白静从2017年开始驻点庙庙湖村,带着移民群众学技术,种植瓜菜,帮助他们发展产业,从技术到销售,全程跟踪指导。

"移民在搬来前生活在大山里,多以养殖牛羊为生,种的几亩薄地多靠天吃饭,没什么种植技术。"白静便组织科技志愿者中的专家和农技人员开设田间课堂,向村民教授西红柿育苗、日常管护、病虫害防治等知识。但对不少村民来说,课上的专业知识往往听完就忘,如同听天书。

怎么解决?白静挖掘本地农技人员、种植好手,组建起"白静田间课堂科技志愿服务队",在基地建立了志愿服务站,全天候轮流坐班,随时接待有困难、有问题的农户,第一时间帮农户解决困难。

与此同时,她组织农技人员深入田间地头指导农业种植,为村民提供"菜单式"的技术指导和服务,确保专家教的知识农民都能学会并运用到实际生产中。

种植有问题,我就找白静

"平时种大棚遇到问题我就找白静,她把问题都记下,有的直接教我,有的帮着找专家给我们上课,课后她还会手把手教我干。我们不懂啥,她在课堂上就教啥。"村民马国萍的话语中满是感激。

刚开始种西红柿时,她以为打杈很简单,就是把多余的斜杈揪掉。然而

在田间课堂,她才知道这里面大有学问:西红柿的斜杈长到7~8厘米就必须打掉,手法要轻、准,否则等杈变大、变硬再打,会伤及主干,且"伤口"易感染甚至诱发疾病,会造成减产甚至死苗等情况。

"科学种地才有好收成,我和邻居合作承包了一个大棚,各半边。我严格按白静老师教的方法种,邻居却不太听话。今年我的半棚西红柿就比邻居的那半棚多挣了一万元。"这样的教学活动在每年6月到11月初尤为密集,马国萍一期都不落。在这期间,白静每天早晨5点半准时和农户一起出现在大棚里。

"用手捧好花,粉要喷到中间。""11点前得授完粉,否则就没活性了。"……同样的话,白静要在每个大棚重复安顿,在不同大棚发现的问题,又作为案例提醒其他村民。每天回家,她把村民遇到的共性和个性问题逐条整理、总结,再发到微信群里。她的手机变成了农情热线。

棚怎么搭、苗怎么栽、杈怎么打、果怎么摘、货怎么卖……西红柿生产到销售的每一个环节,白静都要仔细盯着。炎炎夏日,大棚内的温度高达40摄氏度,她带着藿香正气水和3千克装的水壶在大棚里带领农民干活,一待就是一天。凛冽寒冬,大棚外寒风猎猎,她奔走在大棚之间,操心大棚新建或维修的方方面面。

"种菜好比养小孩,用科学的方法会事半功倍,一个环节没安顿好,农民白费了力气不说,收入也会减少。既要用对方法,又要用心栽培。"寒来暑往,白静每年下乡的时间达 200 天以上。

在她的带领下，庙庙湖村的移民生活发生了变化。有的妇女通过种西红柿成了家里的顶梁柱；有的村民努力学习，渴望学会更多科学种地的方法；有的村民看到大棚的收益可观，打算明年不再租棚，花 11 万元自建大棚……

她要提高农民科学素质

身为"三长"，白静在践行科技志愿服务时是个痴人。

她始终相信科技的创新必定会为农业、农民带来新的变革，而她要做一名推动变革的践行者。为此，她深入田间地头开展农业种植技术指导，走村串户宣传中央最新的惠农政策。

2020 年 6 月初的一个清晨，肆虐的大风裹挟着寒流袭击了庙庙湖村移民群众种植的西红柿拱棚。作为农技人对天气独有的敏感，白静感到不妙。她和科技志愿服务队的志愿者们第一时间赶到受灾拱棚，联系保险公司，查看受灾现场，分析灾情，对 50 名群众现场讲解了西红柿灾后管理措施，既稳定了民心，又送去了党和政府的关怀。

25 年的工作使白静积累了丰富的实践经验，同时也让她认识到普及科学知识、提高农民科学素质，才是有效提高群众生产水平和生活质量、推动乡村振兴的关键。

白静经常结合"新时代文明实践赶大集"，依托"科技工作者日""世界水日""世界人口卫生日""全国科普日"等重要活动，带领田间课堂科技志愿服务队，在陶乐集市、中小学开展科普宣传。同时积极对接区市县科协、科技馆，深入村镇、社区、中小学校开展科普宣传、科普培训、科普大篷车巡展等活动，共组织培训活动 20 多场次，发放技术资料 2000 多份。

得知平罗县科协给乡镇配备 e 站触摸屏终端的消息，她及时争取到 2

台终端安装在东街社区与庙庙湖村,为村民提供了一个了解科学的新途径。

功夫不负有心人,在她的带领下,在农业科技志愿服务小分队的不懈努力下,2019年,庙庙湖村六连跨拱棚西红柿平均亩产0.9万千克,平均每户增收2.4万元,种植养殖等村集体经济纯收入141万元。村上拿出100万元给村(股)民分红,成为石嘴山市第一个向村民分红的移民村。白静也收获了巾帼建功标兵、百万农民培训工作先进工作者等荣誉。

她相信再有两三年时间,农户就可以独立种植,日子会越过越好。

孙 涛
SUN TAO

出生于1957年1月，中共党员，研究生学历，曾任宁夏医科大学党委副书记、校长，宁夏回族自治区科学技术协会副主席。扎根西部40年，长期致力于神经外科专业的研究工作。作为宁夏神经外科首席专家，率领团队建成西部一流的颅脑疾病研究基地，填补了宁夏区内10多项业务空白。先后获得全国先进工作者、全国五一劳动奖章、全国防治非典优秀共产党员、王忠诚中国神经外科医师成就奖、中国科技年度人物奖、科技部"十一五"国家科技计划执行突出贡献奖、宁夏首届创新争先奖、宁夏十大科学传播人物、首批宁夏杰出人才等荣誉。

孙 涛：
赤脚医生的蝶变

孙教授、孙校长、孙大夫……来到宁夏医科大学总医院，不同身份的人对孙涛有不同的称呼，但他还是最喜欢"孙大夫"。今天他所取得的一切成就和荣誉，都源自他医生的身份。

如今，虽身兼数职、工作繁忙，但是只要不出差，他每周一上午都会准时出现在宁夏医科大学总医院神经外科一病区的病房里，利用空余时间出诊，利用早晚和周末时间查房，每年手术保持在100台以上。孙涛还为自己揽了很多科研任务。扎根西部40年，这是他的工作常态。

从赤脚医生到神经外科医生

1957年，孙涛出生于宁夏石嘴山市原陶乐县一个普通干部家庭，贫苦的家庭环境造就了他坚毅而果敢的性格。1975年高中毕业，孙涛下乡来到陶乐县东方红公社，那时农村普遍缺医少药，乡亲们生病了只能扛着。

得益于高中时在县医院学习的医学基础知识，孙涛当上了一名"赤脚医生"。他边学边干，谁有个头疼脑热，他就背上药箱去诊治送药，老百姓看到那个有鲜红十字的小药箱，心里就有了底。

那时，医学专家奇缺，由于未经过专业系统的学习，医学、病理等知识匮乏，赤脚医生能解决的问题通常是一些头痛身热、擦损外伤等小病。虽说是小病，但能治疗能解决，也大大方便了村民。因而，村民十分敬重赤脚医生，都认为他们是村里的大知识分子，是救命恩人。

"赤脚医生，知其然却不知其所以然，这激发了我强烈的求知欲望，使我对知识如饥似渴。"孙涛说。这段赤脚医生的经历，让他体会到老百姓的不易，也认识到自身医学知识的不足，坚定了他继续学医的信念。

1977年国家恢复高考制度，孙涛如愿考上了宁夏医学院。"那个时候的我，对知识的渴求非常纯粹，不带任何功利性，于学习中自得其乐。"回忆起医学院的求学经历，孙涛脸上的幸福溢于言表。

大学毕业，他以平均成绩93分的高分在200多名毕业生中脱颖而出，留在宁夏医科大学总医院成为一名神经外科医生。

"当时是通过颈动脉打造影剂看血管的显影、看血管的变化来判断是否长瘤子，技术员负责曝光，我推药。曝光和推药必须同步，两者同步需要医生凭借经验把握时机，适度为之。"孙涛说。技术落后，对医生的能力要求就更高，老同志用一两年才能学会的技术，他3个月就掌握了。

1987年，宁夏第一个神经外科专科成立，承担着宁夏及周边陕、甘、蒙等省区近千万人口神经外科疾病的诊断和治疗任务，孙涛也从学科骨干成长为首席专家。

国内岛叶研究第一人

20世纪80年代，孙涛师从我国神经外科事业的开拓者和创始人之一、世界著名神经外科专家王忠诚院士。

受导师影响，孙涛很早就开始对癫痫病的研究，在国内最早开展小脑电刺激治疗癫痫的基础研究，为国内开展小脑电刺激治疗癫痫奠定了坚实的理论基础。而他获得何梁何利科学技术与创新奖，正是因为他对岛叶癫痫的独特研究。

宁夏是癫痫高发区，从 20 世纪 90 年代开始，孙涛就在宁夏开展了癫痫外科临床研究工作。久而久之，遇见的病人多了，他慢慢发现一个问题：同样是针对颞叶癫痫，为什么有时治疗效果很好，有时却完全不行？

后来孙涛发现，问题的根本在岛叶上。

"从人的脑叶来看，有额叶、颞叶、顶叶、枕叶四大叶，都在脑的凸面，而岛叶则位于外侧沟深面，被埋在了颞叶里面。过去岛叶的很多问题都被忽视了。"孙涛说，"事实上，岛叶属于皮质，按理也可能出现病痫。但岛叶皮质的癫痫都混在颞叶中，按照颞叶癫痫进行治疗，有时候拿掉颞叶内侧后，癫痫依然存在，其实是岛叶上还有问题。"

岛叶位置深，进一步观察，就会发现它的功能很复杂，进行解剖和功能研究很难。更令人迷惑的是，岛叶癫痫病发时与颞叶癫痫症状极为相似，所以在很长一段时间，这 2 种病被混淆在一起。

"过去我们统计颞叶癫痫有 70% 以上的治愈率，那么剩余的部分，是什么原因导致治疗效果不理想？"带着疑问，层层抽丝剥茧，孙涛终于发现了隐藏在颞叶下的岛叶癫痫，并将之从传统的颞叶癫痫中独立出来，开展了一系列基础和临床研究。

岛叶解剖困难，他便采取多种手段，临床结合基础、电生理结合分子生物学、患者手术结合动物模型研究……最终初步明确岛叶是一个癫痫症状发作区，具有独立致痫性，手术切除岛叶病变或痫灶可治愈癫痫。

将岛叶癫痫从传统颞叶癫痫中独立出来，对于提高难治性癫痫整体治疗水平具有极其重要的理论及临床价值。从概念的提出到体系的建立，孙涛在这条道路上已行走了几十年。

2008 年，孙涛牵头在宁夏医科大学建立宁夏颅脑疾病重点实验室，并于 2010 年获批为科技部省部共建国家重点实验室培育基地。实验室在国内最早提出岛叶癫痫体系概念，并开展了一系列基础和临床研究。作为专项从事岛叶癫痫研究的实验室，其研究成果也获得了 2009、2011 年度宁夏科技进步奖一等奖。

2013 年，由孙涛主编、国内唯一一部关于岛叶癫痫的专著《岛叶癫痫》出版。如今，岛叶癫痫已成为颞叶癫痫研究领域的重要分支，并且成为癫痫研究领域新的热门课题。

目光转向另一种地方顽疾

值得一提的是，《岛叶癫痫》并不是孙涛第一部引起轰动的医学专著。早在 2004 年，他就主编出版了我国第一部以癫痫为主题的专著《神经外科与癫痫》。

这部由著名神经外科专家王忠诚院士亲自作序的专著，一度成为国内神经外科青年医生的教材，让全国各地诸多年轻大夫"只闻其书，未见其人"，10 年后更是再版，成为少有的医学专著再版的图书之一。

他开展的"颅底手术""颅咽管瘤切除术"等新技术填补了宁夏神经外科领域 10 多项空白，降低了手术致残率。他组建成立宁夏颅脑疾病重点实验室，开展的"宁夏脑计划"科研项目，不断在脑神经领域科研攻关，提高了宁夏在国内神经医学、脑科学研究领域的学术地位和影响力。

业内人士都说，孙涛对岛叶癫痫的一系列研究，为医学界进一步提高难治性癫痫的诊断和治疗效果做出了贡献。

攻克了癫痫难题后，孙涛又把目光转向了另一种地方顽疾——脑囊虫病。

脑囊虫病是西北少数民族地区的一种常见病。他开始"脑囊虫神经影像与免疫学相关性研究及治疗方式选择"研究，提出脑囊虫抗原、抗体检测与结合概念，大大降低了病人术后的复发率，有效地提高了手术疗效。

此外，孙涛还对三叉神经痛病因及治疗进行深入研究，开展了脑胶质瘤基因治疗、家族性海绵状血管瘤基因变异等方面的研究，不断与国际科研接轨。同时在小儿脑外积液临床处理方面也取得了显著成绩。

人们都说他功成名就，可以安享晚年了，孙涛却说："科学研究永远在路上，没有完成时。"

田军仓
TIAN JUN CANG

出生于1958年3月，教授。1982年毕业于西安理工大学水利水电学院农水专业，获学士学位；1988年毕业于西安理工大学水利水电学院农水专业，获硕士学位；1998年毕业于武汉大学水利学院农水专业，获博士学位。

围绕农田水利工程领域重大工程科技问题和重大需求，长期从事干旱寒冷多风地区节水灌溉与水资源高效利用工程科技研究和工程实践工作。将工程技术和装置节水、农艺节水和管理节水有机结合，系统建立了干旱寒冷多风地区节水灌溉应用理论和技术体系，解决了旱区发展节水农业的一系列关键技术难题，使宁夏区域节水型社会建设走在全国前列。被评为宁夏塞上英才、全国优秀科技工作者。在2013年和2015年进入中国工程院院士增选第二轮。

田军仓：
最幸福的是科研成果落地

2001年，宁夏古王高速公路建成通车，每千米平均造价1100万元，成为当时我国造价最低的高速公路。

这是一条生态公路，周边区域沙化严重，设计了许多采用滴灌方式灌溉的绿化带。这种方式是工程设计者在广西桂柳高速公路考察时借鉴学习来的，而桂柳高速公路滴灌系统的设计者正是田军仓。

翻阅田军仓的简历，相关的"第一"有很多：宁夏第一个水利工程专业博士；宁夏第一个获得被誉为"中国诺贝尔奖"的何梁何利基金奖的人；作为学科带头人，与所在团队携手实现宁夏理工科博士点零的突破……

64岁的田军仓荣誉满身，但他仍活跃在科研一线。

他说，作为一个科研工作者，看到自己的科研成果被社会所用才是最幸福的。

科研成果要被社会所用

研究设计高速公路滴灌系统是田军仓近年来对自己专业的拓展，实际上，他的本行是农田水利。

1982年，田军仓从西安理工大学农水专业毕业，分配至原宁夏农学院水利系任教,后来又考上西安理工大学硕士和武汉大学博士,成为宁夏第一个水利学博士。

从来到宁夏工作开始,他就和这里的缺水地区结下了不解之缘。

田军仓时常去缺水的南部山区考察,他对缺水有深刻的体会。在缺水的宁夏,如何高效利用水资源成为他的一个研究方向。

宁夏"扶贫扬黄"工程上马后,扬黄灌区采用什么样的灌溉方式为众人所关注。当时国内大多数专家都认为应该全部采用喷灌,但承担这一研究课题的田军仓在经过一年多的研究和试验后提出了自己的观点。

他认为,在扬黄灌区,首先还是应该注重地面灌水技术,在采用、改进地面灌水技术的基础上,也可以搞一些喷灌、滴灌,但是喷灌要放在高附加值的作物上,滴灌主要放在果园,再就是温室。

20世纪90年代中期,冬春之际,宁夏大部分反季节蔬菜需要从外地调运。为了让农民创收,田军仓设计并指导施工,建成了银川八里桥万间温室蔬菜滴灌工程,并以此为基地,和同事把滴灌技术与蔬菜配套技术结合起来作为一个系统进行研究。

膜下滴灌技术不仅节水,而且可以使温棚内的温度升高,湿度减小,病虫害发生率大大降低,菜农们随之减少了打药次数。在产量提高的同时,蔬菜品质也有了大幅提升,果菜类的平均亩产值较传统沟灌方式增加了2000~3000元。

在田军仓看来,节水灌溉不仅要在技术上进行突破,而且要在管理上进行突破。他的研究成果视野宽、角度新，尤其重视使用推广的效果。

"应该结合生产、结合经济、结合产业搞科研，只有这样，搞出来的成果才能被政府或者有关部门采用，才能为社会做出一点儿贡献，直接推动生产力的发展。"田军仓说。

做学术就应该走出深闺

"我的爸爸整日低着头看地不看天，头顶的头发早早掉光，周边的头发像杂草一样歪斜着。回到家，他也是光想问题，无视我这个儿子的存在。"早年，儿子在作文里这样描写田军仓，惟妙惟肖。

时光荏苒，如今田军仓已经从事科研工作40多年，但是他把论文写在大地上的初衷没有改变，他一直把田间地头作为自己的重要岗位。每年，他都会花好几个月的时间下基层做课题，像农民一样扎根在田里劳作。

"只有深入农村，才能了解农民面对的问题，解决这些问题就是我研究的切入点。只有这样，才能让科研成果更有效地转化为生产力。"这是田军仓常挂在嘴边的一句话。

在彭阳白岔搞小流域综合治理时，田军仓和当地人一样，饮用的是下雨时流入地窖的浑水，或是用牲畜从几千米外的沟底驮回来的那点儿人畜共用的泉水。妻子说，有一次去盐池看他，灰头土脸的丈夫站在当地农民中间，她几乎没认出来。

很多时候，为了准确记录数据，田军仓就睡在农田里。吃惊的妻子问他："晚上我住哪？"田军仓指了指搭在地里的窝棚："铺点麦草，你也睡这里吧。"

"不知道其他博士是怎样干工作的，我家这个就是一个种田、浇水的博士！"他的妻子曾这样埋怨。

科研之外，田军仓带领团队实现了宁夏第一个工科（水利水电工程）硕士点、博士点、博士后科研流动站、宁夏回族自治区重点学科、教育部创新团队零的突破，实现了水利工程学科层次和质量的整体提升。

把科研成果转化为教学内容，才能提高学生的创新能力。正是在这种思想的指引下，田军仓所带的硕士、博士研究生，并不是坐在实验室里的学生，而是像他一样蹲在农田里被晒得黝黑的文化人。

"实实在在做学问，就应该让学术走出深闺，把论文写在大地上。"田军仓经常这样教育学生。

退而不休继续课题研究

他创立了干旱寒冷地区节水灌溉的关键理论和技术体系，在此基础上建立的干旱寒冷地区渠沟田全防渗灌溉节水新技术，在宁夏累计推广面积达180多万亩。

他建立的宁夏扬黄灌区节水灌溉优化配水技术体系和模式，扩大节水灌溉面积6.3万亩；建立的宁夏温室蔬菜滴灌节水增产增效技术，累计推广10多万亩；建立的宁夏引黄灌区水稻节水灌溉优化配水技术，累计推广70多万亩。

他创造性地提出了宁夏山、川水资源合理配置和高效利用体系以及宁南山区彭阳县白岔大沟小流域水土保持工程措施配置模式，对实现宁夏水资源可持续利用和保障宁夏水安全具有重要作用。

他基于对番茄冠层不同垂直位置叶绿素含量的精确预测，实现防控番茄病虫害、精准施肥、灌溉等田间管理，将无人机高效应用到农业生产中。……

这些科技创新都出自田军仓之手。

田军仓退休后被学校返聘。他依然和团队奔波在宁夏南北的山川之间，为农田水利事业忙碌。

"前几年，宁夏大学出台了博导65岁也可以招博士生的政策，为我们发挥余热提供了政策支持。加上我还有很多科研课题没有完成，也想继续做更多的研究，所以一直没有退休。"田军仓说。

前不久，他带着研究生又去了一趟设在中卫市第一污水处理厂的生活污水处理及再生回用基地。

这个基地的研究课题是"再生水回用农业节水集成技术模式"，他们选取了11种农作物用再生水进行灌溉，然后观测对农作物节水、食品安全方面的作用和影响。经过3年的研究，发现该实验点再生水高效利用节水20%以上，生产的农作物品质符合食品安全规定。

带完最后一届博士生的时候，田军仓已经69岁，但他还有很多课题想做。"趁着还能工作，我要多为宁夏农业节水和建设节水型社会做贡献。"

曹有龙
CAO YOU LONG

出生于 1963 年 8 月，宁夏回族自治区第十二届委员会委员，二级研究员。现任宁夏农林科学院枸杞工程技术研究所所长、国家枸杞工程技术研究中心主任，系宁夏枸杞种质创新与遗传改良研究团队首席专家、国家枸杞产业技术创新联盟首席专家。

长期从事枸杞新品种选育及栽培工作。近年来，先后主持 30 多项枸杞有关方面的项目和课题，包括国家科技支撑计划"中药材枸杞资源研究与特色产品开发"、国家"863"专项"枸杞优良种质资源挖掘与新品种定向培育"、国家创新基金项目"宁夏枸杞创新技术共享服务平台建设"、国家自然科学基金"枸杞雄性不育种质 YX-1 机理研究"和"环境因子对枸杞活性成分的影响研究"、宁夏回族自治区育种专项"枸杞新品种培育"、宁夏回族自治区"十三五"重大专项"枸杞基因组计划"等。这些项目的实施，解决了制约枸杞产业发展的瓶颈问题，有效地支持了宁夏特色枸杞产业的发展。

近 5 年，共获得宁夏回族自治区重大贡献奖 1 项，宁夏回族自治区科技进步一等奖 1 项、二等奖 1 项、三等奖 1 项；获批专利 13 项，其中国家发明专利 6 项；出版专著 5 部；发表 200 多篇学术论文，其中 SCI 收录 17 篇。获全国、宁夏优秀科技工作者称号，全国、宁夏先进工作者称号，获国家林业个人突出贡献奖、宁夏五一劳动奖，被评为感动宁夏 60 年人物、塞上农业专家，享受国务院及宁夏特殊津贴。

曹有龙：
为了枸杞红遍大江南北

世界枸杞看中国，中国枸杞看宁夏。在宁夏，一提到枸杞研究，大家都会不约而同地想到一个人。

他长期从事枸杞新品种选育及栽培工作，带领团队建成国家级枸杞研发平台，建成世界上唯一的枸杞种质资源圃，获得国家新品种保护10个，审定良种3个，其中宁杞7号累计推广种植面积108万亩、产值200亿元。

他，就是宁夏农林科学院枸杞科学研究所所长曹有龙。

2021年七一前夕，全国优秀共产党员表彰名单公布，曹有龙榜上有名。

"党和国家给我的荣誉太多了，我越发有种如履薄冰的敬畏感。如何能让更多重大的科技成果落户宁夏，这是我最看重的事。"他说。

幼时便对枸杞情有独钟

曹有龙出生于宁夏中宁县，这是一个枸杞种植历史超过600年的地方，有着"中国枸杞之乡"的美誉。

"小时候，我就很喜欢枸杞，常跟小朋友到地里玩，拣大的枸杞吃，觉得非常甜。"曹有龙回忆道，"那时，我观察到枸杞有红的还有黄的，有的上面还长了很长的刺。它们为什么长得如此不同？我很好奇。"

1983年，曹有龙考入四川大学生物系，专业是植物学。带着儿时未解的疑惑，他特别重视植物生理形态和植物遗传方面的学习，基本弄清了枸杞形态各异的原因。

4年后毕业回到家乡，曹有龙被分配到宁夏农林科学院，从事土壤肥料和栽培方面的研究工作。然而，他发现自己的知识储备无法胜任当时的科研工作，于是决定继续求学。

曹有龙一路刻苦钻研，在2000年获得四川大学博士学位。求学期间，他的研究涉及植物细胞、基因等领域，并且一直都把枸杞作为实验对象，由此全面掌握了枸杞的特质。此后，他又在香港大学和中国科学院进一步深造，这些经验都为他之后进行枸杞研究奠定了深厚的基础。

学业有成的曹有龙开始在业界崭露头角，他收到了很多单位抛出的橄榄枝。除了北京大学、四川大学等国内知名高校，美国高校也向他发来了博士后邀请函，且条件相当优厚。然而，曹有龙最终做了一个令所有人都吃惊的选择——回原单位。

"研究了这么多年枸杞，我割舍不下，还是想回来干点儿啥。"他笑着说。

20世纪八九十年代，宁夏枸杞的发展，用曹有龙的话，可谓是举步维艰。在1994年，枸杞宁夏全域种植面积还不到3万亩。彼时，老一辈的研究工作者大多受知识、设备和技术所限，难以对枸杞进行深入研究，从而无法真正解决宁夏枸杞的发展难题。

曹有龙希望自己能出一份力。

他的枸杞之路，从培育新品种开始。

在单位的支持下，他带领科研团队培育出宁杞5号、宁杞7号、宁农杞9号3个新品种，打破了宁杞1号孤军奋战40年的局面。其中，宁杞7号以果实颗粒大、商品等级率高的显著优势，快速成为最受市场欢迎的宁夏枸杞品种。

在戈壁滩上种出一片红

最初，宁杞7号的推广并不顺利。

在曹有龙的老家中宁县，老百姓并不看好这个新品种。于是，曹有龙给了哥哥500棵宁杞7号种苗，让他种上2亩，但哥哥将信将疑，只种了2分地。

没想到的是，到了秋天，这2分地里长出来的枸杞又大又红，惊艳了全县。由此，宁杞7号逐渐打开市场，也为后来枸杞种质发展打下了良好的基础。

有了好苗子，如何种植是关键。

"枸杞种植要实现标准化操作，必须让机器在地里快速、准确、规模化作业，从而降低劳动力成本。"曹有龙反复强调。

此外，他也深刻地认识到，利用有限的耕地资源扩大枸杞种植面积是不现实的，这可能会损害农民的利益。为了扩大枸杞种植范围，曹有龙及其团队决定另辟蹊径，到戈壁滩、沙漠、盐碱地上进行枸杞种植研究。

于是，曹有龙带领团队长年驻扎在人迹罕至的地区。他们先在中宁县的戈壁滩上成功种植了6000亩枸杞，随后又在吴忠市红寺堡区、中卫市玺赞枸杞庄园顺利种出一片红。历经7年时间，他们成功实现让枸杞上山的目标。

枸杞要种出来，更要活下来，这成为之后的研究重点。

为了提高枸杞繁育的成活率，曹有龙带领团队研发出微型扦插快繁技术，即利用从树上剪下来的嫩枝进行扦插育苗，不仅使种植效率大幅度提高，而且使枸杞繁殖成活率从过去的30%提高到80%以上。

"我们很欣慰，微型扦插快繁技术不但保证了新品种快速成活，而且解决了病菌污染、温控等突出问题。"他说。

此外，曹有龙带领团队成员深入新疆、青海、内蒙古等枸杞野生分布区，以及美国、韩国、日本等，系统收集了2000多份枸杞种质材料，创建了分子标记与表型相结合的综合评价体系，建立枸杞重要性状表型数据库，建成世界上资源最丰富的国家枸杞种质资源圃和种质基因库。

曹有龙团队对枸杞种植的全面攻关，使宁夏枸杞有了质的飞跃。

由于颗粒大、口感好，无农药和重金属残留等显著优势，如今宁夏枸杞已通过欧盟600多项检测标准认证，走出了国门，远销海外。

注重调动团队成员积极性

下一步，宁夏枸杞该怎样发展，曹有龙认为首要任务还是要加大科技创新，培育优质新种。

"需要注意的是，科研人员要把发展特色枸杞资源作为重点，深入研究提取技术和方法，以具有药用和食用功能的枸杞为对象，研发医疗保健产品和药品，促进人类身心健康发展，从而使枸杞产业不断升级。"他说。

曹有龙坦言，宁夏枸杞要想走上快速发展之路，除了解决培育良种、建立优质品牌等问题，团队和平台建设也非常重要。

最早白手起家时，曹有龙就瞄准了争取国家科研项目。2006年，他拿到了国家发改委重大项目——大果枸杞新品种繁育及示范推广，种植基础设施由此得到极大的改善。2007年，他组建了宁夏枸杞工程技术研究中心。2009年，他组建了国家枸杞工程技术研究中心。3年时间，成功实现三级跳。

通过这些平台，曹有龙与枸杞研究专家，以及全国各地的科研院所、企业建立了合作，在全国打响了宁夏枸杞的名号。

"枸杞的基因组研究，我们要掌握在自己手里。"这是曹有龙的执念。

他的团队好消息频传。

10年时间，他们绘制出世界首个枸杞遗传图谱和物理图谱，注释出716个枸杞特有基因，研究成果于2021年6月3日在《自然》子刊《通讯·生物学》上发表，这标志着宁夏枸杞基础理论研究站到了世界最前沿。

"这一重大成果落户宁夏，这是我认为我搞枸杞研究以来干得漂亮的一件事。"曹有龙说。

如今，这支枸杞研发团队已从7人发展到30多人，加上外围人员，一共有100多人。调动团队成员的积极性，是他带队的总方针。

曹有龙不仅注重挖掘团队成员的潜能，而且鼓励他们继续深造。他拍着胸脯向大伙儿保证："你尽管学，不要有后顾之忧，所有费用单位掏！"

"现在带出来的团队成员有两大特点：第一是为人诚实，第二是善于创新。"对此，曹有龙感到非常欣慰。

这一群平均年龄40岁的研究者，正满腔热血地为宁夏枸杞产业增添新的活力。

鲁 玮
LU WEI

出生于1971年8月，卧龙电气银川变压器有限公司总工程师，高级工程师，从事输变电设备技术研究工作近30年。先后建立国家级企业技术中心、国家地方联合工程实验室两大创新平台，主持开展8个系列、上百种规格产品的设计研发工作，包括国家火炬计划项目3项、国家重大科技成果转化项目1项、宁夏重点科技研发项目9项、地市级科技研发项目5项。研发新产品12种，新技术9种、新工艺15种。获得授权发明专利技术16项、实用新型专利技术37项。3种新产品荣获国家重点新产品称号，12种新产品、7种新技术和11种新工艺成果转化率达83%，实现销售收入超10亿元。

在高速铁路牵引供电设备领域成果丰硕，研究成果大规模应用于京沪、武广、沪昆等40多条国家重点高速铁路干线，有效推动我国高速铁路牵引供电设备科技进步和行业发展。先后荣获宁夏科学技术进步一等奖1项、三等奖2项。修订国家标准5项、行业标准2项。因工作业绩突出，被国务院授予"国家劳动模范"称号，获宁夏回族自治区"313人才"、科技领军人才、塞上英才等荣誉，享受宁夏特殊津贴。

鲁 玮：
牵引中国高铁三刷世界纪录

20世纪90年代，中国铁路电气化技术处于起步阶段，牵引变压器等关键设备完全依赖进口。进口设备不仅价格高昂，而且后期维护非常困难。这激起了一大批有志之士的斗志。

打破国外技术垄断，开发具有自主知识产权的高速铁路牵引变压器！1993年，鲁玮进入卧龙电气银川变压器有限公司（简称卧龙变压器），将之定为追求和奋斗的目标。

秉持着这样的初心，从武广高速铁路运营试验时速的394.2千米，沪杭高铁试验时速的416.6千米，到京沪高铁试验时速的486.1千米，他的研究成果成功牵引中国高铁3次刷新世界纪录。

筑梦：蓄力自主研发

改革开放以来，随着我国铁路电气化建设事业的迅猛发展，铁路安全行车日益成为铁路系统中最为重要的内容。牵引变压器是电气化铁路最重要的电气设备之一，是一种特殊的变压器，需要满足牵引负荷变化剧烈、外部短路频繁的要求，其性能的安全可靠程度直接影响铁路系统能否安全运行。

"当时，牵引变压器主要依赖进口，国内牵引变压器技术尚属空白，没有文献，没有标准，更没有可供借鉴的技术资料，自主研发牵引变压器技术困难重重。"面对理论基础薄弱，研发、试验条件落后的窘境，卧龙变压器先行先试、大胆创新的工作氛围点燃了鲁玮的工作热情，生产车间成了他的第二课堂。

"硅钢片剪切设备达不到试制要求，我们改进老式剪板机，一片一片进行人工剪裁；铁心翻转设备承重能力不足，我们自己动手设计、优化和制作。"靠一点一点地积累，鲁玮及同事硬是将一个35千伏的电力变压器生产企业，改变为具备220千伏变压器生产能力的制造业企业。

在我国投入巨资进行电网改造、轨道交通系统提速升级、城市地铁、城际高铁等项目的带动下，1997年，卧龙变压器承担铁道部110千伏YNA平衡牵引变压器的研制工作，鲁玮有幸被选中参与研制工作。

收集项目产品运行数据，观察分析产品运行状态，多渠道获得理论知识，任何存在的问题他都会刨根问底，因为在他看来，"不主动问为啥，干不了工程技术"。

就这样，一步一个脚印，一千多个日日夜夜，他在110千伏YNA平衡牵引变压器电磁计算、结构设计、实验方案、工艺技术与设备等方面，攻克了近百项技术及工艺难题，圆满完成110千伏YNA平衡牵引变压器的研制工作。

同事们都说，对待工作，鲁玮近乎苛刻，即便产品挂网投运，他也经常奔波在产品运行现场，收集项目产品运行数据，对比与国内外同类产品的差距，修正电磁计算和结构设计方案。

"这使我的技术素养和专业水平得到了显著提升，让我拥有了实现更高理想的信心。"鲁玮说。

追梦：国货成功突围

一方面，国产化电气化铁路设备技术革新进程逐步加快，2004—2006年，我国大规模全面引进高速铁路牵引供电设备。另一方面，技术引进、消化、吸收成为进入高铁市场的捷径，但容易造成依赖心理和习惯，这也成为很多牵引变压器制造企业的弊端。特别是时速200千米以上的高速铁路牵引变压器，核心技术仍掌握在国外企业手中。

"摆脱不了国外技术的束缚，永远不会有属于自己的技术成果。"从自主研发过程中成长起来的鲁玮，不管遇到多大困难都不想依赖别人。

2007年，原铁道部科技司立项进行高速铁路用220千伏单项牵引变压器的研发，作为国内电气化铁路牵引变压器骨干生产企业，鲁玮带领他所在的团队义无反顾地投入项目研发工作。

面对国内技术上的空白以及企业生产试制条件的约束，压力是不言而喻的，但他经常对成员们说："技术对标西门子，是挑战更是乐趣。"

雷厉风行的他，在短短2个月的时间里，跑遍了国家铁道部各大设计院，对比、分析大量国外相关产品资料，亲自拜访西南交通大学、上海交通大学的专家教授。经过反复设计、论证、优化、再设计的艰辛历程，他不断发现技术短板，寻找创新契机，最终确定了产品技术方案。

开始生产的时候，鲁玮长驻生产一线，耗时3个月完成了样机试制，并通过国家变压器检验检测中心的全套试验。该产品在胶济线与西门子产品同所运行，经过对主要技术参数的对比，产品性能指标达到西门子同类产品技术水平。

市场需求决定研发方向，为了满足铁路建设中对高速与重载的要求，鲁玮积极与各大铁路设计院、高校联系，确立了AT供电方式350千米以上高速铁路用220千伏V/X接线牵引变压器和自耦牵引变压器的新产品研发方向。

在保证产品电气性能的前提下,他具有前瞻性地将研发重心从产品结构向动热稳定和节能方向倾斜,为以后的 AT 供电用节能自耦牵引变压器、330 千伏 V/X 接线牵引变压器研制打下了坚实基础。

后来,220 千伏 V/X 接线牵引变压器和节能型自耦牵引变压器 2 项成果先后荣获宁夏回族自治区科学技术进步一等奖和三等奖。

圆梦:高铁主干网投用

2011 年 6 月 30 日,正式通车的京沪高铁举世瞩目。卧龙变压器自主研发的高速铁路用 220 千伏 V/X 接线牵引变压器也在项目中得到成功应用。

作为国家重点世纪工程项目,京沪高铁从开始设计就得到各界关注,在是否使用国产设备的问题上展开了激烈论证。为证明国产化牵引变压器的技术实力,确保产品运行的可靠性,鲁玮反复与设计院沟通,了解沿线变电所运行环境,提出的技术方案一次性通过设计院论证。

在产品研发设计环节,面对枯燥的基础理论研究与计算推导,他不遗余力,"先后进行了 10 稿的电磁计算,全被自己推翻"。尽管如此艰辛,团队没有气馁、没有放弃,有的只是科技工作者求真务实、开拓创新的信念。

一次次的试制与验证,一次次的挫折与失败,一次次的质疑与不理解,从不曾影响鲁玮的判断。最终,样机一次性通过国家变压器质量监督检验中心的检测,各项性能达到国际先进水平。

鲁玮自担任卧龙变压器总工程师以来，带领全体工程技术人员坚定地走技术创新之路，先后建立了国家级企业技术中心、国家地方联合工程实验室两大创新平台。

2015—2016年，团队主持开展高速铁路用节能型自耦牵引变压器、卷铁心自耦牵引变压器、CRH380动车组车载牵引变压器的研制工作。其中，节能型自耦牵引变压器、CRH380动车组车载牵引变压器研发项目不仅代表了国内轨道交通供电设备变压器类产品技术的最高水平，而且打破了国外技术的垄断，实现了国内轨道交通供电设备国产化。

卧龙变压器也借助高铁产品的技术优势，2年间实现销售10.9亿元，获得利润1.8亿元，缴税8000多万元。

如今，四横四纵的高铁主干网都在使用卧龙变压器研发的牵引变压器产品。勇攀科技高峰30年，这是鲁玮最骄傲的事。

翟 文
ZHAI WEN

出生于 1976 年 5 月,中共党员,机械工程硕士,高级工程师,注册安全工程师,现任国家能源集团宁夏煤业公司党委委员、副总经理,享受国务院特殊津贴。

近年来,主持的科研项目获省部级科技进步一等奖 2 项、二等奖 5 项、三等奖 2 项,获宁夏煤业公司科技进步特等奖 1 项、一等奖 2 项,获发明专利 9 项(国际 PCT 专利 2 项)、实用新型专利 14 项、软件著作权 6 项。在核心期刊发表论文 16 篇(SCI 收录 3 篇),出版专著 1 部。获得宁夏首届创新争先奖、全国青年岗位能手标兵、中国煤炭工业"双十佳矿长"、宁夏劳动模范、宁夏科技创新领军人才、宁夏五四青年奖等多项荣誉。

翟　文：
让矿山实现科技范儿

采煤司机按下桌面操控台上的启动按钮，轻点鼠标，通过监控屏幕，只见胶带机、转载机、破碎机等依序运转，采煤机开始割煤。随即，智能工作面源源不断地将煤炭运送到地面。

2020年1月6日，宁夏枣泉煤矿首次实现智能化无人开采，几代煤矿人坐在地面采煤的梦想变成现实。

那一刻，所有人都欢呼雀跃，有人却湿了眼眶。他就是翟文，国家能源集团宁夏煤业公司党委委员、副总经理，时任枣泉煤矿矿长。

深耕煤海25年，翟文带领团队攻克综采自动化技术应用、"智慧矿山"建设等难题，取得多项科研成果，创造了多项宁夏煤炭行业的生产纪录。

从自动化到智能化采煤

2013年，翟文在国能集团宁煤公司梅花井矿任副矿长，分管安全生产工作。煤矿的苦、脏、累、险，让他苦苦思索改变之道。

"农民打农药都用上了无人机了，以西北矿井的煤层赋存条件，能不能实现采煤自动化，把工人从传统的高强度作业方式中解脱出来？"他带领12名大学生组成青年科技攻关小组，主攻综采自动化技术研发及应用。

设备进场、安装调试、与厂家沟通，他不分昼夜，全程参与；故障排查、数据调整、原因分析，他严谨细致，一丝不苟。1个月、2个月、3个月……历经艰苦的摸索、实践，翟文和团队终于完成了地面调试、井下安装、单机功能和高级功能调试，实现了采煤机记忆割煤、自动跟机移架、可视化远程操作等功能，实现国产成套装备自动化采煤核心技术研发及应用。

这项成果获宁夏科技进步一等奖，在多家煤炭企业推广应用。

2016年年底，翟文担任宁煤公司枣泉煤矿矿长。善于捕捉业界科技创新最新动态的他，聚焦"智慧矿山"建设新方向，迅速推动枣泉矿220704智能化工作面列入国家"2030"重点科研攻关项目，开始从自动化到智能化的提质升级探索。

随着设备陆续安装到位，他把关注点转移到应用效果上，带领团队围绕地面无线远程开采、预防支架上蹿下滑、支架姿态自动调平调直、皮带智能调速等10大技术难题进行重点攻关。

正在项目建设有序推进之时，一场始料未及的疫情汹涌而至，厂家技术人员和设备不能到位，实操人员培训中断，项目建设陷入困境。

翟文当机立断，号召团队成员发扬不等不靠、自力更生的创业精神，每天1小时自主强化培训、每天2刀煤练手试错找问题，在不断暴露问题、不断解决问题中练兵，从现场、实用角度推动科技创新，建设全新的人与设备、设备与设备、设备与采场智能对话工作面。

经过近5个月的攻坚克难，项目完美实现智能化采煤关键技术，实现以智能化控制为核心的常态化桌面远程割煤，近300米长的工作面创造单日连续自动割煤13刀的最高纪录，达到宁夏第一、国内领先、世界先进。

研发只为"智慧矿山"梦

扎根基层，翟文思考最多的就是如何利用科技让工人变得更轻松。

"数年间走遍宁夏新老矿区,我对煤矿和工人充满感情。"一路求学,一路体验,他深知科技创新对减轻工人劳动强度、提高工效和保障安全的重要性,于是他潜心采矿工程、机械工程和关联专业技术的研究。

他研究复杂的水文地质条件,实践出"锚网索喷联合支护,地坪管线紧跟迎头"的一次成巷快速掘进技术,使煤巷月单进从240米提高到600米以上。在断面19平方米的半煤岩巷道掘进中,指导采用"一巷多策,分段设计"支护方式提高掘进效率,减少材料浪费,节省费用1000多万元。

他提炼推行"综采设备重载直线割煤论",提高煤炭资源回采率,在枣泉煤矿创造了宁夏井工煤矿日割煤31刀、全岩大断面综掘月单进241米、煤巷综掘月单进756米、全锚索大断面支护巷道月单进533米、回撤安装各一个工作面由90天缩至15天等多项宁夏煤炭行业的纪录。在羊场湾煤矿,将智能化工作面记忆割煤率由40%提升至97%以上,支架自动跟概率达到96%以上,创造出圆班割煤21刀、日产原煤1.83万吨的自动化开采新纪录。

他潜心研制化学浆液长距离风动运输装置,把过去由50多人干的人力注浆作业缩减为3人,把人员从繁重的体力劳动中解放出来。他主导的全国首套智能刮板输送机控制系统成功应用,有效降低了开采能耗、设备损耗,获中国煤炭工业协会科技进步一等奖。

一次调试主扇自动控制系统时,因队长、技术员换了好几茬,无法立即找到原始资料和图纸。勤于思考的翟文深受触动,这是煤矿的常见病、多发病,如何才能避免此类事件再次发生？他把目光放到广泛应用的二维码上。

随后，翟文带领信息化专业技术能手组成攻关小组，研究使用二维码管理设备资料、点检润滑、故障申报处理及跟踪服务。2个月后，被称为"天才设计、傻瓜使用"的"E通新枣泉"二维码诞生。

手机扫一下，矿井主要机电设备名称、图纸技术资料、岗位标准作业流程、检修检查记录、现场照片、完好情况等信息立即出现，随时提供指导，有效防止了误操作和重复作业。

在成功应用二维码管理设备的基础上，翟文从智能信息系统入手，着手研发"智慧矿山"管理系统。

他把大数据、云平台、互联网、智能识别技术引入煤矿，建立智慧党建、智慧安全、智慧生产、智慧经营、智慧培训、智慧班组、创新梦工厂等多个实用功能模块，最终实现了"一部手机，直通矿井；业务集成，口袋管理"的"智慧矿山"梦，成果被评为中国煤炭行业"两化深度融合"优秀项目。

如今，翟文的头脑中呈现出更加清晰、宏大、立体的"智慧矿山"模型：地面与井下随时在线视频，通过一张网、一根线、一部手机终端互联互通，矿井日常管理尽在指尖云端。

科研向"绿色矿山"聚焦

担任宁夏煤业公司副总经理后，翟文进入更高层面的科技创新空间。

他组建了公司级首批10支科技创新团队，加强关键技术研发攻关，高水平改善矿井灾害治理，努力突破复杂地质条件下安全生产、水资源利用与生态修复、智能开采、高效掘进等重大关键技术。

宁东矿区多对矿井邻湖近水，巷道软岩支护问题突出。为此，翟文选择治理难度极大的清水营煤矿作为对象，从源头开展软岩矿压规律、巷道变形破坏机理研究。

团队对巷道顶板支护参数进行系统研究、改进,确定"强帮、固顶、治底"的全封闭承压环软岩治理系统方案,探索出"全断面高强预应力锚索基本支护＋锚索桁架加强支护＋喷浆封闭＋注浆全锚＋反底拱治理底鼓"的全新支护方式,发明了普通锚杆、锚索配合注浆加固补强巷道支护技术,效果良好,获发明专利。

习近平总书记的生态文明思想和视察宁夏重要讲话对宁煤公司保护利用黄河水、建设"绿色矿山"产生了深远影响。

翟文主导建立智慧水务系统,把所有矿井以及煤制油化工单位的排水、用水联动起来,矿井水全部分级净化、提级利用。各矿井与化工园区水资源互补、互用,最大限度地减少黄河水用量和南湖排水量,实现水平衡。目前,宁煤公司每天减少取水22000方,所有矿井井下生产杜绝使用黄河水。

宁东属典型的干旱半干旱地区,水资源保护性开采与地表生态修复密不可分。他研究提出生态脆弱矿区荒漠生态系统修复方案,同步解决矿井水复用、黄河取水、沉陷区治理、植被修复等问题,将开采过程中的水资源复用率提高了65%,矿井水修复荒漠植被面积提高了35%,沉陷区治理面积提高了40%,减少矿井废水外排和矸石大量堆积对矿区环境的影响,有效保护黄河流域生态环境。

严谨、务实、博学、善思的翟文对"智慧宁煤""平安宁煤"建设一往情深。

他还倡导建立宁煤公司历史上首个安全管控体系,把以往零散的安全管理系统化,运用智能化、信息化手段,融合历年安全管理有效经验以及双防建设、标准化建设等内容,达到"查、学、测、控、管"一体化安全管控目标。

翟文笑说自己是"情之所系,衣带渐宽终不悔"。在建设美丽新宁夏、共圆伟大中国梦的征程上,他将继续奋力奔跑,跑出无限活力与荣光。

王小宁
WANG XIAO NING

出生于 1968 年 9 月，中共党员，高级工程师，宁夏维尔铸造有限责任公司董事长、总工程师。2013 年获宁夏回族自治区优秀企业家称号，2014 年获自治区五一劳动奖，2015 年被评为宁夏企业自主创新"十大领军人物"，2015 年入选国家科技部"创新人才推进计划"，2016 年被评为国家"万人计划"领军人才。

长期从事铸造工艺和材料研究工作，高度重视、践行企业技术创新和管理创新，始终保持忧患意识，带领企业转型升级，不断向高端产品、高端市场迈进。被授予宁夏优秀企业家、全区优秀共产党员、宁夏塞上英才、全国民族团结进步模范个人、全国优秀中国特色社会主义事业建设者等荣誉称号。获得发明专利 12 项。

王小宁：
小企业勇做大国枕梁

说起铸造，很多人觉得离自己很远，但实际上，小到家庭、大到航天都离不开它。

作为现代机械制造工业的基础工艺之一，铸造业的发展甚至代表着一个国家的生产实力。维尔铸造的出现为我国新材料产业高质量发展注入了新动能。

王小宁对铸造工艺的热爱和痴迷，如同铸造炉淬炼时的高温。他敢于挑战国内外难攻克的项目。

"只要心无旁骛地创新创造，踏踏实实办好企业，无论民营企业还是国有企业，未来的中国'智造'定将拥有更强竞争力。"王小宁如是说。

在五十知天命的年纪，王小宁又锁定了新的转型目标。

"十四五"期间，宁夏维尔铸造将抢抓铸造行业转型升级和汽车供应链向中西部转移的重大历史机遇，着力在新能源、汽车轻量化等大批量产品市场开拓和研发上下功夫，进一步为企业延链补链，调整产品结构，加速转型升级，力争实现高质量发展。

辞职创办维尔铸造

王小宁是安徽人，1990 年从西安理工大学材料科学与工程学院毕业，被分配到宁夏煤业矿机公司担任技术员。

"刚从大学出来，给我分配的技术员岗位，听着好像挺懂技术的样子，其实和一般工人没多大区别，甚至水平还不如一些肯钻研的工人。"22岁的王小宁深知要想学到真正的技术，还得在车间踏踏实实学起。

"大学生能干这又脏又累的活？""细皮嫩肉的，吃不了这苦。"20世纪90年代，大学生是天之骄子，刚进公司就担任技术员，这让好多工友不服气。但谦虚好学的王小宁很快赢得了同事的信任，不少同事的独门秘籍都向他公开，而他几乎把所有时间都用在了提高技能上。

凭借自身的刻苦努力，王小宁走上铸造车间管理岗，并一步步成长为分厂厂长。2004年，当人们津津乐道于36岁的他事业有成、年轻有为、前途不可估量时，他做了一个改变他一生的决定：从国企辞职，自己创业。

翻开相册，看着创业时破旧的厂房，王小宁感到了久违的亲切。毕竟，那些房子是他亲眼看着盖起来的，记录着他奋斗的历程。

一切从零开始。王小宁带着六七位和他一样热爱铸造的兄弟，东拼西凑了30万元，成立了宁夏维尔铸造有限责任公司。

创业初期，厂房简陋，设备缺乏，人员不足，但这些并没有动摇王小宁干事创业的信念，他决定从生产煤机用铸件起步。

有技术才有底气。王小宁时刻不放松，在产品的技术含量上下功夫，不满足于有人买、能卖出去就好。要做就做同行中的佼佼者！

咬定这个标准，王小宁带领团队在车间、实验室昼夜奋战、打磨试错，用5年时间，将煤矿机械零部件做到国内最高质量标准，并研制出全球首台槽宽1400毫米超重型刮板运输机槽帮，煤机零部件出口欧美国家。

同时，他研发的"铸造贝氏体钢槽帮铸造工艺"获得发明专利授权，产品成为全球首台主机主要配套产品和材料，为我国煤矿综采设备的技术进步做出重要贡献。

转型迎来跨越式发展

企业要想长远发展，必须比别人看得更远。

2009年是维尔铸造发展迎来的第一个五年，年产值一跃超过3000万元。当年也恰逢国内外煤炭形势大好，但王小宁居安思危的忧患意识让他看到始终单一依附在煤炭领域风险很大。

他做出了向高难度、高技术含量、高附加值领域转型的决策。

此后王小宁就像魔怔了一般，专挑别人干不了的事情做，哪怕是国内外都难以攻克的项目，他都想方设法尝试突破。

缓速器是刹车系统的辅助装置，多年来始终依靠德国进口，而且价格昂贵，每台要花费四五万元，还经常断货缺货。国内迟迟无法攻克技术难关，就是因为无法生产出超薄精度的核心零部件——定子转子叶片。

明知山有虎，偏向虎山行。顶着外界不看好的压力，王小宁带领团队毅然决然地选择了将重型车刹车的关键部件——缓速器作为攻克项目。

历时700多个日夜，维尔铸造的液力缓速器关键零部件多项技术标准终于超过德国企业，并于2012年获得中国国际铸造博览会特别金奖，成为国内唯一能够生产此类产品的企业。

同年，王小宁又盯上处于国内垄断地位的部分特高压输配电核心零部件。他带领团队通过技术创新，有效利用宁夏的铝镁资源，实现产业链的大幅增值，目前已成为国内主流输配电行业的供应商，产品为德国西门子公司和瑞典ABB公司配套。

2014年，维尔铸造通过自主研发的工业机器人核心零部件大获成功，为全球机器人四大家族之首的ABB公司实现配套，成为国内唯一能够生产六轴六级精度的零部件供应商。该类产品已成为公司主导产品，以每年40%的增速发展。

成功并没有让王小宁满足。2016年，中国中车为生产"中国标准高速动车组铝合金枕梁"开展公开招标，王小宁又抓住了机遇。

"枕梁位于车厢底部，属于高铁受力结构件，是一个气密性部件。列车拐弯时，通过它的充放气来调整运行姿态，对技术要求极高。"王小宁发誓一定要把这个项目做好。

经过2年多的摸爬滚打，2018年5月，由维尔铸造与北京交通大学、中国中车集团等共同研制的中国标准高速动车组铝合金枕梁通过检测，并于当年8月成为中国中车新型动车的试车配套器件，打破了中国高速动车组枕梁相关技术全部依赖进口的局面。

凭着这股子倔劲儿，维尔铸造的铸钢、铸铁、有色合金、模具设计制造和精密加工在国内形成核心竞争力，国内外订单应接不暇。

科技创新是领跑秘诀

"企业要想创新发展，跟在别人后面跑是不行的。"在2022年召开的宁夏回族自治区第十三次党代会上，王小宁这样说。

在他看来，企业要想从跟随者蝶变为领跑者，秘诀就是紧盯市场需求，加快科研攻关，加大资金投入力度，坚持不懈、久久为功，着力解决好行业卡脖子的问题，以科技创新赢得发展主动。

这一段话也透露出维尔铸造成长的奥秘：一是早转型，二是舍得在研发上花钱。

企业的创新和研发永远在路上。王小宁坚持将维尔铸造每年总收入的 8%~15% 投入到新产品的研发中。

近年来,维尔铸造先后投入 3000 多万元,成功研制出汽车液力缓速定子、转子等汽车零部件,均为国内首创,荣获中国铸造国际金奖特别奖。开发的特高压输电变电关键铸造零部件,为西电、西门子、法士特等国内外知名企业配套。与西安交通大学材料学院、清华大学材料学院、长安大学、美国 Caterpillar 公司、瑞典 ABB 公司建立了科技合作关系,2 项科技成果达到国内先进水平,拥有 12 项发明专利。

18 年前的维尔铸造只是一个支起熔炼炉、靠铸造槽帮起家的小厂。几经转型升级,现在发展成长为以生产煤矿机械铸钢件、汽车零部件和特高压输变电铝合金铸件为主的国家高新技术企业,是全国乃至全球高端精密铸件定点供应商。

"铸造是我半生的饭碗,经历了许多,有开心也有难过,有迷惘也有痛苦,让我这个铸造人的感情既丰富又复杂。"王小宁说。

沉醉于对技术的探索,每解决一个问题,他和他的团队都如同发现新大陆般兴奋。看到产品生产出来,如同看到新生儿的诞生。正是因为拥有持续创新的经营理念和独到的市场眼光,成就了王小宁和他的团队。

如今,维尔铸造通过提档升级调结构,撕掉传统产业标签,以自主创新为腾飞的翅膀,正一步步从"维尔制造"向"维尔创造"进发。

王振海
WANG ZHEN HAI

出生于1968年2月，医学博士，临床医学博士后，神经病学主任医师、教授、博士生导师。现任宁夏医科大学总医院副院长、肿瘤医院院长、神经病学中心常务副主任，系省部共建国家颅脑疾病重点实验室培育基地副主任、宁夏神经病学重点专科和创新团队负责人、宁夏神经系统疾病诊疗工程技术研究中心主任、宁夏神经病学质量控制中心主任、国家高级卒中中心（宁夏）和宁夏示范卒中中心主任、宁夏脑卒中专科联盟理事长。

获得国家卫生计生委脑卒中防治工程突出贡献奖、国家卫健委脑卒中防治工程精英楷模奖、中国医师协会杰出神经内科医师学术成就等荣誉。被评为宁夏"塞上英才"、"313"人才和"塞上名医"，获宁夏首届科技创新争先将，享受国务院特殊津贴。主持和参加多项国家973计划、863计划、国家自然科学基金、中国博士后基金和宁夏科技重点项目，多次获得省部级科技进步奖。

王振海：
在神经系统疾病领域前进了一小步

2020年9月17日，世界顶级学术期刊《新英格兰医学杂志》刊发了宁夏医科大学王振海教授团队与中国疾控中心病毒病预防控制研究所王环宇教授团队等合作的研究论文，证实乙型脑炎病毒感染可能导致吉兰巴雷综合征，抗神经节苷脂抗体可能参与其发病病理过程。

这个消息在业界一石激起千层浪，医学同行争相转发。

印度一位神经病学资深教授坦言，过去也曾发现过这类医学现象，但是没有进行深入研究，导致缺乏明确的科学证据。他为王振海团队取得的成绩由衷感到钦佩。

1989年进入重庆医科大学学习，王振海开启了他的梦想之旅。30多年过去了，他从初出茅庐的普通医生，成长为宁夏医科大学总医院副院长、神经病学首席专家和学科带头人。

一路走来，王振海胸怀科学家精神，获得了一个又一个创新与突破。

从医路上的精神底色

学医、从医、成"大医"是很多胸怀救死扶伤之志者的梦想之路。如果给这条路铺上一层精神底色，王振海认为首要的就是具有爱国精神和创新精神，要胸怀祖国、服务人民、勇攀高峰、敢为人先。

1999年，在同心县医院工作了5年的王振海开始攻读神经病学硕士，师从知名神经病学专家孔繁元。1985年，导师孔繁元以高级访问学者的身份赴法国进修脑脊液细胞学。回国后，孔繁元成立了脑脊液细胞学研究室，全面开展脑脊液细胞学系列研究，使脑脊液细胞学从一项简单的临检项目发展成一门新兴学科。

孔繁元的科研精神鼓舞了王振海。"导师经常讲，他进修时在实验室一泡就是10来个小时，给我树立了学习的榜样。"

在重庆医科大学读博期间，导师谢鹏又让王振海感受到科学研究的魅力，坚定了他从事科研的决心。

"1995年导师去日本留学，那时候是有机会留在海外工作的，但是一年后他毅然选择了回国。他对我们讲，人不选择祖国，就像不选择自己的母亲。作为中国人，一颗中国心、一种中国印是永远磨灭不掉的。这种精神至今都激励着我，让我扎根基层攻克难题，是我不断进步的力量。"

2006年6月，王振海博士毕业，回到宁夏医科大学总医院工作。8月的一天，他到广州参加全国会议，再次聆听了谢鹏精彩的学术报告。"他在总结发言时提出了几个'为什么'，给了我很多启示。"

不久，在谢鹏教授的指导下，王振海回到重庆医科大学附属第一医院，和团队一起做国家863计划的申报书，并获科技部立项支持。王振海申请进入博士后流动站，围绕神经系统感染性疾病开展新发病毒的分子诊断等相关研究，为神经性系统感染性疾病的诊断和治疗提供了理论依据。

2年的博士后流动站工作使王振海对分子生物学实验技术和原理更加熟悉，科研思路也更加开阔。

看到不一样的风景

30多年来，王振海在科研的道路上踩足油门全速前进。然而科研并非易事，需要面对实验的反复，在大量的资料和数据中寻找突破，不断从头再来，但是他说："每每站得高一点儿，就能看到不一样的风景。"

这样的时刻，王振海已经拥有不少。建立脑脊液细胞数学形态特征库，实现自动识别与临床分析；率先开发常见细菌宏基因组测序技术和基因芯片对化脓性脑膜炎脑脊液致病菌的检测；探讨人畜共患博尔纳病病毒和布鲁氏菌毒力基因、细菌定植及其对脑侵染损害可能的机制，为临床寻找药物治疗靶点奠定基础……

王振海团队与王环宇教授团队等合作的研究论文，报道了2018年夏天宁夏北部确诊的161例乙型脑炎病毒感染者中发现47例吉兰-巴雷综合征。这项研究通过对局部地区短期内突然暴发乙型脑炎病毒感染的观察和随访，为乙型脑炎病毒感染与吉兰-巴雷综合征之间的关系提供了证据，为早期诊治、新药研发、防控措施、后期研究提供了重要依据。

可鲜为人知的是，这一轰动性的研究，却来自临床上不经意的发现。王振海说："从临床上捕捉一些难以解释的现象，深入挖掘其中的医学奥秘，往往会带来重大的科学发现。"

几年前，王振海在临床诊疗中发现，部分乙脑病毒感染者除发烧、头痛等症状外，还出现了四肢瘫痪、呼吸困难等类似吉兰-巴雷综合征的新特点，在此之前，国内外极少有这样的病例报道。

"按照国家相关疾病诊断标准，难以解释它的症状和体征，特别是发现这些病原体感染以后与吉兰-巴雷综合征的因果关系不明确，国内外也没有查到相关的文献报道，对这类疾病的继续诊断带来挑战。"他说。

这一发现在他的脑海里挥之不去。2018年9月，中华医学会神经病学分会在上海召开。王振海在会上对临床上的这种现象与大家进行了交流，与会专家也无法解释，但是建议他集中科研力量对此进行研究。

很快，王振海联合国内知名科研院所、专家团队，向这个陌生但充满巨大吸引力的领域进发。经过一年的反复试验检测、基因测序、数据整理分析和随访观察等大量工作，他们终于明确了本次感染的病原体为乙型脑炎病毒基因Ⅰb型，证实乙型脑炎病毒感染可能导致吉兰－巴雷综合征。

竭力服务脑卒中患者

大家都说，宁夏医科大学总医院卒中中心是行业发展的领头羊，而王振海是卒中中心的领头羊。

他带领卒中中心攻克了溶栓技术、内膜剥脱技术、取栓技术、通过颈部血管超声进行筛查技术等，同时优化院内诊治、检查流程及工作制度，开通高效医院急救绿色通道，建设多学科治疗团队。2016年，卒中中心成功获批为国家高级卒中中心。

经过10多年的不懈努力，该院年卒中溶栓救治患者数量从不足10例提升至140例，入院至实施静脉溶栓时间（DNT）从130~145分钟缩短至45~55分钟。

作为宁夏脑卒中专科联盟专家委员会理事长及主任委员，王振海充分发挥专家团队和基地医院的网络优势，提升区域内脑血管病专业技术人员的规范化诊疗水平，建立基于区域急救系统的转诊模式，加强区域内各级医院之间的合作，推行脑卒中分级诊疗制度，指导脑卒中专业管理和质量控制。

2019年，联盟内21家医院被评定为不同层级的卒中中心，实现医疗资源的充分利用，保证更多患者的高质量救治，推动宁夏全区脑卒中救治能力的整体提升。

"我们编了一个'中风120'口诀，挺有意思，帮助患者理解、记忆并快速识别卒中症状，为抢救赢得宝贵时间。"领导宁夏卒中中心建设的同时，王振海还加强脑卒中预防宣教工作。

他介绍说，口诀中的"1"代表观察1张脸是否左右对称，有无口角歪斜；"2"代表查2条胳膊，双手平举后是否有单侧麻木无力；"0"代表零星语言，评估患者是否有言语不清、表达困难。这个口诀包含了颅神经、运动、语言等脑卒中的基本神经系统症状和体征，通俗易懂。

目前，宁夏医科大学总医院已加入中国卒中急救地图，有效提高了脑卒中患者的急救效率。

"回想过去，我们在神经系统疾病领域只前进了一小步，但是为这一小步，我们付出了很多心血和汗水。科研之路要想走得更远，面临着很多挑战，任重而道远。"王振海深情地总结道，"如果秉承科研精神，胸怀服务国家和人民的情怀，这条路也会变为坦途。"

刘　轶
LIU YI

出生于 1983 年 12 月，中共党员，硕士研究生，高级工程师，享受宁夏特殊津贴，系中国科协第九次全国代表大会代表、宁夏智能铸造工程技术研究中心主任，现任共享智能装备有限公司总经理。主要从事铸造砂型 3D 打印设备、关键零部件、软件等技术研究。开发交错式和跟随式打印技术，实现不间断循环喷墨高效率打印。开发微角度双向铺压一体技术及叠形槽振动下砂技术，研制出大跨距（>2500mm）双向高速铺砂装置。组织开发集运动控制、喷墨控制、布图切片及数据解析于一体的全套控制软件，设计出基于高速串行拓扑结构通讯协议的打印驱动系统和新型高速宽幅打印头。研制出我国第一台大尺寸高效率工业级铸造 3D 打印设备，打印效率比同类设备高 3~5 倍，技术指标达到国际领先水平。累计授权专利 140 项，其中中国发明专利 26 项、国外发明专利 36 项。主持国家科技部重点研发计划"大尺寸铸造砂型高效增材制造装备与工艺研究"和"科技助力经济 2020"重点专项，以及宁夏回族自治区、银川市等省市级重点项目 10 项。

获中国专利银奖、2020"遨博杯"全国首届机械工业设计创新大赛金奖、中国好设计银奖、宁夏回族自治区科技重大贡献奖、自治区青年科技奖、自治区创新争先奖等。被评为中国智能铸造产业联盟第一届专家委员会专家、自治区科技创新领军人才、自治区青年拔尖人才、银川市高精尖缺人才、银川市绿色通道服务制度首批优秀企业家。

刘 轶：
我和铸造 3D 打印的十年

刘轶还清楚地记得 6 年前的那个冬日。

2016 年 2 月 2 日，农历小年刚过，中共中央政治局常委、国务院总理李克强冒着零下十几度的严寒，走进共享装备股份有限公司。

一座密闭的厂房内，一台自主研发的铸造 3D 打印机正在通过逐层叠加的方式打印出异常精致的铸造用砂型。以前的模具、造型、制芯、合箱 4 道工序被 3D 打印一道工序所替代。

李克强总理鼓励道："你们是不同军种的集团军作战，是中国铸造业第一批吃螃蟹的人！"

"现在中国的传统制造业、铸造业正处在艰难转型的时期，但你们这里却显现出欣欣向荣的希望。"总理说，"你们正在改变中国铸造业的历史。我希望在不久的将来，看到你们实现更新、更大的突破。"

作为这项技术的研发带头人，刘轶在兴奋之余，越发感到肩上责任重大。带着总理的谆谆嘱托，这些年他带领团队攻克一个又一个技术难题，一次又一次打破国外技术垄断，为我国传统铸造业转型升级提供了"共享智慧"。

自己动手解决技术瓶颈

铸造是装备制造业的基础产业，我国铸造产量连续16年稳居世界第一，是名副其实的铸造大国。

然而，传统的铸造设备以混砂机为主，劳动强度大，效率低，且最让人糟心的是工作环境恶劣，工人经常"白脸进去黑脸出来"，时间久了，一线技术人员流失严重。

"我在铸造维修车间待了9年，心里一直有个梦想——让铸造工人的工作环境得到改善。"宁夏智能铸造工程技术研究中心主任、共享智能装备有限公司总经理刘轶说。

2005年，刘轶从中北大学电气工程及其自动化专业毕业，到共享集团从事大型铸造设备的维护管理及技术改造工作。勇于创新的他利用PLC、信息化、物联网等高新技术，对设备进行优化改造，使设备的自动化、可靠性、安全性等得到大幅提升。

共享人第一次听到"铸造3D打印机"这个名字是在2012年，但所有人在一时的好奇之后，都把这件事置之脑后，公司董事长彭凡和时任设备部部长的刘轶却默默在本子上记了下来。

"我知道铸造环境的改变有戏了。"刘轶通过查阅大量的文献并结合自己的工作经验，确定3D打印是可以变革铸造工序的钥匙。

锁定铸造3D打印技术后，共享集团立即购买了一台德国产的3D打印机，组建了一支50多人的团队从点上突破，应用研究工作正式开始。但没想到的是，所有材料和零配件都要进口，设备出现故障后也必须由国外工程师维修，根本用不起。

一次，在打印过程中发生工作箱无法行走的故障，设备直接罢工。在与德国供应商取得联系后，对方的服务报价是，从工程师上飞机的那一刻开始，

每小时165欧元。

一个星期后，工程师终于抵达银川，但旧问题还未解决，新问题又出现了。共享集团向外国工程师反映这一情况后，对方竟然摇头，理由是他只负责解决先前的故障，新故障必须重新走程序。

这种情形屡次出现，董事长彭凡痛下决心，决定自己攻克受制于人的技术瓶颈。而立之年的刘轶被委以重任，主抓材料、工艺、软硬件等的研发及集成工作。

成功打破国外技术垄断

什么是3D打印？

"就是分层叠加技术，是一个从三维降到二维、再升到三维的过程。"刘轶打了一个形象的比方。这项技术首先利用切片软件将实体模型沿高度方向切成薄片，然后逐层叠加，最终形成三维实体，这个步骤可以看成多个平面逐层打印，再叠加起来形成立体。

3D打印技术其中的一个技术称作3DP（三维印刷），目前在业内生产效率最高，成本相对较低，最易于产业化推广。刘轶决定主攻这个方向。

这个长着一张娃娃脸的年轻人，脸上总是挂着谦和的微笑，但他干起活来却丝毫不含糊。他领着一支平均年龄不到30岁的团队吃住在单位，开始了艰难的攻关之路。

近千个不眠的日夜，上万次实验，历经 2 年多的探索研究，当样机打印出符合铸造要求的砂型时，大伙兴奋地跳了起来，他们造出了国内第一台铸造砂型 3D 打印机。

刘轶和他的伙伴们继续往前跑。

2014 年，杜银学作为软件工程师临危受命、加入团队，独立开发适配 3D 打印机节拍的电气系统及控制软件。他曾经连续 5 个月连轴转，为设备的自主研发努力。"当时团队成员可以说已经没有时间概念，找到突破点的时候，整个人都像进入了一种癫狂状态。"

"都说独木不成林，我特别感激我的团队，没有他们支持，我不可能有今天的成绩。"刘轶反复强调。

刘轶带领的团队于 2015 年获批为宁夏回族自治区级铸造 3D 打印及铸造智能工厂产业应用创新团队。该团队目前共有各类专业人员 150 人。他们凭借自身努力，还获得了"全国工人先锋号"荣誉称号。

经过 5 年的奋斗，刘轶和他的团队攻克铸造 3D 打印材料、工艺、软件、关键零部件及集成等产业应用技术难题。在控制系统集成方面，实现五大核心控制软件在同一平台综合集成、十二大关键技术优化创新，授权专利 400 多项。

他们研发出的铸造砂型 3D 打印设备打印效率超过 500 L/h，达到国际领先水平，成功打破国外技术垄断，为公司乃至中国铸造行业的转型发展做出了突出贡献。

开创铸件生产新方式

铸造 3D 打印是个很神奇的东西。

"以前做一个铸件，必须先使用木质或金属模型翻制出砂型，然后再往组合好的砂型中浇注金属液体,才能得到最终的铸件产品,生产周期为 2 个多月。"刘轶说。而铸造 3D 打印不需要木质或金属模型,它直接将砂型打印出来,再浇注金属液体即可,生产周期缩短至一周左右。

以发动机气缸盖铸件为例。原先用金属模具翻制出近 20 个砂型,需要一个高级技工精密组装出来,是一个培训半年以上的高级技工才能干的工作。而采用 3D 打印技术,一次就能打印完成,误差也从原来的 1 毫米降到了 0.3 毫米,生产效率提高 3~5 倍,成品率提高 20%~30%。

铸件生产由复杂变得简单,传统的铸造生产方式则由黑色变为绿色。

2018 年,公司建成世界上第一条铸造 3D 打印产业化应用生产线,建成世界首个万吨级铸造 3D 打印智能工厂。现在的车间,只见 14 台 5 米多高的铸造砂型 3D 打印机整齐摆放,除了机器运转声,再无其他轰鸣声;几位工作人员在操作面板前监测,2 台重载移动机器人来回穿梭运送货物,再无其他身影。

无吊车、无模型、无重体力劳动、无温差、无废砂及粉尘排放,以前的翻砂车间摇身一变成了空调工厂。刘轶曾经很多次憧憬的让铸造工人体面工作的场景,如今已成为现实。

借助于 3D 打印等创新技术的应用,共享集团开创了"铸造 3D 打印等新技术 + 铸造绿色智能工厂"的新型铸件生产方式,推动铸造业转型升级。

"未来,我们还要进一步提高效率、降低成本,实现批量生产,让中国铸造 3D 打印产业化应用领跑全球。"刘轶说,"这个两万五千里长征,我们仅仅迈出了第一步。"

刘庆华
LIU QING HUA

出生于 1974 年 9 月，硕士研究生，高级工程师，现任宁夏天地奔牛实业集团有限公司副总经理，主要从事煤矿输送设备技术研发和技术管理工作。先后主持或作为主要成员完成"中厚偏薄煤层综采工作面超重型成套输送设备""7 米超大采高综采成套技术与装备""年产 1200 万吨综采工作面超重型成套输送设备""变频驱动刮板输送机"等项目。负责的"智能控制刮板输送机"重大技术创新项目，解决了井工开采运输机械研制中的刮板输送机装载量实时检测、装煤量预测算法模型、变频调速模型、链张力主动调节等 10 多项技术难题。

获得全国劳动模范、宁夏回族自治区劳动模范、全国重型机械行业优秀科技工作者、首届宁夏创新争先优秀科技工作者等荣誉。获国家能源科技进步奖、中国煤炭工业科学技术奖、宁夏回族自治区科学技术进步奖等 20 多项科技类奖项。获得授权专利 86 项，其中发明专利 13 项。负责研制的多项产品代表了国家在该行业的发展水平，推动国家煤炭输送装备技术创新、高端元件国产化等领域的快速发展，为宁夏天地奔牛实业集团有限公司培养多名优秀科技研发人才。

刘庆华：
做一名技术人员最满足

"小时候，父亲就教导我，做事要踏实执著，要有恒心，做一个对社会有用的人。现在看，我做到了。"48岁的刘庆华说。

作为宁夏天地奔牛实业集团有限公司（以下简称为天地奔牛）副总经理，他先后主持多项产品的开发及攻关工作，在国内煤机制造领域有较高的声誉和影响力，多次获得国家和省部级表彰。

然而在他看来，"我最满足的就是做一名技术人员"。面对荣誉，他总是自谦地称自己是一名普通的设计人员。在从事设计工作的20多年里，有过心酸，有过困惑，有过艰辛，有过坎坷，但对于他来说，收获最多的还是做一名劳动者的快乐。

他深深地爱着这份工作，工作时间越长，爱得越深。每当看到自己设计的刮板输送机交付用户，开始铺设、出煤，他心中满是自豪。

设计最早的刮板输送机

作为国家煤炭井工输送装备重点研发、制造基地，天地奔牛是井下采煤工作面关键装备——重型刮板输送机国内最大的供应商，全国超一半的煤矿用户都使用过奔牛装备。

刘庆华从来没想过自己的生命轨迹会和这样一家大企业有交集。

1997年6月，刘庆华从甘肃农业大学机械设计专业毕业，同年进入宁夏天地奔牛实业集团公司产品研究所从事产品设计开发工作，先后担任设计员、主任工程师、设计主管、产品研究所副所长、公司副总工程师兼产品研究所总工程师等技术岗位，是公司的技术骨干。

产品设计开发，挑战可想而知。

刘庆华入职的第二年，恰逢1999年我国煤炭工业的低潮期，公司订货和回款遇到了很大困难，员工工资每月都要推迟半月发放。"当时东北一个矿务局由于生产计划调整，急需公司提前交付一套SGZ630/180刮板输送机，并提出如果设备能在一个月内交付，立即支付现款。"这对缓解公司当时的困难，无疑是雪中送炭。

初出茅庐的刘庆华接受了该项目的设计任务。

在师父的指导下，他连续工作两天两夜，最终"拼凑"出一套最节约生产时间的刮板输送机：输送机机头、机尾驱动部采用公司已生产的一套产品，中部槽由铸造结构改为型钢整体焊接结构，过渡槽则由现有产品改制。

在设计过程中，刘庆华充分考虑了公司实际的生产条件和材料准备情况，再加上公司上下齐心协力，终于在一个月内生产出满足用户要求的产品，对方也兑现承诺支付了现款。"那个月工资发得很及时。"

对于刘庆华来说，这台刮板输送机是他最早设计的产品，虽然与同期公司的主流产品相比，技术落后、适应用户群小，是特殊时期的过渡性产品，但这件事让他印象非常深刻，也极大地提高了他的自信心。

卖出去的创新才有价值

在之后的工作中，刘庆华屡次临危受命，多次承担时间紧、难度大的技术项目。他不曾畏惧，没有退缩。

记得2006年年底，神华集团万利分公司向天地奔牛紧急订购了一套SGZ1000/3×700刮板输送机，要求2007年1月交货。面对2个月的紧张设计生产周期，刘庆华毅然接受了该项目的设计任务。

他加班加点独自完成总体方案的设计工作，又将项目细分为几个子项目，组织室内设计人员分工协作。各子项目交叉并行，槽帮、刮板、链轮轴组等生产周期长的部件先设计、先发图，尽量为生产节约时间。

经过全体成员的共同努力，项目在短短14天内完成了全套图纸的设计、出图任务。

更让大家欣喜的是，产品没有因工期紧而出现任何设计缺陷。在交付用户使用后，创造了月产107万吨煤的高产纪录，创造了国产设备的新纪录。

随着综采技术的逐渐提高，回采产量大幅增加、配采比例失调、薄厚煤层开采速度不相适应的矛盾日益突出。为避免资源浪费，实现资源均衡开采，薄煤层综采设备日益受到关注。天地奔牛决定开发薄煤层开采用刮板输送机，并且要求新产品与国内同类产品相比要有较大的技术进步。

这副重担又落到了刘庆华的肩上。

他查阅了大量资料，对国内外薄煤层综采技术和设备进行全面了解，对行铲板侧链轨牵引方案、铲板侧固定销排牵引方案、挡板侧链轨牵引方案等10多种技术方案进行全面对比，综合考虑薄煤层井工开采的特点和刮板输送机的发展方向，以解决目前薄煤层综采刮板输送机普遍存在的问题为突破口，设计制造出薄煤层刮板输送机。

业内评价，这款机器很好地解决了以往薄煤层综采设备链条规格小易发生断链、挡板侧采机牵引机构排煤不畅、中部槽间连接强度低易掰隼头等难题，产品综合性能达到国内领先水平。

多年来，刘庆华一直致力于公司新产品和转型产品技术的研发，连续承担高速滑行刨煤机、神华集团神东公司中部槽国产化、神华集团万利分公司SGZ1000/2×700、SGZ1000/3×700综采工作面成套设备、液压紧链器等公司重大技术项目的设计与开发工作，多次获得公司科技进步奖。在智能刮板输送机、反井钻机等产品研发方面取得丰硕成果，为公司产品更新换代做出突出贡献，也为公司创造了良好的经济效益。

天地奔牛的蝶变之舞

"原来采矿，一个人一年可开采10万吨煤，有了我们的设备，只需要十几二十个人操作，就可以产煤2000万吨！"刘庆华自豪地说。

在煤机装备制造激烈的市场竞争中，刘庆华带领团队以主动创新赢得主动发展。在转型升级大潮中，以人操作为主的机器设备逐渐被机器人等数字化智能设备代替，生产效率和质量大幅提升，赢得了持续性增长。

目前，公司从半机械化发展实现智能化发展，年产值达30亿元。

"问题和解决问题的手段总是同时产生。"刘庆华对《资本论》中的这句名言十分认同。在他看来，善于积势、蓄势、谋势，善于识变、求变、应变，是当下应对各种风险挑战的重要方法论。

面对技术瓶颈，宁夏天地奔牛实业集团有限公司与北京中煤联合成立协同创新项目研制团队，研制出钻井深度达千米、扩孔直径7米的智能化反井钻机。钻机还安有导航系统，实现反井钻机工作过程全自动化及远程安全操作，同时攻克深部复杂岩体高效破岩、高可靠性钻架和智能化电控系统等关键技术。

"千米级大直径智能化反井钻机研制"项目获批为 2020 年宁夏回族自治区重大科技项目。项目研发成功，将对煤矿、金属矿山、水利水电、铁路和公路隧道等各类岩层的井筒开挖工程技术发展产生深远影响。

过去的 50 多年，天地奔牛从没有停止研发。即便在应对疫情带来的发展困局时，公司创新发展的积极性也没有削弱。

2022 年 3 月，超长工作面智能刮板输送装备对外正式发布，这也是目前国内设计长度最长的煤炭开采工作面输送装备，具有长运距、智能化、高可靠、长寿命等特点，对提升中国煤机装备业的国际竞争力具有重要意义。

"地下是中国未来的发展方向，跟随永远比突破容易，但我们就是要突破。未来，我们要把钻机上的导航精度从 2% 提升到 0.2%，我们要把下井的劳动力转换为设备的维护者，我们要逐步成为品质一流的煤机制造商。"这是刘庆华一直努力的方向。

刘志远
LIU ZHI YUAN

出生于1970年10月，高级工程师，现任国网宁夏电力超高压公司总经理，享受国务院特殊津贴。被评为国网宁夏电力有限公司首席技术专家、国家电网公司继电保护突出贡献个人、宁夏回族自治区优秀科技工作者、宁夏首届创新争先奖获得者。系西安交通大学、华北电力大学硕士生导师。获得省部级科技进步奖16项，其中一等奖5项、中国专利优秀奖2项。申请专利167项，获发明授权47项、实用新型授权46项、软件著作权9项。出版专著4部，发表论文40多篇。

近年，针对宁夏密集外送型电网存在的继电保护可靠性和灵敏度难以兼顾、复杂故障特征辨识能力有限、对互感器暂态饱和适应能力差等问题，主持开展适应强电磁耦合影响的高灵敏度保护、复杂故障特征快速辨识、互感器传变失真的高可靠性保护等技术研究。解决了宁夏"小省区、大电网"继电保护运行中的难题，完善了密集型外送电网保护原理。节省设备改造费用超2亿元，宁夏电网连续5年未发生因保护原理性缺陷所导致的不正确动作。主持建成的国内首个省地一体化定值整定系统，解决了跨区电网保护配合整定难题，国内市场占有率超过80%，新增产值3.7亿元。针对直流输电工程首台首套设备可靠性差、检测手段有限等问题，主持开展分接开关振动检测、熔断型避雷器、电力机器人等方面的研究。变电站户内轨道巡检机器人为国内首创，达到国际先进水平，已在国内应用1500套，产值超4.5亿元。大容量变压器快速切换成果一次应用较传统方案节省资金超1000万元，更换时间由15天缩短至2天，成为特高压变压器典型备用方案。其研究成果推动行业进步，确保电网安全稳定运行，支撑宁夏新能源快速发展和直流外送规模持续提升，拉动宁夏经济增长，保障国家西电东送战略实施。

刘志远：
善于解决技术难题的创新达人

从事电网保护与控制工作31年，长期扎根生产一线，在新技术开发与应用、解决复杂工程技术难题等方面能力突出。主持的"同塔双回线路零序环流对继电保护的影响研究"等多个项目达到国际领先水平。部分成果已在多省市应用并打入国际市场。

这个创新达人就是国网宁夏电力首席技术专家刘志远。

7月的宁夏骄阳似火，谁不愿意待在有空调的办公室呢？但要想在办公室找到刘志远，几乎不可能，可在银川各个换流站，你经常能看到一个皮肤黝黑、面带微笑的中年人碎步小跑的身影。

具有自主知识产权的核心技术，如今已成为越来越多电网科技工作者的主攻方向。刘志远亦是如此，他和团队始终坚持以技术创新提升电网安全稳定运行水平，为跨区外送型电网解决了多项关键技术难题。

苦心钻研技术解难题

"受父亲影响，我很早就接触了电学知识，通过寒暑假打临工，也储备了不少实践经验。虽然高考失利，但在银川电校那2年的学习，加深了我对电学知识的热爱。"说起入行，刘志远直言不讳。

1991年从银川电校毕业后，刘志远入职宁夏送变电工程公司，从事继电保护工作。

能做自己喜欢的事情是幸福的。刘志远接触到继电保护工作，从喜欢上它到痴迷于它，最终在该领域创造出不菲的价值。

随着电气设备现场调试工作经验的不断积累，任何问题都逃不过刘志远的法眼。记得在给一家冶炼企业调试设备时，他发现电炉变压器烧损的现象非常普遍，容易引起生产企业长时间停产和供电企业中断供电，造成上千万元的经济损失。这一现象已成为困扰冶炼企业生产和电网安全的重大难题。

刘志远与团队通过不断地调试和分析，发现电炉变压器仅配置了类似保险丝式的简单过电流保护，因而不能在故障初期快速将故障变压器与电源隔离。

一旦发现问题，他就要想方设法解决。

他带领团队一头扎进电炉变压器保护的研究中，全身心扑在实验室，设计发明保护算法，研制专用元器件。团队大胆求证，力求创新，终于制定出在电炉变压器的运行环境及制造质量不改变的情况下，能够快速切除故障的电流差动保护解决方案。

经过反复试验和不断改进，他们研制出差动保护系统，实现差动保护在大容量电炉变压器上的成功应用，填补了该领域保护原理和装置配置的空白。该成果获宁夏回族自治区重点科研成果转化专项资金支持，在全国范围推广应用。

目前，这一系统已正确动作18次，避免了多起变压器损坏事故，提高了冶炼企业的产量和供电企业的售电量，创造经济价值近2亿元。

护航西电东送大通道

2012年3月，按照国家电网有限公司统一部署，世界首个±660千伏直流输电工程——"宁东－山东直流输电示范工程"的首端站银川东换流站交予国网宁夏电力有限公司属地化运维管理。

彼时，国网宁夏电力有限公司没有任何运维管理直流换流站的相关经验，更是缺乏技术骨干。刘志远临危受命，由宁夏电力调度控制中心调整至国网宁夏超高压公司，全面主抓换流站工作。

到任伊始，换流站的核心设备——世界上容量最大的换流变压器就给他来了一个下马威。

换流站首次年度检修后，在换流变充电过程中，由于励磁涌流过大、未能得到有效抑制，导致充电失败，直流系统被迫停运。如何能更加有效地抑制换流变压器的励磁涌流一直是制约直流系统可靠运行的一个关键性难题。

面对困难，刘志远有股子倔劲儿，非要解决了心里才踏实。在他的带动下，宁夏直流创新团队正式组建。经过长达7年的攻关，终于研发出一套具有自主知识产权的换流变励磁涌流抑制关键技术及成套装置。

该成果在宁夏电网整体应用以来，大大减少因涌流引发的设备损坏、保护误动、直流迫停等事故，换流变及交流滤波器连续3年投入成功率达100%，提升了宁夏及受端电网的整体安全运行水平。成套技术已在国内外特高压换流站及变电站推广应用。

作为世界上首个±660千伏的直流工程，银川东换流站内超过90%以上的直流设备均为世界上首台首套，部分关键部件为国外进口，受制于人，而且还存在水土不服的问题。

细心的刘志远发现采用ABB、西门子等国外厂家技术路线的直流断路器避雷器泄能原理存在明显的设计漏洞，单支避雷器故障无法坚持运行，导致事故频发。

"要想彻底解决这个问题，就要颠覆国外厂家沿用了几十年的技术方案，另辟蹊径。"刘志远的想法遭到各方质疑，可在他看来，既然中国的直流输电运维检修技术已达到国际领先水平，那么我们的直流装备制造也一定能够取得突破。

刘志远暗下决心，一定要把直流输电的饭碗牢牢掌握在自己手里！

他带领团队经过广泛调研、充分论证，创造性地设计、研制出直流熔断型避雷器组，不仅解决了多柱并联避雷器能量吸收一致性的问题，而且实现了单支避雷器失效击穿时熔断器能自动熔断并隔离故障，避免了单支避雷器故障导致直流系统强迫停运的问题，大大提高了直流系统的运行可靠性。

这项技术成果不仅打破了国外技术垄断，而且为我国直流输电工程提供了理论指导和工程实践依据，意义重大。

组建攻关团队育人才

随着世界首个±660千伏宁东－山东直流输电工程及±800千伏特高压灵州－绍兴直流输电工程的相继建成投运，宁夏电网步入交、直流混联电网时代。同时，采用国外技术路线的直流控制保护系统在宁夏电网运行过程中的水土不服问题逐渐凸显。

电网保护与控制领域的继电保护动作性能下降，网架故障特征复杂，单一故障极易衍生为大面积停电事故……一系列制约宁夏电网稳定运行以及电力大规模外送的突出问题摆在了宁夏电力人的面前。

作为守护宁夏电网2条直流外送大通道的现场主要负责人，保证直流系统可靠、高效运行是刘志远团队的首要任务。他深知，要想不被卡脖子，就得通过技术攻关解决生产现场遇到的实际困难，而这离不开团队建设和人才培养。

为确保宁夏电力外送大通道的安全运行，刘志远再次主动请缨，及时组建超、特高压输变电运维技术攻关团队，带领团队成员展开科技攻关。

他们相继开展"电网继电保护省地一体化整定计算系统研究""同杆双回线零序环流仿真分析对继电保护的影响研究""户内多维轨道式电力智能巡检机器人""直流输电控制保护技术在宁夏电网的优化及应用"等课题。

通过不懈的坚持与努力，团队攻克了制约大型能源基地密集电网安全外送的多个难题，多项研究成果处于国际领先水平，大幅提升了外送型电网的运维管控水平，使宁夏电网的直流输电工程在技术管理、安全稳定、输电效益等多项指标上达到国际领先水平，累计向华北、华东输送电量突破5500亿千瓦时，为宁夏及配套发电企业创收超过300亿元。

"我们的职责不仅要开展科技攻关，而且要注重对科技人才的培养，做好传、帮、带、推，让科技创新文化得到传承。"多年来，刘志远为培养电力科技人才倾尽心血，带领创新团队针对生产现场的技术难题攻坚克难，先后培养出多名全国青年岗位标兵、宁夏回族自治区拔尖人才、中央企业技术能手和行业领军人才。

而刘志远并不想就此止步，他将继续带领团队不断攀向更高的山峰。

孙兆军
SUN ZHAO JUN

出生于1963年1月,理学博士,博士生导师,中国农机学会和环境学会理事,宁夏自然资源学会理事长,享受国务院和宁夏特殊津贴,被评为国家"百千万人才工程"一二层次人选、宁夏塞上英才。主持国家重点研发项目(课题)和行业重大专项8项、其他省部级项目23项,获国家科技进步二等奖1项,中国发明创业奖1项,省部级一、二等奖8项。授权中国、美国发明专利10项,实用新型专利30项,获批国家重点新产品1个,制定标准30项。创建我国唯一面向阿拉伯国家的"中阿旱区资源开发与环境治理"教育部和宁夏国际联合重点实验室2个,在阿曼、埃及建立分实验室2个。

长期针对旱区水土资源利用问题,依托丰富的风能、太阳能,开发系列环保型移动式补灌设备,在我国西北地区,西亚和北非等10多个国家应用。利用废旧轮胎橡胶颗粒等创制的间隔式地下渗灌管道,实现全球节水技术由地表滴灌向地下渗灌的艰难跨越,由此创立的高温环境手机APP智能风光互补地下渗灌技术使旱区灌溉定额减少23%以上,节能60%以上,被第三届中阿博览会选定为"十大主推技术"。围绕旱区盐碱土壤质量提升,创新了水－土－肥－盐联合调节理念,资源化利用秸秆、糠醛渣、煤基固废等大宗环保固废改良土壤,成本低,易操作,效果好,使土壤盐分和碱化度双下降36%以上。立足于高值农产品开发,通过限灌、旱培、提质、增效,重构中阿不同高温旱区西甜瓜、椰枣、枸杞、甘蓝等近30种主栽作物节水建植技术,形成优质农产品水土调节新方法。出版《全球典型旱区水土资源持续利用》《中国北方典型盐碱地生态修复》等专著。培训23个国家的人员8万多人次,签订技术转让协议13.01亿美元,治理中低产田790多万亩,新增产值117亿多元,服务"一带一路"建设。

孙兆军：
为生病的大地找到丰收的希望

一边郁郁葱葱，一边斑斑驳驳。在宁夏宁东能源化工基地腹地，一路之隔，天壤之别。

"小心，草里可能有蛇。"孙兆军提醒道。他是宁夏大学原资源环境学院兼环境工程研究院院长，也是此处宁夏煤基固废资源化及污染土壤生态治理项目负责人。

固废真的百无一用只能一埋了之？被污染的土地到底能不能重获新生？与孙兆军一样的科研工作者纷纷展开研究。

长期从事我国西北地区和阿拉伯国家旱区农业水土工程关键技术及装备的研发工作，孙兆军和他的团队所到之处，增添着大地的色彩，也改良着大地的土质。一次次攻坚克难，都寄托着他的民生情怀。

煤基固废治理场长出绿植

宁东能源化工基地与陕西榆林、内蒙古鄂尔多斯共同形成国家能源金三角，这里每年产生工业固废约1.2亿吨。

大宗工业固废中含有的药剂及铜、铅、锌等多种金属元素，随水流入附近河流或渗入地下水，严重污染水源。干涸后的尾砂、粉煤灰等遇大风形成扬尘。煤矸石自燃产生的二氧化硫会形成酸雨，对环境造成危害。

既要有效利用固废，又要解决污染问题，途径在哪？

"宁东基地的固废主要包括粉煤灰、煤矸石、气化炉渣、脱硫石膏、煤泥、电石渣6种。这里建了3个大型渣场，每个都是1亿多吨的容积，但依然解决不了煤基固废堆置问题。咋办？资源化。"孙兆军说。

顺着他所指的方向，距离项目治理基地不到1千米处有个煤矿，不到6千米处有家电厂，不到10千米处还有个新材料园。"这一片集中了宁夏所有的煤基固废类型，我们想在这里好好试试。"他说。

在宁夏重点研发计划重大项目、国家重点研发计划项目的支持下，孙兆军带着宁夏大学的科研团队，与厦门大学、中国矿业大学（徐州）、国家能源投资集团有限责任公司等单位合作开始研究与示范。

在项目治理基地的一块牌子上，清晰地标明宁东能源化工基地6种主要固废的资源化途径，比如脱硫石膏可被制成建筑石膏、水泥缓凝剂；煤泥和粉煤灰可做建筑材料、吸附剂、絮凝剂、活性炭、陶粒、土壤改良剂……

孙兆军带领团队绘制出煤基固废场地污染地理和空间图集1套，筛选出苜蓿、黑麦草、沙打旺等5种场地原位修复品种，研发出5种生态治理调理剂，形成治理沙化、盐碱化和损毁土壤技术模式4个，全面突破煤电化固废资源化关键技术瓶颈。

最终，他们在宁东基地建起一个6000平方米的生态修复示范点，使土壤有机质提高20%，植被成活率达到85%以上，土壤生态功能恢复80%以上。而宁东的固废资源化利用率，2018年只有28.9%，2021年达到49%。

在项目治理现场，只见沙打旺等植物大片大片生长。甚至在一块1.5亩的试验田里，科研人员还种出了西瓜。

节水灌溉圆了旱区致富梦

关注脚下这片土地是不是健康，能不能长出庄稼，与孙兆军的生活经历有很大关系。

他的老家中卫市海原县是个十年九旱之地。眼睁睁看着一方水土养育不了一方人，他从小就有帮助家乡解决灌溉困难的想法。

1999年，孙兆军到西北农林科技大学植物学专业攻读硕士，植物生理、作物栽培以及重点内容水分亏缺与不同灌溉方式对植物生长发育的影响等内容引起了他极大的兴趣。

那一年也是他研究节水灌溉技术的第二个年头。彼时，海原县村民的灌溉方式虽然已由人工浇灌变成农用车拉水灌溉，但蓄水的工具依然是铁罐，结实沉重，次年还容易出现生锈、堵塞等问题。

还是在这一年，孙兆军在学校支持的一个小工厂里开始制作塑料罐和灌溉管道。研发初步完成后，他借了一辆农用车，拉着塑料罐在自家做试验。将水阀扳下来的一瞬间，挂在车后面的管道哗一声均匀出水，祖祖辈辈手提肩挑或用铁罐灌溉的方式成为历史。

"我们村第一批享受这一成果。后来我对这项技术申请了专利，进行企业化生产。"他说。

2012年5月，孙兆军被选派到吴忠市同心县王团镇大沟沿村开展科技扶贫工作。利用这个机会，他提出在村里建设百亩节水灌溉示范区。

受水资源匮乏的制约，大沟沿村一直在贫困线上挣扎。旱塬上能不能搞成节水灌溉？一时间，村民质疑声很大。

第二年开春，孙兆军和同事顶着六七级大风，到田间地头安装节水管道，硬是在一个月里完成了百亩节水灌溉示范区建设，示范推广了10多项旱作节水技术成果。

如何借助科技的力量帮助老百姓尽快富起来？孙兆军提出"瓜葵间作""瓜+小拱棚蔬菜"等多个高效节水种植模式。群众看到他是真心实意帮自己脱贫致富，便配合着种了一年两季的拱棚甜瓜和红葱。到了秋天，示范区农田亩产值高达1万多元，所有人都大吃一惊。

多年撂荒的农田变成高产田，大沟沿村民看到了科技的力量。村干部高兴地说："过去村里搞培训，不发洗衣粉、香皂，村民都不愿意来，现在大家都盼着科技人员上门指导，态度发生了180度大转弯。"

宁夏技术落地阿拉伯国家

孙兆军节水灌溉搞得好，很快就在圈内传开了。这项技术不但在国内得到了大规模应用，而且走出国门，远赴阿拉伯国家。

他还有2个身份，那就是教育部中阿旱区特色资源与环境治理国际合作联合实验室、宁夏（中阿）旱区资源评价与环境调控重点实验室主任。

2019年初，中阿技术转移与创新合作大会签约项目"中阿节水设备技术转移合作协议"1.1亿元合同资金由阿曼合作方落实到位，这标志着宁夏与阿曼围绕节水灌溉技术转移项目的全面组织实施。

"目前阿拉伯国家主要采用地面滴灌技术，节水优点比较明显，但因为是在干旱地区，受风吹日晒影响，一方面管道容易老化，需经常更换；另一方面管道常常偏离灌溉需水点，造成不必要的水资源浪费。"孙兆军说。

2015年，孙兆军团队与阿曼苏丹卡布斯大学联合建立旱区资源评价与环境调控重点实验室，研发适合当地的新技术、新装备，陆续建起150平方米的实验室和200亩示范基地，将宁夏先进的节水技术与装备在13个农场进行推广。2017中阿博览会期间，宁夏大学与阿曼马斯喀特Suwadi农场签订了节水设备技术转移合作协议，后经进一步协商，又签订了节水灌溉技术转移合同。

这套设备很大的一个特点就是使用地下渗透管。这种管道能够按照耕作需求自行设定长度及渗水部位，改善了以往整条管道全部出水的缺陷。

更给力的是，这种地下渗透管可以与风能、太阳能提水设备及手机智能控制灌溉设备组成智能风光互补节水灌溉系统，通过一部智能手机就能实现远程控制，可有效节省人力，性价比非常高。

"我过去4年去了阿拉伯国家20多趟，就是为了能让我们宁夏的节水灌溉技术走出国门，走向世界。"孙兆军笑道。

通过中阿技术转移，他在阿联酋、科威特、阿曼等5个国家进行示范，签订了3100多万元的成果转化协议，成为宁夏将节水技术成果规模化转移到阿拉伯国家的第一人，由此打破我国在干旱贫困地区节水设备研发长期处于跟跑和依赖进口的被动局面。

孙兆军最开心的是科研成果能让更多需要的人受益，为生病的大地找到丰收的希望。

李永华
LI YONG HUA

女，出生于1973年5月，研究员，中共党员，现任宁夏林业研究院股份有限公司副总经理，分管科技创新工作。从事宁夏及西北地区特色植物资源收集保存、开发应用技术研究工作，科技创新平台组建和运行管理工作。参与依托宁夏林业研究院股份有限公司组建的国家经济林木种苗快繁工程技术研究中心、种苗生物工程国家重点实验室、西北特色经济林栽培与利用国家地方联合工程研究中心、国家林业局枸杞工程技术研究中心等国家级科技创新平台的申报、组建、验收考核、绩效评价和日常运行管理，将科技创新、产业发展，与特色经济林产业发展、生态建设及城市园林景观建设等全面结合，加快植物资源新技术、新品种、新产品、新设备、新工艺及新理念等的转化应用示范。

主持完成国家和地方科技计划项目21项，其中国家级项目7项、宁夏回族自治区级项目14项。参与项目获宁夏科技进步一等奖2项、二等奖4项、三等奖6项，成果登记9项等。参与专利研发3项，获得植物新品种保护8种，发表论文11篇，参与编写著作3部。

李永华：
不安分的育苗路

一位以色列专家曾经说："如果中国农业院校的学生毕业后都愿意到田间地头工作，中国的农业就有希望了。"

李永华踏出大学校门，毅然决然地选择了到田间地头从事农业科技工作，一干就是 27 年。

一粒种子能够成长为一棵参天大树，一个细胞能够生长发育为一个完整的植株，李永华和特色植物资源的开发应用结下了不解之缘。她从一粒种子、一片嫩叶、一个嫩枝甚至一个茎尖开始，走上植物新品种组培繁育与转化应用的创新之路。

顺利拿下第一项研究任务

1996 年李永华大学毕业，被分配到原宁夏农科院林业研究所（现宁夏林业研究院股份有限公司）工作。马铃薯脱毒及原原种工厂化繁育技术研究是她接手的第一项研究任务。

众所周知，马铃薯营养丰富，贮藏性好，生长周期短，增产潜力大，在群众生活中有着"丰年当菜、荒年当粮"的重要地位。但是，马铃薯容易感染多种病毒，造成块茎小、畸形、种薯退化等问题，唯有脱毒才能有效防止种薯退化，提高产量。

科班出身的李永华深知马铃薯对老百姓的重要。为完成这项研究任务，她在原宁夏科委（现宁夏科技厅）的支持下，组织科研团队前往天津蔬菜研究所学习马铃薯脱毒及原原种工厂化生产技术。

"一个植物组织或者器官，一片叶芽、一段茎段、一粒种子，在适宜的培养基和培养条件下，经过清洗、外植体接种、分化培养、生根培养以及试管苗移栽，最终可以实现几何数的增长；在培养室环境可控的条件下，可以周年繁育。"在天津蔬菜研究所学习期间，初出校园的李永华感受到植物组织培养生物技术的科学奥妙，体验了植物细胞的全能性，也认识到植物组织培养快繁技术的先进性和发展前景。

学成归来的李永华和团队成员立马在宁夏开展马铃薯优新品种引进、脱毒、病毒检测、工厂化原原种生产技术研究与示范，建立宁夏植物病毒检测中心，填补了宁夏的空白。

通过采用茎尖剥离和热处理相结合的脱毒技术，宁夏马铃薯主要病毒病——卷叶病、扇叶病等病毒脱除率达到94.3%以上，获得脱毒植株；通过引进无土栽培生产微型薯技术，改变传统的土壤栽培生产原原种技术，降低病毒再侵染机会，缩短生产周期。

随后，李永华陆续开展马铃薯工厂化气雾法原原种生产技术研究与示范，单株试管移栽苗结薯达27.3粒，比无土基质栽培提高10.5倍。这项技术成果在宁夏马铃薯主产区推广应用，荣获2001年宁夏科技进步三等奖。

马铃薯脱毒及病毒检测是李永华植物组织培养研究的第一步，也为后来很多林木新品种组织培养工厂化繁育、脱毒及病毒检测技术体系的建立打下了坚实基础。

提升试管苗移栽成活率

天天跟试管苗里的植物打交道看起来简单，实则不然。

"植物组织培养技术是生物技术的基础和根本，尤其试管苗移栽作为植物组织培养最后一个环节，是组培成败的关键。"说起工作，李永华兴致盎然。

由于当时林木试管苗的移栽成活率都特别低，仅限于试验阶段而不能实现产业化生产，这也是制约很多林木新品种转化和推广应用的瓶颈问题。如何突破？李永华认为还得从植物生长的小环境入手。

从2000年5月开始，她在当时简陋的日光温室里人工控制移栽环境温湿度和光照，每天分不同时段增湿降温3~4次，再根据日照情况随时遮阳调整测定适宜的光照强度。"呵护移栽的试管苗，就像照看刚出生的婴儿。"

"每天查看温湿度和植株情况的时候，感觉压抑了一夜的试管苗在解开农膜的那一刻狠狠吸吮着新鲜空气。"她笑着说。这也是为什么封口处的试管苗总是比里层的苗长得更加健壮的原因。

历经2个多月的调湿控温，当年移栽的18万株枸杞新品种试管苗平均成活率达到85%以上。

她从中积累的温湿度和环境控制指标，为后来金叶莸、互叶醉鱼草、毛白杨等林木新品种组织培养繁育试管苗移栽环控自动化控制提供了重要的基础数据支持。

李永华形容自己是个不安分的人，而木本植物试管苗移栽关键技术取得突破性进展，为后来节

水耐旱园林观赏植物资源的开发利用提供了工程化技术体系支持，她也将目光转向葡萄健康种苗的产业化生产。

应用马铃薯脱毒及病毒检测技术和原理，在葡萄脱毒种苗繁育技术上大胆创新。2004年与美国密苏里州立大学合作，开展葡萄热处理与茎尖培养相结合的脱毒技术研究，获得宁夏主栽品种赤霞珠、蛇龙珠、红地球等脱毒健康种苗。

其间，李永华还到美国密苏里州立大学进行葡萄脱毒和病毒检测技术访问交流，和团队建立葡萄病毒病ELISA检测与RT-PCR检测技术体系。

从马铃薯脱毒和病毒检测开始，10多年的时光里，这个不安分的女人陆续开展了蝴蝶兰、康乃馨等花卉新品种，枸杞、四倍体刺槐、金叶莸等林木新品种，共计30多种的组织培养繁育技术体系研究。

科技创新与产业紧密结合

农业科研人员深知，科研如果不与生产结合，就没有生命力；不与产业结合，就做不出大文章。"所以这些年，我坚持研究贴近产业、生产与市场，尤其注重科技成果的转化应用。"李永华说。

比如叶用枸杞新品种宁杞9号。它的组培繁育、绿色栽培和产品研发，历经近10年的时间，无论是在宁夏永宁县胜利乡的区域化试验示范，还是在陕西杨凌、北京小汤山、河南鄢陵、重庆北碚、上海崇明岛的试验种植，大家都满心期待和大力赞扬——这个新品种嫩芽口感好、营养丰富，可以走进千家万户，走向大江南北。

果不其然，从种苗繁育，到田间栽培，再到获得国家植物新品种保护、通过宁夏林木良种审定以及国家林木良种审定，宁杞9号被审定为宁夏第一个叶用枸杞的专用新品种，命名为枸杞叶用一号。

这是来自市场的认可，增加了李永华及其团队对新品种开发应用的信心。

然而，一个植物新品种的培育有时比较容易，但一个林木良种以及良种良法的栽培示范推广却没那么简单。

在之后的几年里，针对叶用枸杞新品种的营养功能、绿色栽培以及加工食用产品开发，李永华和团队又开始了系统设计、研发与市场化探索。

不同地域、不同气候、不同部位有效成分和产量的测试结果显示，枸杞叶用一号的枸杞芽菜产品与其他蔬菜相比，特有枸杞多糖、甜菜碱，不仅可作为优质的营养保健蔬菜，而且可开发成枸杞芽茶、枸杞饼干、枸杞面点等多种衍生品，充分发挥宁夏枸杞全身是宝、药食同源的科学价值。

很快，宁杞9号成为第一个通过国家林木良种审定的宁夏枸杞新品种。它的成功，为林业所让科研成果走出实验室提供了模板。

这些年，林业所与李永华同频共振，从最初建立的宁夏林果花卉快繁中心，升级并成功申报组建国家经济林木种苗快繁工程技术研究中心，发展行稳致远。

在李永华看来，科研永无止境。"在转制的科研院所逐梦27年，我感受到东西部的差距，我将继续加快植物资源新技术、新品种、新产品的开发和转化应用。"

张 蓉
ZHANG RONG

女，出生于1966年8月，博士，宁夏农林科学院植物保护研究所二级研究员，院一级学科带头人，享受宁夏特殊津贴。入选宁夏"313人才工程"，获得宁夏塞上英才、宁夏首届创优争先奖、宁夏塞上农业专家、第九届宁夏青年科技奖等荣誉。被授予全国十佳草业巾帼、全国民族团结进步模范个人、全国农业科技年先进工作者、宁夏回族自治区先进工作者、宁夏回族自治区民族团结进步模范个人、宁夏回族自治区三八红旗手标兵、枸杞科技文化人物、宁夏回族自治区草原工作先进工作者、固原市委政府优秀科技人员等多项称号。宁夏教科文卫工会命名"张蓉劳模创新工作室"，其带领的团队2018年被授予巾帼文明岗和宁夏五一巾帼标兵岗等荣誉。

主持国家级及自治区级重大科研项目30多项，获得省部级科技进步重大贡献奖1项、二等奖6项、三等奖7项、标准贡献奖2项。获发明专利授权9项、软件著作权13项，主持发布农业行业标准及地方标准32项，发表论文120多篇，出版专著1部，参编著作3部。各项技术成果示范应用累计增加收入近10亿元，为宁夏农业产业化持续发展提供有力的科技支撑。

张　蓉：
追随虫、草的三十五年

在宁夏农林科学院植物保护研究所标本室，顺着二级研究员张蓉手指的方向，有一只天牛，黑黑的身子，长长的触角，密密的腿脚，看得人头皮发麻。

"多漂亮呀，这触角，这翅膀，你再好好看看！"追随昆虫，痴心不改，从枸杞园到甜菜地，从苜蓿田到大草原，张蓉整整坚持了35年。

她带领研究团队攻克一批影响和制约枸杞、牧草、甘草及草原可持续发展的病虫害监测预报与防治关键技术，研究成果提高了宁夏农林病虫害监测防控研究水平，对保障农业绿色发展做出了积极贡献。

都说农业科研艰苦，可张蓉体会更多的是快乐和幸福。在热爱中坚守、在坚守中创新，这是她对科研事业的生动诠释。

五步法为枸杞除虫害

都说十年磨一剑，对于张蓉来说，这个时间可以是20年。

枸杞是宁夏最有名的红色名片，但枸杞害虫种类多，规律复杂，在整个生育期，特别是采果期，病虫害同期或交替发生，防治难度极大，生产上主要依靠化学防治，由此带来的产品质量安全问题是长期制约枸杞产业健康发展的瓶颈。

自"十五"起,张蓉就把目光投向了枸杞质量安全问题,科班出身的她要为枸杞除害。

烈日下,山风中,田野上,这位毕业于西北农林科技大学的高材生,带领枸杞病虫害研究团队开始了"屠虫"之路。很多时候,他们饿了吃自带的干粮,渴了喝口矿泉水,在野外一跑就是一整天。

不知不觉间,经常跟着张蓉下乡的儿子,从蹒跚学步的孩童长成翩翩少年,团队也迎来了自己的收获季。

他们攻克枸杞主要病虫害生态学特性、灾变规律、发生风险评估等基础研究难题,重点研发生物防治和生态调控等关键技术,研制出6种生物农药和天敌昆虫专利产品,集成建立以生物防治、生态调控、农药高效减量、化学农药安全使用等关键技术为一体的枸杞病虫害"五步法"绿色防控技术体系。

"实践证明,这五步卡点准、效果好,总算没有白忙。"张蓉爽朗地笑。

基本问题解决了,但枸杞产品农药残留无标可依和农药不合理使用的现状仍然让她挂心。

张蓉对枸杞病虫害防治的农药进行风险评估和安全使用技术研究,明确了48种农药在枸杞果实中的残留消解动态及安全使用关键指标。根据研究进展,她向产业部门提出加快枸杞干果中最大农药残留限量标准制定和枸杞农药登记的建议。在现代枸杞产业包抓机制的推动下,这一食品安全地方标准最终发布实施。

张蓉还有一个夙愿,就是实现病虫害精准防治。

2017年,在宁夏重点研发计划项目和枸杞产业财政资金的支持下,她研究建立了宁夏枸杞病虫害信息化监测预警技术。测报系统覆盖宁夏全区所有的枸杞种植基地,通过12个基地的示范引领,累计应用面积130多万亩,提高效益4.2亿元,减少化学农药用量50%以上。

从昆虫王国到牧草世界

身材高挑、五官俊俏的张蓉干起活来却是拼命三娘，这也让她赢得了更多关注。

2010年，农业农村部在宁夏筹建国家牧草产业技术体系综合试验站。彼时，44岁的张蓉还是一位专注于草地、枸杞昆虫生态与害虫防控研究的专家。鉴于她已经取得的成就，宁夏回族自治区农业农村厅打算把带领试验站的重任交给张蓉。

"当时我非常犹豫，不知道自己能不能胜任。自治区草原站原副站长李克昌鼓励我说，为了宁夏牧草产业的发展，咱们一起扛起这份责任吧！我深深地被打动了。"她说。

很快，张蓉就转变了角色，跳出多彩的昆虫王国，展望广袤的牧草世界。

她积极联合相关部门，连续3年在春季开展宁夏全区范围的牧草产业调研和座谈，把脉重大技术需求，聚焦产业发展瓶颈，将筛选适宜不同种植区域的牧草主栽品种、提升苜蓿标准化生产技术、突破宁南山区苜蓿机械收获加工技术作为突破口。

种什么、怎么种，看似简单，实则不易。

宁夏面积仅有6.64万平方千米，但南北生态、地理、气候条件差异大，要筛选出适宜不同生态条件的牧草品种很难。张蓉积极推进站企结合，在体系内首次将试验站的核心试验区建在一南一北2个草业龙头企业基地。她想通过培养企业技术团队，以产学研相结合的方式推动牧草品种选择以及标准化生产技术研究与示范。

一边试验，一边集成示范，团队终于筛选出苜蓿新品种12个、燕麦新品种4个、饲用高粱4个，纳入2014—2021年宁夏主导牧草品种名单；研发的灌区苜蓿高效施肥、苜蓿病虫害监测预报与安全防治、苜蓿轮作模式等技术列入2015—2020年宁夏牧草主推技术；制定发布9项地方标准，建立宁夏优质苜蓿标准化生产技术体系。

最让张蓉欣慰的是，站企合作机制犹如孵化科技成果的暖巢，使一系列

技术成果直接服务于企业生产，发挥了成果展示和转化的窗口效应，提升了企业的科技实力和社会影响力。

由于成效突出，张蓉带领的试验站获得农业农村部"十二五"和"十三五"牧草体系综合考评第一名的佳绩，她本人也被中国畜牧业协会授予"全国十佳草业巾帼"荣誉称号。

这个目标高于找工作、谋饭碗

"农业科研人员要有'板凳甘坐十年冷'的恒心与定力。"2022年2月，宁夏农科院举办"完善人才评价机制、激发科技创新活力年"启动会，张蓉作为代表之一发言时由衷地表达。

她是这样说的，也是这样做的。面向宁夏农业重大需求和经济主战场，她以严谨求实的科研作风探索创新，几十年来如一日，从未停歇。

她带领的研究团队足迹遍布宁南山区每个角落，在固原市首创基于GIS的苜蓿病虫害信息化预测预报和绿色防治技术，制定《苜蓿草田主要虫害防治技术规程》(NY/T2994-2016)。在天然草原方面，首次摸清宁夏天然草地昆虫组成与分布，建立宁夏草原昆虫与植被数据库，出版专著《宁夏草原主要昆虫原

色图鉴》，研发以生物防治为主的草原害虫综合防治技术。

久久为功，必有所成。多年来，张蓉在固原市示范推广草地病虫害综合防治技术近1000万亩，减少经济损失近3亿元，为南部山区培养了一支带不走的基层牧草植保队伍。

在她看来，用淡泊名利、潜心研究的奉献精神，让科研创新成果点燃理想之灯，这个目标高于找工作、谋饭碗，也高于对社会身份和地位的追求。

也正因为此，张蓉始终把团队建设和科技骨干培养作为重点，甘当人梯、奖掖后学，在科研实践中竭力做好传帮带。

她支持青年科技人员在重大科研任务中挑大梁，给空间、压担子，引导他们善于务小、敢于务大，把个人梦想融入集体利益。她更是多次让出成果排名，让优秀青年人才尽快脱颖而出，为团队培养出宁夏312人才1名、青年拔尖人才5名，依托项目合作培养博士4名，为科技创新注入源源不断的动力。

"青年是科学研究的中坚力量和未来砥柱，他们难就难在起步上。我也是从那个阶段过来的，作为团队带头人，如果做不好这项工作，就是严重失职。"张蓉的话掷地有声。

如今，张蓉正带领研究团队以更加饱满的热情投入植保科技创新中，服务于乡村振兴，她要为宁夏建设黄河流域生态保护和高质量发展先行区做出积极贡献。

这与她遵循的"用一贤人则群贤毕至，见贤思齐就蔚然成风"的人生信条完全吻合。

张军翔
ZHANG JUN XIANG

出生于1971年3月，博士生导师，现任宁夏大学食品与葡萄酒学院副院长，宁夏回族自治区科技领军人才，全国酿酒标准化技术委员会葡萄酒分技术委员会委员，国家一级葡萄酒酿酒师。长期从事酿酒葡萄栽培与葡萄酒酿造方向的教学科研工作，针对贺兰山东麓酿酒葡萄种植和葡萄酒酿造技术开展大量研究，创新栽培技术，形成酿酒葡萄栽培的"宁夏模式"，集成创新酿酒技术，形成现代葡萄酒酿造工艺技术体系。其研究成果为宁夏酿酒葡萄产业高质量发展提供了强大支撑。

近5年主持、承担国家级及宁夏回族自治区级科研项目5项，登记自治区科技成果4项，获得自治区科技进步奖2项，研发新产品、新技术5项，主持、参与制定地方标准5项。发表代表性论文5篇，出版专著3部。作为学院葡萄与葡萄酒学方向的负责人，先后参与组建葡萄营养、葡萄酒栽培生理、葡萄酒微生物、葡萄分子育种、葡萄与葡萄酒分析检测等教学与研究室，引领带动了学科发展。开展的"葡萄与葡萄酒产业国际化高素质应用型人才培养模式创新与实践"获宁夏教学成果一等奖。培养了大量葡萄栽培及葡萄酒酿造的专业人才，其中入选自治区青年拔尖人才和托举人才各1名。

张军翔：
耕土耕人　酿酒酿心

"您酒量是不是特别好？"听到这样的问题，语气平静的张军翔朗声笑起来："我只知道自己喝葡萄酒还行，我 20 多年来没有喝过别的酒，因为葡萄酒是我的专业。"

熟悉张军翔的人都知道，他不仅是宁夏大学食品与葡萄酒学院的副院长、教授，而且是国家一级葡萄酒品酒师、一级酿酒师、全国酿酒标准化技术委员会葡萄酒分技术委员会委员，还曾兼任许多葡萄酒企业的技术顾问。

看似迥异的多个职业集于一身，张军翔却游刃有余。

在葡萄酒领域奋斗 30 年，不管是教学、科研还是生产，他都搞得有声有色。他把满腔热忱献给了宁夏的紫色名片，也收获了属于自己的荣光。

放弃优厚条件回宁夏搞葡萄

说起张军翔与葡萄酒的结缘，不得不提 2 个人。

1992 年，他从西北农林科技大学园艺果树专业毕业，来到宁夏大学农学院当了一名教师。那时候，宁夏很少有果树专家把研究方向定为葡萄，曾任宁夏农学院院长，也是宁夏首位葡萄产业首席专家的李玉鼎教授，领着张军翔开始额外关注苹果和葡萄。

这其中，对葡萄的关注更多一些。他们和宁夏当时唯一的玉泉葡萄酒厂合作。后来，张军翔成为酒厂研究所的首任所长。

整整3年的朝夕相处，张军翔爱上了这一颗颗紫色的小豆豆，也萌生了要在这个领域有所建树的想法。1995年，他又考回母校，攻读葡萄酒酿造方向的硕士研究生，师从我国著名葡萄酒专家李华教授。

临毕业，一个诱惑从天而降。

原来从研究生二年级开始，导师李华教授安排张军翔去四川一个酒厂做技术指导，他从技术员一路干到厂长。见张军翔要走，对方极力挽留，并开出了年薪5万元外加成都一套房的优厚条件。要知道那时他每月的工资还不到500元。

"不动心是假的，但是每次看到当地葡萄原料的时候，我更痛心。说实话，他们的葡萄简直跟宁夏的没法比。"张军翔说。

读研那几年，他走遍国内所有酿酒葡萄产区，从山东到河北，从甘肃到

新疆。经过长期反复的对比，他看到了宁夏贺兰山东麓酿酒葡萄无与伦比的优势。

"别人有没有想过我不知道，但我从那时就坚信，宁夏一定能成为全国最大的优质酿酒葡萄主产区。"怀揣这一信念的张军翔，任凭对方如何挽留，还是毅然决然地回到了宁夏。

毕业后他继续在宁夏农学院任教，培养了不少葡萄栽培与葡萄酒酿造领域的专业人才。

2000年后，宁夏葡萄酒产业迎来全新的发展机遇，一大批国内外大型葡萄酒企业进驻宁夏，本土的西夏王等葡萄酒企业也呈现出良好的发展势头。为支撑产业发展，宁夏政府成立葡萄酒产业专家组，张军翔成为其中一员。

"专家组一共5人，其中4位都是50岁以上的，只有我不到30岁，可能因为我是科班出身吧，这是对我莫大的信任和期望。"后来，年轻的张军翔继承了李玉鼎教授的衣钵，成为新一任宁夏葡萄产业首席专家。

深耕贺兰山东麓的紫色梦想

如今的贺兰山东麓被公认为中国酿酒葡萄优质和引领产区，在国际上具有很高的知名度，而且葡萄产业也成为宁夏优势特色农业产业之一，被宁夏政府定为"六特"产业。

但张军翔还记得宁夏刚开始发展葡萄酒酿造产业时，来自国内同行的质疑。

"1999年，我们的栽培技术及葡萄酒酿造水平都比较低，东部个别省说宁夏葡萄酒产业的发展只能靠西部的原料，必须依靠东部的技术。"心有不甘的张军翔硕士毕业回宁后很快投身到科技研发之中。

科技强，产业兴。带着最初的紫色梦想，他在贺兰山东麓留下自己的足迹。

2002年，他作为主要成员，参与国家"贺兰山东麓（宁夏）葡萄酒原产地域产品保护"申报工作，2003年成功获批；2010—2013年，依托宁夏重大科技攻关和国家科技支撑项目，研究葡萄酒优质生产工艺及新产品开发，形成现代葡萄酒酿造工艺技术体系，提高产区整体酿酒技术水平；在产区的葡萄园大力推广"斜干水平"树形及其配套栽培、水肥管理、病虫害防治和机械化管理等技术，目前该栽培模式已在宁夏大面积推广。

2021年6月19日，他主持的重点研发计划"宁夏贺兰山东麓葡萄酒产业关键技术研究与示范"项目在银川举行中期成果总结会。这是科技部设立国家重点研发计划以来，首个以酿酒葡萄为重点研发内容并落地宁夏的国家级重大项目。

"该项目将进一步提升产区种植和酿造技术，并强化葡萄酒产区风格，实现葡萄酒产业可持续发展。"张军翔对此表示非常期待。

这样的科研项目还有很多。近年来，他先后主持葡萄、葡萄酒省部级以上课题7项，获自治区科技进步一等奖1项、三等奖1项；授权并转让发明专利2项，主持或参与制定国家和地区标准8项，主编教材3部，公开发表有关葡萄、葡萄酒的论文50多篇。

贺兰山东麓呼唤更多有志之士和后备力量加盟。

2013年，宁夏大学从服务自治区重大产业需求的角度出发，成立全国第二个葡萄酒学院，2020年又从学科发展的角度，将食品专业并入学院。这些里程碑式的事件，张军翔全程参与。他还主持建立"宁夏葡萄与葡萄酒工程技术中心""葡萄酒酿造技术创新团队""葡萄与葡萄酒产业科技人才小高地"科研和人才平台，引领带动了产业科研、人才培养的发展。

致力于打造真正意义上的产区

葡萄酒产业是一门非常实用的学科，离开生产一线，就很有可能找不准研究方向。在张军翔看来，"无论是大学还是科研部门，这个道理同样适用"。

他数次赴欧洲及日本等地考察学习，在拓宽视野的同时，也在产学研结合的道路上不断探索。

2003年，张军翔接受了另一份工作，兼任银广夏贺兰山葡萄酒公司总工程师。虽然之前也一直和企业有接触，但在任教的同时担任大型葡萄酒企业的总工职务，对他来说还是极富挑战的。

担任葡萄酒企业的总工不是一份轻松的工作，况且还要兼顾大学的教学和科研任务。张军翔却觉得，这恰好给教学和科研提供了一个更好的平台。

"公司知道我没办法全职，不但不规定坐班时间，还针对我的日常工作配备了助理，我的主要精力放在工艺制定、工艺修改、技术研发以及人员培训方面。"对张军翔来说，做老师和做酿酒师，2份工作一点儿也不矛盾。

企业为他的科研提供平台，他尽最大能力为企业提供智力支持。在不断摸索中，多方达到了共赢。

2000年以来，随着张裕、中粮长城、保乐力加、轩尼诗等国内外大品牌陆续进驻贺兰山东麓葡萄酒产区，市场对国产优质葡萄酒的期待越来越高，原来"农户+酒厂"的葡萄酒生产模式已不符合产业发展需求，在这一大背景下，张军翔等内业资深人士提出酒庄生产的模式，并于2010年主持国家农业成果转化项目"高档酒庄葡萄酒生产技术的示范"，对酒庄生产进行研究与示范。

"简单说，就是基地和酒厂是一体的。"张军翔介绍道。在这种模式下，大家为了保证酒的质量，一定会管好自己的基地，生产优质的原料。而要想产出高品质的产品，必须依靠创新改进技术。

宁夏政府也充分认识到酒庄模式可以进一步规范生产，提升产区葡萄酒质量和知名度，调动投资者积极性，对产业发展会起到很大的促进作用。

有了政府支持，贺兰山东麓掀起酒庄建设热潮，宁夏酿酒葡萄种植面积逐年增加。截至2021年年底，宁夏酿酒葡萄种植面积达到52.5万亩，约占全国总面积的1/3，酒庄228家（已建成116家，在建112家），年产葡萄酒1.3亿瓶，葡萄酒产业综合产值突破300亿元，综合效益明显提升。

"这里形成政府管理、生产、教育、文化等完整的产业体系，贺兰山东麓已经成为一个真正意义上的产区。"张军翔说。如今宁夏葡萄酒产业蓬勃发展，他的付出是值得的。

张秀霞
ZHANG XIU XIA

女，出生于1963年4月，博士，北方民族大学电路与系统专业硕士生导师，二级教授，合肥工业大学仪器科学与技术学院兼职博士生导师，西安交通大学电子科学与技术专业博士生导师，兼任国际场致发射学会会员、中国光伏产业常务理事、中国仪器仪表材料学会常务理事、微纳技术学会高级会员等。获宁夏首届优秀教育科研成果一等奖1项，宁夏自然科学成果论文一等奖1项、二等奖2项。

2011年10月被评为国家民委突出贡献专家，获得国家民委奖励和表彰，2013年被评为宁夏风光互补发电协同创新团队学术带头人，2016年被评为宁夏回族自治区民盟优秀盟员，2016年获得宁夏特殊津贴，2017年获得宁夏首届创新争先奖，连续10多年被评为单位科研先进工作者。以第一作者发表学术论文80多篇。申报国家发明专利53项，其中30项获得国家发明专利授权。

张秀霞：
写下有勇有韧的创新故事

张秀霞的声音很轻柔，说话不急不缓，很像一个弱女子。

但是看了她的简历，尤其是对普通人而言那一个个极其陌生的科研名词，让人不由得猜想她的体内是否蕴含着某种神秘的力量，能让她游刃有余地在化学、物理学科的等多个科研领域实现突破。

在科研路上奔走半生的张秀霞认为，作为一个科研人员，只有不断创新才能实现突破，同时要不断在现实中找课题，让科研成果最终造福社会和人类。

从中学教师到高校教授

"高考没考好。"回忆起最初的求学路，张秀霞有点儿遗憾地说。

1979年，作为老师、同学眼中的学霸，张秀霞进入陕西师范大学物理系学习。1983年毕业就被中卫中学校长直接要走了。因为所教授的物理学科高考成绩优异，25岁的张秀霞就成了名师。

很快，银川市几所重点高中盯上了她，最终银川二中把张秀霞挖走替代退休的特级教师杨运华。张秀霞既要当班主任，又要给尖子班和复读班带物理课。1992—1998年在银川二中任教期间，因为受学生喜爱，张秀霞还为宁夏全区物理教学"说课、做课、评课"活动讲示范课。

1998年，国家开始在中学教师中招考教育学硕士。对知识充满渴望的张秀霞毅然报了名，并顺利考上陕西师范大学。再一次踏上求学之路，这也成为她科研之路的起点。

"我很喜欢北方民族大学的绿草地，当时就是被它吸引过来的。"硕士毕业的张秀霞同时被几所大学相中，她来到当时的西北第二民族学院、现在的北方民族大学校园走了走，满目翠绿的草地让她心旷神怡。就这样，张秀霞成了这所学校的物理教师。

张秀霞的到来，增加了贺兰山下这所大学的活力。

她在微纳电子和材料物理交叉学科的科研成果成为电信学院、材料学院、计算机学院申报硕士点的支撑材料。在她的建议和参与下，西北第二民族学院有了硕士点。2007年，学院更名为北方民族大学，如今已拥有多个学科的博士点。

发明创造要谋福利

"我在印度电影里还见过我发明的毫瓦级节能灯呢。"张秀霞说。看到自己的发明创造被世界人民所用，那种感受大概只有她自己知道。

2002年，张秀霞考入西安交通大学电信学院电子科学与技术专业攻读博士学位。在此期间，她参加完成国家863和国家自然基金重点项目，到英国牛津大学参加国际真空纳电子学术交流会，之后发明了毫瓦级节能灯，即碳纳米管发光管，被各国广泛应用，节约了能源。发明了纳米碳化硅压力传感器，成为物联网技术的摇篮。

博士毕业后，她对宁夏碳化硅在光伏产业的应用进行了相关研究。

自此，张秀霞在发明创造的路上大显身手。目前，她拥有30项国家发明专利授权和50多项实用新型专利。她还受邀到英国牛津大学、法国里昂大学、日本静冈大学、中国香港城市大学、德国乌珀塔尔大学等参加国际纳米技术学术交流会。

她的发明创造并不曲高和寡。"我认为，发明创造就是要解决现实问题，为国家和人民谋福利。"张秀霞说。

"有一年，我和同事去汝箕沟煤矿考察，矿长提到粉末煤问题长期影响煤矿安全生产，因为粉末煤存在爆炸危险，希望我们能设计一款收集装置。对当时的大型煤矿而言，抽瓦斯的设备都有了，但是粉末煤的问题解决不了。"后来，张秀霞发明了一种粉末煤收集装置。这个小小的实用新型发明专利消除了许多煤矿和火力发电站的安全隐患。

她看到宁夏地区白天阳光充足、夜晚风力较大，就带领团队研究风光互补混合发电远程监测系统。她去农村考察时，发现许多农村都有沼气池，但到了冬天，北方的只能闲置，而南方的则发生过掏出肥料时余气中毒的事故，于是她带领团队研发控温控压的大规模沼气池。

近年来，针对光伏发电效率低的问题，张秀霞发明了自清洁薄膜、机械刷和光伏机器人结合提高光伏转换效率的方法；为解决雾霾问题，研究设计控温控压的大规模沼气阵列和沼渣沼液施肥机，解决了动物粪便污染和植物秸秆燃烧污染问题……

张秀霞的很多研究都是紧跟世界科学发展脚步的。

她将纳米技术、光伏发电、3D打印技术以及自动控制技术结合起来，发明了家庭窗户上3D打印纳米透明薄膜太阳能电池。将新能源和机器人的发明专利用于实际并进行推广。目前，她正研究如何将风、光、水和沼气结合利用，打造零排放社区，为经济绿色发展做贡献。

2015年，在国家发改委征集"十三五"发展规划意见时，张秀霞提出通过发展风、光、水、沼储技术实现零排放的设想。"这种技术，为世界人类命运共同体提供了中国清洁能源方案，展现了中国智慧……"

创新是一直追求的东西

"我本科毕业论文是关于三级火箭升空的，那时候我就有一个航天梦。"

至今，这仍是张秀霞研究的一个方向。近几年，她带领团队研究如何利用超轻薄铝膜，研发超轻铝膜上碳纳米管薄膜作为充电极板，制备高效、轻质的纳米超级电容储能装置，为形成航空航天用轻质纳米超级电容产业规模打好基础。

"没有创新，哪有航天梦的实现。不管是科研还是教学，创新是我一直都追求的东西。"张秀霞说。

早年她攻读的是教育学硕士，这为她将统觉团理论运用于教学打下基础。在中卫中学高中部任教的9年中，她通过对教学方式的不断思考与探索，最终将在大学接触到的统觉团理论应用到教学中。

张秀霞认为，孤立的知识很难让学生们记住，只有按内在规律，把知识系统化、网络化，才能让理解和记忆得到强化。近年来，为了增强大学生对新知识的学习主动性和研究探索新领域的创新意识，她采用自主学习的教学方法，使学生的创新能力和就业率都得到提升。

"中华民族只有不断创新才能屹立于世界民族之林！"这是张秀霞硕士毕业论文的结尾。

2001年，张秀霞撰写的论文《教师创造能力的培养模式》发表在《西北第二民族学院学报》上。文章开篇指出："承担着给国家培养人才重任的教师，只有增强创造意识，提高创造能力，才有可能为国家培养出富有创造力的人才。"文中她还结合教学、科研实际，构建教师创造力培养模式。这篇论文被收入《中国人民大学报刊复印资料》，这为当时的西北第二民族学院开了先河。

在很多人的意识里，科研辛苦又枯燥，但是张秀霞却觉得很有趣味。

从20岁走出大学校园，到如今两鬓染霜，张秀霞在大半生的时光里都奔波在教学和科研的路上。从中学的初中生教到大学的博士生，从工程光学到现代电路理论，从信息显示到云平台远程控制，从纳米技术到新能源发电，都倾注了她大量心血。

问她什么是科学家精神，她说答案就在那些有勇有韧的创新故事里。

郑亚莉
ZHENG YA LI

女，出生于1961年10月，医学博士，二级教授，博士生导师。宁夏慢性肾脏病临床研究中心主任，宁夏人民医院肾内科学科带头人，首席专家。1983年至今，在宁夏医科大学总医院工作14年，留学日本、美国11年，在宁夏回族自治区人民医院工作13年。

作为学科建设带头人，紧抓医疗、教学、科研及人才培养，搭建国内外交流平台，保持国内、国际科研合作。主持的科研项目立项18项，获批国家自然科学基金5项；发表论文近百篇，SCI收录40篇。获宁夏回族自治区科研成果奖20项，其中宁夏科技进步二、三等奖各1项，宁夏医学科技一等奖2项，宁夏自然基金优秀论文一、二等奖各1项。科技成果登记5项。2015年获宁夏特殊津贴，科技最美人与塞上英才等荣誉。

发现Cdk5抑制肽，特异性的抑制Cdk5活性，提出以Cdk5为靶点治疗神经退行性疾病和糖尿病。在国际权威杂志发表学术论文38篇，并获2004NIH杰出中青年研究奖。

开创宁夏肾内科多项第一：组建肾脏内科病房；将血液透析技术引入肾内科管理，并用于慢性肾功能尿毒症病人的治疗；带头开展首例肾活检；用普通显微镜代替相差显微镜观察血尿红血球形态。

郑亚莉：
用爱为患者护航

"救死扶伤，是我一生追求的信念。"郑亚莉说。

从医学生，到职业医生，再到医学科学家，她始终惦记着家乡医学事业的发展。2009年，她以高层次人才身份回到宁夏，入职宁夏回族自治区人民医院肾内科。

凭借丰富的学识、高超的技术和学科建设管理能力，郑亚莉把小而落后的科室建设成肾脏病临床、病理诊断、血液透析、腹膜透析及危重病治疗为一体的肾病中心，成为全院重点学科和首批宁夏慢性肾脏病临床研究中心，影响力辐射全国。

专攻肾脏病学，填补宁夏2项空白

1983年，毕业于原宁夏医学院医疗系的郑亚莉以优异的成绩被分配到宁夏医学院附属医院（现宁夏医科大学总医院）大内科工作。

"20世纪80年代初，宁夏的肾脏病诊疗几乎处于一穷二白的状态，没有专科，也没有专科医生，停留在只会看慢性肾炎的阶段。对于慢性肾功能衰竭、尿毒症病人，因为缺乏有效的透析技术，只能眼睁睁地看着他们走向生命尽头，心里很不是滋味。"回想起当年的医疗条件，郑亚莉颇感遗憾。

踏上研究肾脏病学的征程，源于她亲历的2例患者。

郑亚莉还是住院医生的时候，从中卫县医院转诊来一位30多岁的年轻妈妈。以当时的医疗条件和医学知识，只知道她得了慢性肾炎，但不明确到底是什么原因引起的，是哪一种类型，无法有效地用药治疗。她转来的时候，曾拉着郑亚莉的手哭着说，一定要救救她，她还有孩子等着她回去，可最终还是去世了。

"还有一个患慢性肾衰竭伴高钾血症的老人。我陪老人在外科一个最古老的平板式透析机上整整透析了5个小时，之后血钾依然很高。等我第二天早晨上班的时候，听说老人因高钾血症引起的严重心律失常离世……"郑亚莉深知血液透析是纠正高钾血症简单而有效的方法，只需要2个小时有效的血液透析就能解决高钾血症问题，但限于当时落后的透析设备和技术，往往只能束手无策。

年轻妈妈求生的眼神、老人无助的离去和家属的痛哭，让原本是呼吸专业的郑亚莉下决心转到肾脏病专业，誓要改变宁夏肾脏病诊治的落后状况。

后来，郑亚莉在北京医科大学第一医院肾脏内科进修，师从王海燕、谌贻璞教授。这一年的学习让她不仅对肾脏病的诊治有了把握，而且带回来许多前沿诊治技术。

1993年，她在宁夏医科大学总医院建立宁夏第一个独立的肾脏内科，并担任肾脏内科行政副主任，兼任内科教研室副主任，主管医疗、教学及科研工作。

郑亚莉将血透技术纳入肾内科管理，废弃古老的平板透析机，引进当时通用的立式血透机，首次将新型的血液透析技术引入宁夏并推广，为宁夏的血液透析诊治奠定了基础，拯救了很多尿毒症和急性肾功能衰竭病人。

2 次出国深造，成为医学科学家

郑亚莉带领团队在宁夏首次开展肾脏穿刺活检手术、肾脏病病理诊断，为肾小球疾病的精准诊断、精准治疗、精准判断预后提供了可靠依据，填补了这项技术在宁夏的空白。

虽然宁夏肾脏病诊治水平有了质的飞跃，但由于这一学科在宁夏起步晚、发展慢，随着对肾病专业研究的不断深入，以及临床上出现的各种复杂疑难病症，郑亚莉越发感到自己现有的临床和科研知识匮乏。她决定深造，赴日本继续求学。

功夫不负有心人，1997 年 10 月，郑亚莉以优异的成绩获得日本武田科学振兴奖学金，在日本顺天堂大学医学部肾脏内科获得医学博士学位。

然而，这并不是她逐梦的终点，她还有更远大的医学梦。

2001 年 1 月 23 日对郑亚莉来说意义非凡，她获得美国国立卫生研究院访问学者奖学金，赴该院做博士后研究。

在这所殿堂级的研究中心，郑亚莉苦学本领，心无旁骛地做了 8 年的研究工作，练就基础医学科研思维和过硬技术。其间，她在国际权威杂志发表学术论文 38 篇，SCI 收录 26 篇；获得 2004 年和 2006 年美国国立卫生研究院杰出中青年研究奖及优秀论文奖。

在美国的 8 年，郑亚莉拿着高薪，有舒适的工作环境，但她深知宁夏医学科研缺少既有临床经验又有科研能力的人，她想回来。

2009 年，筹建中的宁夏人民医院向海内外高层次人才抛出橄榄枝。尽管有人才引进的优惠条件，但与美国的收入和待遇相比仍有很大差距。面对家人的反对，郑亚莉义无反顾，怀揣着为宁夏医疗事业发展做贡献的梦想，撇下女儿和丈夫毅然回国。2 月，郑亚莉被聘为宁夏人民医院肾脏内科学科带头人。

郑亚莉在医院建立了独立的肾内科病房，将原有的15张病床增加到现在的65张。还建立了宁夏最大的血液透析中心，将原有的4台血透机、8名维持性血透病人，发展为拥有48台血透机、日

常维持性血透病人248名的血液透析中心，抢救和造福了很多急慢性肾脏病、肾功能衰竭以及各种疑难危重症病人。

放弃高薪返乡，带领科室平地起飞

获得再多荣誉，都比不上患者的康复让郑亚莉感到欣慰。

记得几年前的一次查房，她遇到一位被诊断为慢性肾功能衰竭的病人，就等着透析续命，但郑亚莉根据病人的各项检查结果分析，患者更像是急进性肾小球肾炎（也叫新月体肾炎，是肾脏病中最凶险的一种）。

在别人眼里，患者已经失去了肾活检的机会，但郑亚莉创造条件给病人做肾活检，印证了她的推断。按新月体肾炎精准治疗后，这位患者从绝望到重生，脱离透析治疗，拥有了高质量的生活。

还有一位20岁的花季少女，4岁就得了红斑性狼疮，16年间去过全国多家医院，做过肾穿刺，也做过各种各样的治疗，但病情一直反反复复。2021年，女孩病情危重，住到宁夏人民医院其他科室，后经郑亚莉会诊转入肾内科。

"当时女孩狼疮合并心功能衰竭、肾功能衰竭、血栓微血管病，危及生命。"郑亚莉提出再次做肾活检，查明病理，精准诊断。"在确诊为狼疮性肾炎新

月体肾炎型后,我们通过大剂量的激素冲击、球蛋白冲击疗法,以及血浆置换、免疫吸附等先进的治疗技术,最终使女孩的病情转危为安,系统性红斑狼疮也达到临床治愈标准。"现在,女孩的各项指标完全处于正常状态。

"有了良好的临床逻辑分析能力以及对疾病的精准诊断和治疗技术,再重的病人来了,我们也有能力让他们转危为安,甚至临床治愈。"说这话,郑亚莉很有底气。

在科室医教研迅猛发展的同时,她不忘人民,不遗余力地对肾脏病进行宣教和普及。2010年至今,宁夏人民医院肾内科每年举行多场义诊活动和下基层帮扶活动,约2万居民接受了健康教育并从中获益。

2011年至今,郑亚莉累计举办了16届肾友会。她带领团队不仅为患者讲解肾脏病和血液透析相关知识,而且给病人做心理辅导,受到肾友和家属的一致好评。

患者感激地紧握她的手是郑亚莉感到最幸福的时刻,她的内心也感到喜悦与充实。

胡 蓉
HU RONG

女，出生于1974年2月，医学博士，主任医师，教授，硕士生导师，现任宁夏医科大学总医院生殖医学中心实验室主任，从事医疗、教学、科研工作20年。系国家百千万人才第三层次人选、宁夏回族自治区科技创新领军人才培养对象。获宁夏第十五届青年科技创新奖、首届宁夏科技创新奖。

主持国家自然科学基金2项、省级科研项目5项、厅局级项目5项，共获资助200万元。获得宁夏回族自治区科技进步奖3项、银川市科技创新二等奖1项、科技成果奖5项。出版图书3部，发表学术论文60多篇，申请国家专利2项。对推动宁夏生殖内分泌学科建设、发展产生促进作用。

胡 蓉：
生殖医学是我毕生的事业

"验孕、抽血都显示她怀孕了，但她一直不相信。她一再问我：'胡医生，我真的怀孕了吗？'直到我让她通过 B 超机听到胎儿咚咚的胎心时，她才流下眼泪，说'我真的有孩子了'。"

于胡蓉而言，这样的事情很多很多。

2004 年，宁夏医科大学总医院建立生殖医学中心，她成为第一批接触生殖医学的医生。

一晃 18 年过去了，通过在生殖医学领域的深耕，胡蓉取得了令人羡慕的成绩。但她觉得，帮助每一位不孕不育患者生一个健康的孩子才是最快乐的事。

研究方向本是宫颈癌

世界第一例试管婴儿路易丝·布朗于 1978 年在英国诞生，中国第一例试管婴儿于 1988 年在北京诞生。2000 年前后，地处西北的宁夏在试管婴儿领域还是一个空白。

2003 年之前，胡蓉从来没想过自己的未来会与生殖医学联系起来。

彼时，宁夏在治疗不孕不育方面的手段和资源非常匮乏，只能开展一些诸如调经、促排卵等的基础治疗。但是这些方法只能解决单纯的排卵障碍不孕症，对于输卵管梗阻，或者严重少、弱精子症患者，没有办法治疗。

很多宁夏地区的患者只能去外地就医或者干脆放弃。这给很多不孕不育家庭带来了莫大的痛苦，有的家庭也因此走向解体。

"1997年我从宁夏医学院临床医学系毕业后在妇产科，后来又考取了研究生，研究方向是宫颈癌。2003年医院决定成立生殖医学中心，开展辅助生殖技术，看我日常喜欢钻研业务，就把我选派到山东省立医院生殖医学研究所学习辅助生殖技术。"胡蓉回忆道。

在学习过程中，胡蓉第一次在显微镜下看到了人类的卵子和胚胎，她感到生命科技的神奇和魅力。

她认识到，科技的迅猛发展已经使细胞技术应用于人体，为很多不孕不育家庭带来希望，如果能使这项技术在宁夏开花结果，那会是很伟大的事业。

半夜三更去实验室观察胚胎

宁夏医科大学总医院生殖医学中心刚组建时只有3个人。一名临床医生，一名护士，胡蓉则主要负责体外授精、胚胎培养的实验室工作。

刚开始，工作十分艰难。当时辅助生殖技术被视为高精尖技术，宁夏又地处西北，各方面条件都比较差。虽然去外省学习了技术，但当时国内也没有生殖辅助技术方面的操作规范和指南，生殖医学中心便在摸索中总结出一套适合宁夏地区不孕症患者的临床和实验室操作手册。

那时候，患者对辅助生殖技术的认知度也非常低。胡蓉常常要把专业术语转变成最通俗的语言讲给他们，讲解不孕症的原因和辅助生殖技术治疗的过程，劝患者接受治疗。

"患者对我们充满期待，这对我们既是压力又是动力。但患者不是试验品，对很多人来说只有一次机会，因此我们做每一项治疗都非常谨慎。"胡蓉说。

在科室起步阶段，胡蓉和同事终日以科室为家，没有节假日，不分昼夜。她常常当天取完卵，白天做相应治疗，三更半夜去实验室观察胚胎发育是否正常。

"因为没有任何可借鉴的经验，所有在实验室显微镜下看到的现象都需要我们自己甄别。有时看到我们没有观察过的现象，就赶紧在网上找国外的资料比对，而且当时网上的资料也非常有限。"她将以前总结为"艰难"二字。

在锲而不舍的探索之后，2006年，宁夏医科大学总医院生殖医学中心第一例试管婴儿诞生了。这标志着该中心已具备开展辅助生殖技术的能力。

胡蓉和同事从2004年起进行卵巢储备功能的基础研究，不断改进临床治疗手段，实现在不孕症治疗中的积极转化和应用，不仅提高了高龄不孕患者的妊娠率，而且降低了不孕症的治疗费用。

在国内较早开展检测血清AMH水平项目，应用于评估患者卵巢储备、卵巢促排卵反应性以及预测卵巢过度刺激综合征，2009年发表相关内容的文章，被引用230多次，为其他医院开展检查、制定标准提供了数据参考。

尽最大努力陪着患者往前走

所谓医者仁心，胡蓉从事生殖医学工作以来，看到那些饱受不孕不育困扰而经济上又很困难的患者，常常倍感心酸。让这些患者拥有一个健康的孩子成为她的目标。

曾有这样一名患者，她在外地做了几次试管，付出了很大的代价都没有成功，几乎放弃了要孩子的想法。后来经朋友介绍，抱着试一试的心态到宁夏医科大学总医院生殖医学中心就诊。

通过检查，胡蓉发现她属于卵巢储备减退的情况。但是对于一个医生来说，患者卵巢里有一两个卵泡就是希望。后来经过前期药物调理，偶然一次做B超时，胡蓉发现她有一个成熟的大卵泡，当机立断进行取卵术、体外授精和胚胎移植……这位患者最终成功怀孕。

患者的年龄影响着试管婴儿的妊娠率，尤其伴随着二胎、三胎政策的开放，高龄不孕患者增多，胡蓉和同事对相关领域的研究也不断深入。

她们在宁夏地区首次开展未成熟卵体外培养、囊胚培养、玻璃化冷冻等辅助生殖技术，在基层积极推广不孕不育的辅助生殖技术知识科普，惠及数十万不孕症患者。

近年来，团队一直坚持不懈地进行卵泡微环境对卵子生长发育影响的基础研究以及对不孕症治疗的应用研究，通过揭示人类卵子发育的奥秘，一方面对女性生育力的保持提供了理论依据，另一方面指导高龄不孕症治疗获得更好的临床疗效。

而且通过相关研究，她们还大大降低了患者的经济负担。例如价格低廉的人尿源性促卵泡生长激素（HMG）更适合用于高龄不孕患者，可以获得较好的临床妊娠率，性价比较高。

"我国开展生殖辅助技术虽然比国外晚了10年，但现在我们在这方面并不差。记得2009年我第一次参加美国生殖年会时，很难见到中国面孔，但现在，无论是欧洲生殖医学年会（ESHRE）还是美国生殖医学年会，中国人的讲座越来越多。2014年至今，我多次参加国际、国内生殖医学学术会议，与同行分享研究成果。"

目前，胡蓉带领团队开展第三代试管婴儿研究，即种植前的遗传学诊断技术。这项技术是对培养好的胚胎进行活检，检测遗传信息，选择正常的胚胎进行移植，进而减少出生人口缺陷。

2013年，胡蓉作为访问学者，在美国弗吉尼亚医学院Jones生殖研究所进行子宫内膜容受性方面的研究。研究所的负责人劝她留在美国，但是胡蓉拒绝了。

她想回国继续做一名医生。"生殖医学是我毕生的事业，我将尽最大的努力陪着患者往前走，让生命不留遗憾。"

袁 炜
YUAN WEI

出生于1972年7月，高级工程师，宁夏首届创新争先奖获得者，宁夏科技创新领军人才，获宁夏特殊津贴。任国家能源集团宁夏煤业公司煤炭化学工业技术研究院副院长，中国能源协会煤化工专业委员会副秘书长，浙江大学工程师学院硕士生校外导师。

自2009年以来，一直从事煤基聚烯烃、聚甲醛材料高性能化的科技创新工作，特别是围绕聚丙烯催化剂和聚合工艺的卡脖子技术进行科研攻关。首次开发Novolen工艺釜内氢调技术，填补国际同类工艺技术空白，应用于宁夏煤业公司160万吨/年聚丙烯装置，生产三大类聚丙烯产品，产品通过食品安全国家标准和美国FDA认证。研发新型安全清洁类内给电子体，开发外给电子体技术，实现了该技术在工业聚丙烯装置上的大规模应用。

10年来，带领科研团队承担各类科研项目40项，其中国家级项目8项。制定神华化工聚丙烯和聚甲醛企业标准，成功开发6个牌号聚丙烯新产品配方并通过成果鉴定，3个牌号产品配方实现工业化应用。成功开发增韧聚甲醛、增强聚甲醛和抗静电聚甲醛系列产品，聚甲醛和聚丙烯研发成果的应用为公司增效5亿元以上。

主持或参与科技创新项目29项，主编著作1部，发表科技论文61篇，获授权发明专利15项、实用新型专利14项，制定企业标准2项。获省部级科技进步奖6项、煤炭协会三等奖1项、宁夏回族自治区科技进步三等奖1项，通过宁夏科技成果鉴定2项。

袁 炜：
在宁东，我能发挥更大价值

"宁夏的水土哺育我成长，宁东基地的高速发展赋予我大展拳脚的舞台，感谢家乡给予我发展机遇。"

1997年从中国科学院化学研究所毕业后，袁炜一直致力于高分子材料和精细化学品的科技创新，科研成果应用、转化和推广等工作。2009年，刚组建不久的神华宁煤集团缺少煤化工专业技术人才，他毅然放弃北京的高薪工作和安逸生活，带着积累了10多年的专业知识、工作经验和先进理念，投身到家乡科技创新和产业发展的滚滚洪流之中。

在追求理想的路上，袁炜从未止步。

3个第一次，实现三级跳

"父母非常重视对子女的教育。"说起个人的成长经历，袁炜直言不讳，"父亲曾经是石炭井矿区的一名井下矿工，他和母亲对我们兄妹几人的教育理念，就是全力支持考大学，走向更远的地方。"

那时，上下井只能靠步行，井下采煤还没有机械化，辛苦又危险，往往下一个井就得12个小时以上。一次，吃饭的时间过了很久，父亲还没回家，袁炜跑到井口去迎。他看到从井下上来的矿工，个个脸漆黑，根本看不出谁是谁。而母亲为了给他攒学费，白天要做选煤楼上的临时工，晚上还要在家加工工作服。

看到父母如此辛劳，年少的袁炜默默立下目标：考上大学，将来找一份好工作回报父母。

高考结束，他的分数完全可以去心仪已久的北京上大学，但他深知家里的经济状况，最终选择了离家近的兰州大学，攻读高分子化学专业。4年大学时光，他都在不懈地学习，最终考上了中国科学院化学研究所的研究生。

记忆中，第一次坐火车是去兰州上大学，第一次坐地铁是去中科院读研究生，第一次坐飞机是以访问学者的身份去瑞士交流学习……袁炜的学习和专业经历就如这3个第一次一样，实现三级跳。

临近硕士毕业，父母希望他搞科研继续深造，袁炜则希望尽快工作给家里减轻负担。他留在北京一家高新技术企业，从事技术研发工作。

2009年，袁炜回宁夏处理家事时得知宁夏组建成立了神华宁煤集团，急需煤化工专业的科技人才。面对神华宁煤发出的邀请，再考虑到母亲年龄大了需要照顾，他决定回来。

这一选择让身边的人很不解："好好的北京不待着，跑回银川能有什么发展前途？"但在袁炜看来，"除了故乡情怀，更多的是家乡日新月异的发展给了我更大的舞台。在这里，我的价值和贡献会远远大于在北京"。

自主搞创新，科研结硕果

回到宁夏，袁炜带着多年在外打拼获得的学术资源，致力于把黑色的煤炭变成白色的高分子材料。

"中国的发展路线和欧洲完全不一样，国外的配方到中国60%以上不适用。"袁炜从德国引进聚丙烯产品配方，试生产后发现存在诸多水土不服的问题：成本过高、生产膜料时颜色发黄、高流动产品有过氧化物残留、高抗冲产品韧性不足等。

他带领团队经过深入分析表征、多次实验，研发出具有自主知识产权的系列配方，彻底解决了上述问题。

为确保聚甲醛和聚丙烯专用料及改性产品研究顺利开展，袁炜深入学习工艺包添加剂种类和用量、添加方法、聚合工艺条件等知识。从产品设计、命名，到工艺助剂构成，再到产品性能指标，他快速掌握了德国引进丙烯聚合技术的每一个细节，在装置试车初期便制定了聚丙烯产品企业标准和聚甲醛产品企业标准。

这 2 个标准被确定为神华集团企业标准使用至今，不仅填补了企业空白，而且为产品生产、检测和市场定位提供了重要保障。

2011 年，50 万吨 / 年聚丙烯装置试车初期，第一个聚丙烯产品 1102K 按照专利商提供的工艺包助剂配方进行生产，产品灰分一直在 300 ppm 以上。袁炜组织课题组人员开展聚丙烯 1102K 助剂配方的优化实验，每天针对数十组的实验配方反复试验、对比、研究，成果应用大获成功，1102K 产品灰分降低至 200 ppm 以下，产品品质显著提升。

2015 年初，国内聚丙烯市场逐渐低迷，只有通过投产新牌号才能打破这一僵局。袁炜召集课题组成员研究部署 2348M 和 2240S 新产品开发工作，并将产品开发计划由 3 个月压缩为 1 个月。为了按期完成，他带领科研小组大胆对助剂型号和用量进行调整，最终获得一套优化后的助剂工艺包。

这套新助剂工艺包提交公司审定后很快上线应用。2015年4月，聚丙烯2348M和2240S一次性产出且质量合格。据统计，新助剂配方使每吨聚丙烯2348M和2240S的生产用助剂成本分别节省86.5元和239.8元，而售价则比公司2015年市场主打产品高1000~1500元。

"目前，我们已经开发出新型丙烯聚合催化剂成套制备技术，成功申报宁夏煤业公司首个PCT国际专利，正在建设国家能源集团首个催化剂制备的中试生产装置。"袁炜说。

2个工作站，联合育英才

"煤炭化学工业技术研究院（原研发中心）成立近2年，一直没有自己的实验室，只能被动依靠合作单位搞委外研发。"袁炜便主动承担起建设神华宁煤集团－中科院化学所合成树脂联合实验室的重任。

结合在中科院和瑞士国际化工公司专业实验室学习的经历，袁炜在实验室总体规划设计、通风、恒温恒湿、分析仪器等方面开展了大量调研工作，全程参与、现场指导。

他把实验室当成自己家，仅仅用了半年时间，15间高标准的化学研究实验室顺利投用，改写了公司无化工专业实验室的历史，填补了宁夏合成树脂科技创新平台的空白。

让袁炜骄傲的是，实验室首次采用国际上最先进的外置式集中供气系统、隔热隔音防火组合式顶板和隔墙材料、人机分离的空间设计和洁净化研发加工环境等设计理念。

以此为基础，他先后主持申报并建设低阶煤清洁转化与应用国家地方联合工程实验室、科技部国际联合研究中心、宁夏合成树脂高值化协同创新中心等重要科研平台，为公司乃至宁夏煤化工产业的可持续发展提供了重要支撑。

人才是创新的第一要素，然而多年来，宁夏一直存在留不住人才之痛。

煤炭化学工业技术研究院刚成立不久，袁炜就大胆提出建设博士后工作站和院士工作站的设想。

万事开头难，为了让第一个院士进站，袁炜多次到各地拜访全国知名院士以寻求合作。他的诚意最终打动了中国科学院院士万立骏，他成为首位进站院士。后来袁炜又引进了中国工程院院士孙优贤，并成功邀请中科院罗发亮博士成为第一位入站博士后。

通过博士后工作站、院士工作站和国家级专家服务基地，他先后吸引了11位博士到研究院短期或长期工作，为宁夏煤化工产业发展集聚了一批全年龄段、全专业领域的专家人才。

用袁炜的话说，"他们是最宝贵的财富"。

夏鹤春
XIA HE CHUN

出生于 1962 年 4 月，宁夏医科大学总医院副院长，神经外科主任医师、教授、博士生导师，系中华医学会神经外科分会肿瘤学组委员、宁夏干细胞学会会长、中国医师协会脑胶质瘤专委会 MDT 学组副主任委员、宁夏医学会神经外科分会副主任委员、宁夏干细胞与再生医学重点实验室主任、宁夏颅脑疾病重点实验室副主任、宁夏神经病学中心副主任，入选国家百千万人才工程第三层，享受国务院特殊津贴。

擅长复杂的神经肿瘤微创手术治疗，特别是胶质瘤、垂体腺瘤、听神经鞘瘤、脑膜瘤、颅咽管瘤等。2008 年带领团队开展术中唤醒辅助功能区肿瘤切除，2018 年完成全程清醒麻醉监测下脑功能区肿瘤切除，其成果达到国际先进水平。

对神经损伤的干细胞修复、再生治疗有丰富的治疗经验。2019 年与中国科学院合作，在西部地区率先完成神经胶原支架联合干细胞移植治疗脊髓损伤手术，取得较好的临床效果。

获得省部级科技进步二等奖 4 项、一等奖 1 项。主持国家自然科学基金项目 5 项、宁夏回族自治区重点研发计划重大科技项目 1 项、其他省部级项目多项，获批科研经费 2000 多万元，参与国家"863"科研项目 1 项、国家"973"前期基础研究项目 1 项。获得授权专利 3 项。发表各类学术文章 100 多篇，其中 SCI 收录 30 多篇，单篇最高影响因子大于 11 分。出版专著 3 部。

夏鹤春：
毕生救死扶伤　只为八字誓言

在人民群众眼里，医疗行业是一项治病救人的崇高事业。医务工作者总是与仁爱、友善、奉献等闪烁着人性光芒的美好词汇联系在一起。

1983年，夏鹤春从宁夏医学院（现宁夏医科大学）医疗系毕业，被分配到宁医大总院从事神经外科临床、教学、科研工作。近40年来，他一直践行着自己的诺言。

"也正是基于此，我本着对生命的尊重与珍爱，在医生这个平凡的岗位上忠实地履行着医学誓言——健康所系，性命相托。"在2020年度宁夏回族自治区科技奖励大会上，宁夏医科大学总医院副院长夏鹤春作为获奖者代表发言时这样表达。

组建首个宁夏内神经肿瘤多学科协作团队；在宁夏首次完成神经胶原支架联合干细胞移植治疗脊髓损伤手术；在西北地区首先开展术中唤醒辅助语言区肿瘤切除中的应用；在宁夏率先开展利用多模态医学技术指导特定区域（运动、视觉等）脑功能保护前提下的肿瘤切除……成果被复旦大学附属华山医院、西安交通大学第一附属医院等神经外科部分应用。

醒着做开颅手术不是科幻

打开颅骨，将脑部的肿瘤组织切除，这种手术听起来就很复杂。如果在做这种手术的过程中，病人全程清醒，能和医生聊天，还能动手指头，又是一种什么样的体验？

2018年，夏鹤春带领团队，首次为3名患者实施清醒麻醉状态下精准脑肿瘤切除术，填补了宁夏在这个领域的医疗技术空白，也意味着宁夏医科大学总医院已具备实施清醒麻醉开颅术的能力。

"对患者而言，那是一场神奇的手术；对我而言，是解决了一个困扰医生的大难题。"回想4年前的手术经历，夏鹤春历历在目。

当时，实施手术的3位患者分别患的是右额运动区胶质瘤、左额语言区胶质瘤和左额巨大胶质瘤。"常规全麻状态也可以切除肿瘤，但并不是最好的方案。"在夏鹤春看来，清醒麻醉开颅最大的好处是在实施脑部手术过程中精确控制麻醉深度，使患者在手术中保持无痛清醒状态，一边探测，一边精准切除，同时保护患者脑部重要的运动和语言等功能区域，有助于患者术后快速康复。

麻醉本身就是一种创伤，虽然让人体感觉不到疼痛，但它切断了大脑与某些功能的连接，会打乱正常的生理功能。清醒麻醉状态下做手术可以减少麻醉用量，减少对生理功能的干预，对患者有好处，不仅恢复快，而且麻醉费用只是常规手术费用的1/3，最重要的是最大化切除肿瘤的同时可以保护患者的生理功能。综合考虑，清醒麻醉开颅是胶质瘤患者的不二选择。

2010年以来，在国家自然科学基金和宁夏科技计划项目的持续支持下，夏鹤春和团队经过长期临床观察，建立了符合胶质瘤生物节律特点的治疗新模式，通过国际临床试验注册，成果已在临床应用100多例，既提高了患者生存概率，又避免了过度治疗，为国内恶性胶质瘤治疗开辟了新路径。

由他主持完成的"生物节律基因调控胶质瘤发生发展的关键技术及临床

转化应用研究"项目荣获 2020 年度宁夏科学技术进步二等奖。"这是对我及研究团队长期辛勤付出的充分肯定和莫大鼓励。"夏鹤春说。

干细胞移植技术带来新希望

在神经外科领域，夏鹤春不断挑战高难度，他的目的很单纯，就是希望用先进的诊疗技术解除危急重病人的痛苦。

3 年前一位特殊的病患，让复杂的神经胶原支架联合自体骨髓干细胞移植治疗完全性脊髓损伤手术付诸实施。当时，一名男子不慎从高处跌落身受重伤，被送入宁夏医科大学总医院。

"病人被临床诊断为颈椎骨折伴截瘫，后半生可能会高位截瘫。"经过会诊，夏鹤春当即决定为他实施神经胶原支架联合自体骨髓干细胞移植治疗完全性脊髓损伤手术，帮病人摆脱高位截瘫的命运。

"发生在他身上的神经损伤等疾病，过去没有任何治疗手段，但现在通过干细胞治疗，能够攻克这些疾病。"夏鹤春说。这项复杂手术包含干细胞移植技术和基于胶原蛋白的神经再生支架，除了自治区重大研发项目的支撑外，还有团队的辛勤付出。

由于脊髓损伤通常会造成受损节段以下躯体神经功能障碍，影响患者后期的生活质量，有效的治疗方法一直都是世界医学的难题。为攻克这一难关，中科院遗传与发育生物学研究所戴建武教授团队经过 10 多年的研究，在国际上首次开展了利用神经再生胶原支架材料治疗急性完全性脊髓损伤的临床研究，取得了该领域的重大突破。

而由宁夏医科大学总医院承担的自治区重大研发项目"基于多模态技术评价生物支架结合干细胞移植治疗脑、脊髓损伤后神经环路重建的临床应用研究"，主要开展临床用胎盘间充质干细胞制剂及相关产品质量控制标准的建立和研究等相关工作，推动了干细胞移植治疗脑、脊髓损伤由基础研究向临床应用的转化，但让这些研究成果真正落地，并非一帆风顺。

开展这项研究，涉及多个科室，夏鹤春逐个沟通，与大家达成共识。进行临床手术，病人只有受到创伤后及时入院才有被成功治愈的希望，夏鹤春和同事们耐心等待……终于，时机成熟。

在该项目研究成果的支撑下，夏鹤春与宁医大总院脊柱骨科丁惠强教授、宁夏人类干细胞研究所梁雪云副研究员、中科院遗传与发育生物学研究所戴建武教授一起带领各自团队，精密协作，采用戴建武团队研发的再生胶原支架材料，结合总医院干细胞研究所自主分离的患者自体骨髓干细胞，历经6个多小时，成功为病人实施了手术。

这也是西北地区首例功能性神经胶原支架移植治疗急性完全性脊髓损伤手术，开创了宁夏干细胞与再生医学领域的新历史。

"手术成功实施，让我们的职业自豪感和荣誉感油然而生，感到对得起这身白大褂！"这样的手术，夏鹤春和同事已成功实施了4台。

干细胞与再生医学研究新领域

孙思邈在《大医精诚》中说："凡大医治病，必当安神定志，无欲无求，先发大慈恻隐之心，誓愿普救含灵之苦。"在夏鹤春看来，救死扶伤、实施全民健康行动是时代的要求，也是人民群众对高质量医疗服务的渴求。

由他主持完成的"生物节律基因调控胶质瘤发生发展的关键技术及临床转化应用研究"项目荣获2020年度宁夏科技进步二等奖。他认为这既是对研究团队长期辛勤付出的充分肯定，又是对宁夏医科大学总医院多年来重视医学科研工作的莫大鼓励。

"我们将以此次获奖为契机，为加快建设健康宁夏做出更大的贡献。"夏鹤春说。

干细胞治疗属于一个新领域。宁夏医科大学总医院及时把握干细胞发展的方向和巨大应用前景，2008年前瞻性地布局成立宁夏人类干细胞研究所，并同时建立国内首个人类胎盘干细胞库，专注于干细胞的基础与临床应用研究，使宁夏在干细胞研发领域不落后于国内发达地区。

在此基础上，宁夏医科大学总医院引进国内优秀再生医学与临床转化团队专家，整合宁夏再生医学研究力量，集中优势，于2018年获批建设宁夏干细胞与再生医学重点实验室，夏鹤春任实验室主任。

在夏鹤春的带领下，实验室迎来收获季。

其中，适用于临床使用的人胎盘间质细胞库的建立方法是宁夏科技工作者在该领域取得的、具有自主知识产权的原创性成果，专利已成功实现市场转化。2020年，与中国科学院院士苏国辉教授共同开展枸杞糖肽等枸杞提取物对干细胞及再生医学的功效研究，该研究成果将打开枸杞产业发展新局面。

目前，他与同济大学转化医学高等研究院左为教授合作开展的干细胞临床研究项目"自体肾小管细胞移植术治疗2型糖尿病肾病的探索性临床研究"已提交备案申报材料。该项目的开展将为我国糖尿病肾病患者带来福音。

"这些成绩的取得，不是终点，而是起点。"夏鹤春说。

他深知干细胞治疗还有很多路要走，但他和他的团队会加快步伐，为健康中国做出更大贡献。他要用一把手术刀勇闯生命禁区，在不断的挑战中保持亮剑姿态，创造出一个又一个生命奇迹。

蔡进军
CAI JIN JUN

出生于1976年3月，2001年8月参加工作，中共党员，硕士研究生，宁夏农林科学院二级学科带头人，宁夏回族自治区"313"人才，现为宁夏农林科学院农业资源与环境研究所研究员。

秉承"扎根宁夏，砥砺前行"的奉献精神，积极践行"绿水青山就是金山银山"的理念，紧扣当地产业发展需求，带领创新团队长期坚守在宁夏南部山区科研一线，开展水土保持、退化生态系统恢复和生态产业开发等方面的科技攻关。先后主持完成国家级和宁夏回族自治区级各类科研项目近20项，获得宁夏回族自治区科技进步奖3项，其中一等奖2项、二等奖1项；获批专利2项，制定地方标准5项；出版专著4部，发表论文20多篇。先后提出宁夏南部山区生态农业模式5个、退化生态系统恢复模式5个，提出配套技术体系12个，引进抗旱植物11种，建成试验示范区2.2万亩，示范区林草植被盖度由17%提高到60%以上，农民人均纯收入翻了一番，研究成果在宁夏南部山区得到大面积示范推广。获得宁夏五一劳动奖、第十四届宁夏青年科技奖、第九届宁夏青年五四奖、宁夏驻村帮扶工作先进个人、宁夏创新争先奖等荣誉。

蔡进军：
二十一年只干了一件事

春夏时节的彭阳县城山花烂漫、林草葱茏，层层梯田掩映其中，一城春水绕城而过。

"感觉太好了，跟以前比简直是天壤之别。"在宁夏南部山区工作了21年，蔡进军越来越喜欢这个地方，一有时间就往这儿跑。

作为宁夏农林科学院二级学科带头人，他带领创新团队紧紧围绕宁夏"生态立区、脱贫富民"战略，长期坚守在宁南山区，开展水土保持、退化生态系统恢复和生态产业开发等方面的科技攻关。

蔡进军说自己这些年只干了一件事，那就是把生态恢复与老百姓增收结合起来，用科技染绿荒山。

在同一个地方连续做了4个国家项目

蔡进军是平罗人，来自宁夏最北部的平原，却跟最南部的山区结下了不解之缘。

2000年他从宁夏大学农学院植保专业毕业。2001年4月来到宁夏农林科学院。同年8月被安排去海原县关庄乡支教。这是单位培养新人的第一堂必修课。

在那里，蔡进军看到山里条件很苦，路也坑坑洼洼，但仍然阻挡不了孩子们求知的脚步。住校的孩子们背着家里烙的馍馍，这是他们一周的伙食，却在认真地看《平凡的世界》《人生》《在困难的日子里》等书籍。他大为感动，由此播下了情系山乡的第一粒种子。

一年后单位安排课题，在彭阳。蔡进军二话不说报了名，在白阳镇中庄村一待就是20多年。

"不是哪个项目做了这么长时间，而是4个国家项目连起来，从'十五'到'十三五'，我也就一直没挪窝。"蔡进军笑起来，强调了好几遍"在一个队伍里待着，只要坚持，一定能做出成绩"。

彼时，白阳镇的老百姓还住在窑洞，一到雨天就拿个水瓢蹲在地上挖坑舀水。植被少是现实，雨水少是现实，而穷也是最大的现实。

蔡进军和团队跑遍了山区的沟沟岔岔，通过应用技术研究与生产实践的紧密结合、生态恢复和产业开发的紧密结合，研发出灌草乔多树种生态经济型防护林配置优化模式、粮－经－饲－畜综合高效型耦合模式、果－菜－畜庭院立体复合高效多种经营模式等5个生态农业模式。

"说白了就是把水土流失控制和农民增收结合起来，依托项目搞梯田建设，搞种养殖结构调整。"那时，白阳镇的农民只种冬麦、荞麦、土豆，现在则以玉米为主，还发展中药材、果树等特色产业。

蔡进军所在的团队构建了生态、经济、景观3种措施相耦合的流域脆弱生态系统综合治理模式，提出了减少乔木、增加灌木、提升功能、促进稳定的林草植被结构体系优化方案，为南部山区生态建设提供了强劲的科技动能。除此之外，还提出退化荒山植被恢复模式、退耕地人工林草建设模式、退化耕地"减－增－提"地力恢复模式、侵蚀沟立体综合治理模式、小流域防护林体系空间配置模式5种退化生态系统恢复模式，都在宁南山区得到了广泛应用。

荒山荒沟穿绿衣，农民收入翻一番

经过不懈努力，团队最终建成2.2万亩试验示范区。示范区林草植被盖度由17%提高到60%以上，实现了"荒山荒沟穿绿衣，坡沟水土不流失"。最让蔡进军高兴的是农民人均纯收入翻了一番！

他们的研究成果在宁夏南部山区得到大面积示范推广，取得了显著的生态效益、经济效益和社会效益，并获得宁夏回族自治区科技进步一等奖2项、二等奖1项。

蔡进军在宁南山区开展工作时，经常给老百姓算账。他认为最重要的是算好生态和增收之间的关系账。"生态环境好了，老百姓增收的渠道自然就多了，而且他们的精神状态好了，心情好了，看病吃药花的钱也就少了，你说是不是这个道理？这是不是间接的'两山论'？"身材高大、快言快语的他说到这儿又笑起来。

他要从思想根源上改变更多乡亲的观念。

2014年12月到2017年2月，蔡进军积极响应国家精准扶贫战略，被宁夏农林科学院选派到彭阳县古城镇丁岗堡村担任首批驻村第一书记。

这是一个彭阳县与固原市原州区交界的小山村，山大沟深，老百姓对养殖特别重视，但生态保护观念差。有个农户家里养了100多只羊，经常偷偷放牧。

蔡进军问："你养这么多羊，你得用草呢吧？"

"我自己种着呢呀。"

"你种的难道够这些羊吃？人人都跟你一样，咱们的山成啥了？"

农户半晌不言语，最后表示愿意积极配合退耕还林地政策。

这位农户养羊也认死理，总觉得价格一降自己就亏了。蔡进军跟他说要算市场账，该出栏就出栏，循环越快，周转越好，效益才高，以此鼓励他重视调整养殖结构，学会高效养殖。

扶贫的2年多，蔡进军带领扶贫工作队结合全村产业发展基础和资源优势，从牧草栽培、良种示范、饲草调制、饲喂管理、品种改良、科技培训、示范引导、技术指导入手，实现全程技术服务，使帮扶村成为当地有名的草畜产业科技扶贫示范村。

丁岗堡村的扶贫开发工作得到了社会各界的关注，先后在这里召开了宁夏整村推进现场观摩促进会，举办了全国人大常委会扶贫考察调研活动。蔡进军个人也被授予固原市"优秀共产党员"和"宁夏驻村帮扶工作先进个人"等荣誉称号。

从生态农业模式到生态产业发展模式

刚担任宁夏农林科学院农业资源与环境研究所所长时，他有些不适应，毕竟在过去的好多年，他都奔波在科研和扶贫一线，平均每年下乡天数超过200天。好在他迅速调整状态，依然坚持生态恢复这一科研方向，只要有空就下乡钻研项目，做到几方面都不误。

"我觉得搞科研，不管人走在哪里，还是要坚持长期干一件事，才会出更好的成果。"在蔡进军看来，科研人员无论给自己的定位是搞基础研究还是做技术研发，最终一定要服务社会，比如搞农业的，就得让老百姓见实惠。

谈起高质量发展，他说他所从事的生态农业跟纯农业不太一样，纯农业更多讲究品种等单项技术，而生态农业讲究生态价值的核算，是大账，学科跨度比较大。

在山区，他先给老百姓算账，尤其是水账，算清生态账再讲农业技术模式，为的就是让老百姓的头脑中对生态农业有正确的认识。

本着这样的遵循，蔡进军和团队又提出灌草秸秆综合利用模式、节水高效设施农业综合发展模式、雨水资源高效利用的旱作经济作物发展模式、以特色杏为主的林果产业发展模式、庭院设施养殖型生态农业模式5个生态产业发展模式，持续助力当地生态建设，实现百姓增收致富。

蔡进军经常给他团队的成员讲，搞科研不能计较个人名利和得失，应该把兴趣和基层需求结合起来。"国家给你那么多科研经费为的啥？是要为社会服务啊，不然就是空中楼阁。"

让他欣慰的是，他所带领的团队由于成绩突出，获得全国"工人先锋号"称号，并入选宁夏回族自治区首批科技创新团队。

深耕基层二十载，蔡进军跟很多农民成了朋友，不厌其烦地为他们解决农业生产中的问题。闲暇之余，他会走村入户和百姓亲切交谈，真诚地给出自己的意见，帮着出点子、谋思路，受到当地政府、农户的一致好评。

不过蔡进军坦言自己并没有那么伟大，他是先干了这行才逐渐喜欢上这行的，在这个过程中又逐渐确定了学科方向，也就全身心地投入到里面了。

"这就是一件很幸福的事。"他说。

杨晓军
YANG XIAO JUN

女，出生于1968年1月，主任医师，教授，硕士研究生导师，现任宁夏医科大学总医院重症医学科主任、宁夏医科大学重症医学与急诊医学系主任。长期从事重症疾病临床救治、重症医学学科建设和人才培养工作，研究方向是重症感染及其病原学、重症病人营养与代谢研究。

主持多项国家自然科学基金和宁夏科技重点研究计划，获省部级科技进步二等奖1项，获宁夏医学优秀论文一等奖及三等奖2项，获医院新技术新业务奖多项。发表学术论文50多篇，其中SCI及中华系列收录10多篇。获第二届"白求恩式好医生"提名奖、宁夏第二届"最美医生"、宁夏第二届创新争先奖、宁夏抗击新冠肺炎疫情先进个人、全国农工党先进个人及襄阳市三八红旗手标兵等荣誉。

杨晓军：
在病人的生命边缘拉一把

随着重症医学的发展与进步，人们对重症医学的认识，也从最初的死亡前的"最后一站"，变为如今的救治关口前移、挽救更多生命。

杨晓军从医30年，工作在距离死亡最近的地方，一次又一次地将患者从死亡线上拽回来。但不论怎样，"重症医学关键在于治好病人，就是在病人的生命边缘拉一把，不抛弃、不放弃"。

用杨晓军的话说："这份职业是光荣的、神圣的，也坚定了我为医疗事业奉献一切的信念。希望我能做值得患者托付生命的人。"

驰援襄阳，只要做好防护就没问题

虽然离开襄阳已经2年多，但很多事情仍历历在目。杨晓军说，那是她从事重症医学30多年来最难忘的经历之一。

"生活不可能像你想象得那么好，但也不会像你想象得那么糟。人的脆弱和坚强都超乎自己的想象。有时，可能脆弱得一句话就让人泪流满面；有时，发现自己咬着牙又走了很长的路。"到达襄阳的第四天，杨晓军在朋友圈写下激励自己和同事的话。

2020年初，时刻关注疫情的杨晓军一直在等待去湖北的机会。重症医生是抗疫一线的主力军之一,自己又在重症医学科工作多年,有丰富的重症临床经验,她觉得应该去湖北,去抗疫一线尽一份重症医生的责任。

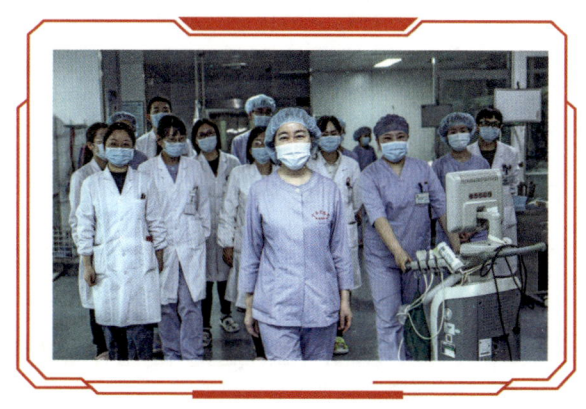

杨晓军向领导申请支援湖北后,领导一开始没有同意。毕竟她是科室主任,也代表着宁夏重症医学最精锐的力量,且杨晓军坚持自己的想法,在安排好科室工作后,她终于获得批准出发了。

2020年2月12日,杨晓军作为宁夏医科大学总医院第三批医疗队队长,和同事们踏上了南下的征程。抵达襄阳后,她被分到湖北襄阳职业技术学院附属医院,接管一个50张病床的病区,并负责所有重症疑似病人。

她了解到所负责的病区有2名患者住院时间长,治疗效果差。在抵达襄阳进入病房后的第三天,她积极协调襄阳职业技术学院附属医院建立远程会诊系统,并连线宁夏医科大学总医院为他们远程会诊。这也是宁夏首次为支援湖北医疗队开展远程会诊。

通过远程会诊,总医院专家仔细检查2名患者的影像等资料后,最终临床诊断为新冠肺炎确诊病例,并根据患者病情提出治疗意见。

治疗很快有了效果,2名患者最后均治愈出院。

在襄阳一个多月的时间里,杨晓军所负责的病区共收治了93名病人。而为了确保安全,每一位病人均由杨晓军亲自检查方可出院。

在支援湖北的那段日子里,杨晓军没有什么个人安危方面的顾虑和担心。当时国家对医护人员的防护物资保障已全部到位,她知道只要做好防护就没问题。如果一定要说困难,令她记忆深刻的是穿上防护服的异样感、总是雾蒙蒙的防护眼镜以及襄阳阴冷的气候。

襄阳之行，杨晓军不仅为当地带去了重症医生的救治力量，而且带回来更多关于重症医学方面的思考。回到宁夏不久，她便写下《针对突发公共卫生事件的重症医学建设——宁夏区域重症医学中心建设思考》一文，发表在2022年第4期《宁夏医学杂志》上。

与同事创建宁夏首个重症医学科

杨晓军是宁夏医科大学总医院的重症医学科主任。1994年4月，她与同事一道创建了宁夏首个重症医学科。今年54岁的她，已在这个科室工作了快30年。

在重症医学人才培养方面，杨晓军提出要培养重症医学应急队伍。

"其他临床专业的医护技人员必须接受过3个月以上的重症医学专业规范化培训，并通过考核取得培训结业证书……在发生大规模突发公共卫生事件时，能够与重症医学医护技人员混编，在短时间内温故知新，达到来之能战的水平……"

杨晓军对重症医学的发展、建设有了更多思考。"重症医学最关键的在于治好病人、提高救治能力，所以对于重症病人的救治，除了研究发病机制、治疗方法，也要寻找更好的靶点。"杨晓军说。

近年来，杨晓军及其团队在脓毒症发病机制及器官功能支持方面有突出成就。2015年，她带领团队开展脓毒症患者肠道菌群紊乱的临床研究。该研究通过二代测序技术，大大提高了病原菌的准确性，缩短了确诊时间，帮助医护人员进一步了解脓毒症的发病机制，为感染防控提供了一定的理论依据。

就重症病人的治疗而言，"呼吸衰竭有呼吸机支持，肾衰竭有血液净化，还有人工肝，呼吸窘迫有ECMO支持"。杨晓军说："但是肠功能衰竭目前还没有办法。现在对于脓毒症全身感染的治疗，无论是了解它的机制，还是获得有效的治疗手段都比较困难。脓毒症的发病率、死亡率依然很高，很多病人的救治依然不是特别理想。"

杨晓军和她的团队研究发现，脓毒症治疗和肠道微生态之间有一定关联。目前，团队对益生菌调节肠道菌群多样性对脓毒症患者全身免疫功能影响的研究获得初步成果，通过探索肠－肺之间的关系，创新性地开展了肠道微生态调节剂用于新型冠状病毒肺炎免疫调节的治疗性研究。

医生不只要看到病，还要看到人

和杨晓军谈话，发现她逻辑十分清晰，也许是医生的职业习惯，她显得冷静、克制。杨晓军坦言，作为一名重症医生，冷静的时候多。

这和刚参加工作时的她截然不同。

杨晓军主管的第一位病人是肝硬化患者。患者去世后，杨晓军非常悲伤，难过了许久。上级老师告诉她，作为一名医生，需要救治的病人很多，只要尽心尽力即可。

很多年过去了，杨晓军还记得这个已经故去的病人，她也记得上级老师教她的道理，医生不能太感情用事。时至今日，对于重症病人的救治，杨晓军也有了更多自己的看法。"那时候我不仅仅把他当作一名病人。在病人管理中，有很多人文性的东西也要参与进来，医生不只要看到病，还要看到人。"

杨晓军认为，ICU里不能只有一些冷冰冰的仪器，应当倡导建立一个有温度的ICU，让病人感受到温暖。

"不过这方面我们也做得不是特别好，还要提高。很多手术后的病人会有谵妄。谵妄发生后，医护人员要给病人更多关心、关爱。如果这个过程能让家属参与进来，对病人的恢复有好处。"杨晓军解释道。

她思考，未来重症医学科应让家属更多地参与到病人的护理过程中。如果有亲人关怀，谵妄可以减少。但家属进入 ICU，对 ICU 的卫生和医护人员要求会更高。

随着重症医学的发展，重症救治理念也在发生变化。杨晓军回忆，最初重症医学科里基本都是术后病人和一些病情很重的病人，很多人理解重症医学科就是死亡前的"最后一站"。现在，在经过评估后，一些病人早些进入 ICU 病房，就能得到更好的救治。出院后，预后生活质量也相应提高。

重症医学究竟是什么？重症医生究竟做什么？杨晓军说："很多重症病人的生命就在边缘，也许拉一把就能过来，也许放松了就走掉了。我在重症监护病房 27 年，对重症医生而言，就是不抛弃、不放弃每一个生命。"

赵 巍
ZHAO WEI

出生于1960年9月，硕士，教授，博士研究生导师，现任宁夏常见传染病防治研究重点实验室主任。主要研究方向是包虫病免疫分子生物学研究，包括包虫病基因工程疫苗、临床诊断分子筛查，病原体与宿主间免疫相互作用机制研究等，同时开展许多其他疾病的发病分子机制研究。

主持多项国家自然科学基金课题、国家科技创新引导项目课题及宁夏回族自治区重大科技计划项目，多次荣获宁夏科技进步奖。2012年获得宁夏特殊津贴和"全国优秀科技工作者"称号，2016年获得全国五一劳动奖，2020年获得宁夏创新争先奖。

赵 巍：
甘坐基础科学研究冷板凳

在讲台上站了17年后又攻读硕士学位，专攻分子生物学；读研期间建立宁夏卫生系统首个医学分子生物学实验室，开启宁夏医学领域的分子生物学研究时代；在包虫病研究领域深耕细作十几年，筛选出基因工程疫苗P29，具有良好的免疫保护效果……

面对周期长、见效慢的基础研究，赵巍甘坐冷板凳，潜心向学，进行探索性创新研究，不断向科技和学术高峰攀登。

创建宁夏首个医学分子生物学实验室

谁能想象，高二时赵巍还是班里的差生。

"高二时我的成绩在班里倒数，在班主任的鼓励下我才坚持下来，成绩慢慢好了起来。"高考完报志愿时，赵巍立志要成为一个和班主任一样的教师，于是毫不犹豫地选择了老师的母校北京师范大学并如愿以偿。1982年大学毕业，赵巍正式成为宁夏医学院的一名生物学教师。

慢慢地，赵巍觉得大学时学的知识很难满足教学的需要，同时在教学过程中他也接触到很多生物学的前沿领域。怀着对知识的渴望，对自我突破的期待，赵巍产生了读研的念头。

1999年，已经39岁的赵巍在工作之余备考研究生。那年，他重回学生行列，与曾经教过的学生坐在一起，完成研究生学位课程的学习。

此时，诞生于20世纪50年代初的分子生物学在国内外生命科学和医学科学研究中已开始广泛应用，但在宁夏科学界还处于起步阶段。而在与分子生物学技术关系最为密切的医学领域，宁夏还没有分子生物学实验室，很多依靠分子生物学技术解决的医学科研难题都无法开展最基本的研究。因此，在2000年，他产生了一个想法：在宁夏卫生系统筹建自己的医学分子生物学实验室。

基础研究由于难度大、见效慢，往往被不少科研单位看成是冷板凳。20世纪90年代，宁夏从事分子生物学研究的专业人员少之又少，可借鉴的经验有限，建设经费严重不足，要想建立一个医学分子生物学实验室，难度可想而知。

只能摸着石头过河。

赵巍夜以继日地查找资料，马不停蹄地去沿海发达地区的实验室观摩。为了将有限的经费用在刀刃上，他在吃住行上都很苛刻，尽量避免产生不必要的花费。

2001年，还未拿到硕士研究生学位的赵巍终于在宁夏回族自治区教育厅和学校资金的支持下，创建了宁夏地区卫生系统第一个医学分子生物学实验室。

"分子生物学作为现代科学的一门综合科学，其意义不止体现在纯粹的科学价值上，更为重要的是它已经成为医学基础研究中不可或缺的一个学科。如高血压、肿瘤等与人类健康关系密切的疾病的发病根源都与分子生物学息息相关，搞清楚疾病的分子生物学机制，也就为从根本上治疗这些疾病提供了重要的理论基础。"赵巍解释道。

之后，他还创建了宁夏医药卫生系统最早和规模最大的公共科研平台。

在20多年的时间里，该平台为学校和宁夏区内其他科研单位、企业提供了大量科技服务，在宁夏地区医学和生命科学的发展中发挥了重要作用。

钻研包虫病二十余载

要想在基础科研上取得成绩，注定需要在一个方向上长途跋涉，才能获得突破。然而这就像阿姆斯特朗登月一样，他人的一小步却是人类进步的一大步。

包虫病是宁夏最重要的地方病之一，尤其在南部山区高发，一度对老百姓的健康造成极大威胁，至今宁夏全区各县市均有包虫病病例分布。宁夏医科大学是宁夏开展包虫病研究最早的单位之一，其相关研究在国内一直处于领先地位。近年来，学校在包虫病免疫预防、临床诊断、生态环境及流行病学分析、包虫病发作免疫学机制等方面的研究都取得了新进展。这和赵巍在该领域深耕20多年有密切关系。

分子生物学实验室创建之初，正是宁夏部分地区包虫病患病率居高不下的时候，赵巍带着同事开始了攻关。为了更好地进行包虫病研究，宁夏医科大学还成立了专业的包虫病实验室，组建了包虫病科技创新团队。

赵巍参与开展的"宁夏人体包虫病综合防控技术研究与干预效果评价"项目，回顾性地调查整理了1991—2009年宁夏全区包虫病住院病例资料，首次全面、系统、科学地总结了宁夏包虫病流行现况，包括人群患病率与感染率、终末宿主家犬感染率、中间宿主绵羊及啮齿类动物感染率等,分析了宁夏包虫病流行范围、流行程度、病区类型、分布特征。项目研究建立的覆盖省、市、县的包虫病监测体系,实现了监测内容的信息化网络直报,形成了规范的包虫病防治、应急体系,对尽早实现宁夏消除包虫病具有重要意义。2010年,该项目获得宁夏科技进步一等奖。

针对包虫病无有效防治手段,赵巍主持了"宁夏包虫病重组疫苗的免疫保护性及诱导动物产生免疫应答机制的研究"项目。该项目利用先进的生命科学技术,开展抗包虫病基因工程疫苗及疫苗免疫动物后诱导宿主产生的免疫应答分子机制研究,成为国内最早开展包虫病基因工程疫苗研究的科研团队。

该项目在国内首次克隆出10个抗包虫病疫苗的候选基因,其中有5个是从宁夏病原体基因组中首次被克隆并收录到NCBI的GenBank基因数据库中,具有自主知识产权。

赵巍还在绵羊中筛选出P-29和myophilin 2个具有高效免疫保护作用的疫苗候选分子,进一步研究这2种疫苗分子诱导动物产生免疫应答的分子机制。以上研究成果在国内处于领先地位,并达到国际同类研究先进水平。

2016年,因在包虫病防治领域做出的特殊贡献,赵巍和同事荣获宁夏科技进步一等奖。"虽然包虫病研究取得了一定的成果,但是这条路还很长。"赵巍说。

2020年,以包虫病研究为基础,他牵头整合了宁夏全区与传染病有关的各个单位的力量,成立了自治区级宁夏常见传染病防治研究重点实验室。新实验室开始了对包括包虫病在内的宁夏最流行的传染病展开攻关的新征程。

学生眼里的好老师

科研之余,赵巍还承担本科生、研究生的教学工作。实验里的他带着科研者特有的睿智严谨、不苟言笑,而到了课堂上,他却非常有亲和力,其幽默活泼的教学风格深受学生们喜爱。

赵巍主讲的课程有本科生的医学生物学、细胞生物学、医学遗传学等;为生理卫生专科开设的植物学、植物分类学;为研究生主讲过分子生物学、分子生物学常用技术、脊椎动物比较解剖学等。其中,生物学信息学、植物学、植物分类学、分子生物学、分子生物学常用技术、脊椎动物比较解剖学等课程均为首次开设。

"说实话压力很大,能不能讲好,学生爱不爱听,没有可以观摩的课堂,只能自己用心琢磨。"赵巍坦言。经过仔细备课,书本里晦涩难懂的理论在他的"巧舌如簧"下变得通俗易懂。

在学生眼中,赵巍是一个永远给他们打鸡血的老师:每天不论学生何时走进实验室,赵巍早已准备就绪。和学生讨论课题,分享经验。他鼓励学生要勇于尝试,指导他们参与宁夏及区外的大学生科创活动,在实践中检验理论知识。

早在2006年,赵巍带领4名学生筛选出包虫病特异性分子诊断抗原,一举斩获"挑战杯"全国大学生系列科技学术竞赛二等奖。

赵巍常告诫学生:"基础研究是国家腾飞的引擎,全世界都在为科学研究争分夺秒。你们遇上了科研的大好时期,有设备、有平台、有资源,唯有发扬'安、专、迷'的精神,努力钻研、不懈奋斗,才不负这个最好的时代。"

姚 敏
YAO MIN

出生于 1965 年 3 月，曾任国家能源集团神华宁夏煤业集团有限责任公司副总经理等职务。现任宁夏回族自治区科学技术协会副主席（不驻会）。长期从事煤炭清洁转化技术研发和大型工程化实践工作，获发明专利 11 项，制定企业标准 15 项。出版著作 2 部，发表论文 18 篇。获国家科技进步一等奖、宁夏回族自治区科学技术重大贡献奖、中国专利金奖、省部级科技进步特等奖、2019 年 IPMA 年度国际卓越项目经理金奖，获"感动宁夏年度人物"等荣誉称号。2019 年、2021 年入选中国工程院院士增选有效候选人名单。

在宁东煤化工基地建设过程中，带领科研团队自主研发，攻克大型煤气化、甲醇制丙烯、煤炭间接液化等核心技术工程化瓶颈，构建气化炉流场等分析模型；研制出新型镶嵌组合式燃烧器系统；独创高效、中空、高能点火系统，小视窗在线火焰三位一体视频监控系统；开发了全自动智能操控系统，形成具有自主知识产权的 2000~3000 吨/天单喷嘴干煤粉加压气化成套技术，打破国外垄断，填补多项国内空白。这些技术成果在煤制油化工领域得到广泛应用，奠定了我国在煤炭清洁转化领域的国际领先地位。

姚 敏：
从卖炭翁到卖油翁

当今世界，谁掌握先进技术，谁就有话语权。

为煤制油而梦，为煤制油而忧，为煤制油奔走，为煤制油坚守。对曾担任神华宁煤集团副总经理的姚敏来说，煤制油是他的一切。

从卖炭翁到卖油翁，姚敏是实现梦想的工程师。

在基层摸爬滚打 18 年

姚敏出生在宁夏灵武一个农民家庭，1983 年考上西安矿院电气自动化专业。毕业时，同学们都希望留在大城市工作，只有他一心返乡，想在家乡干出点儿名堂。于是，他被分配到灵武矿务局动力处。

然而坐办公室不是他想要的，他更想去基层锻炼。几经周折，他如愿到磁窑堡煤矿机电科，成为一名电气技术员，负责井上下电气技术工作。

"那 3 年，我整天背着电工工具和仪表井上井下跑，与矿工们同吃同住同劳动，工人们遇到大事小情都愿意找我解决。"姚敏说。

记得 1990 年的一天，灵新煤矿井下中央变电所主电缆出现接地故障，造成中央变电所停电。如果不及时解决井下水泵房水位上升问题，将会淹没井底引发事故。矿务局一位指挥调度的副局长焦急万分，马上组织矿务局下属各煤矿技术人员抢险救援。

在这个危急关头，25岁的姚敏挺身而出，一个多小时后，故障排除。

此后几年，姚敏因高超的技能，先后调任灵武矿务局动力处和水电公司任总工程师。1997年，年仅32岁的他被任命为灵武矿务局水电公司总经理。

在基层工作、摔打了18年后，姚敏于2015年调至宁夏煤业集团有限责任公司。

创新是最好的催化剂

地处内陆的宁夏企业不多，尤其缺少国家级大企业。进入21世纪，宁夏经济改革锁定宁夏煤业集团。几经并购改革，2006年12月神华宁煤集团闪亮登场。

在外人眼中，有煤、有钱就能干煤制油。自从与神华集团成功联姻，神宁似乎具备这2个条件，但由谁来干呢？姚敏再一次挺身而出。由于煤制油项目每一个环节都涉及世界顶尖技术，因此建设技术人才队伍成为项目成败的关键。

"没有技术，没有人才，你们这些靠挖煤为生的人想建煤化工基地简直就是白日做梦！"15年前，一位长者的话深深刺痛了姚敏。他下定决心，一定要让5万神宁人梦想成真！

煤化工领域被誉为工业蓝海，拼的是技术和人才。

姚敏牵头建立了由5人组成的煤化工技术研发小组，但5人中没有一个是学化工的。一张白纸能否画出美丽的蓝图？一双脚，一个公文包，一个手提电脑，外加一颗赤诚的心。姚敏他们从东走到西、从南跑到北招贤纳士："来我们这里吧！煤制油大规模工业化运用是一项填补国内外空白的项目，是个大事业，只要我们齐心协力，定会梦想成真。"

北京燕山石化老专家刘志芳来了，湖北中石化第六建设公司总工程师梅占奎来了，九江石化总工程师钱效南来了，中石油宁夏石化公司生产运行处处长杨加义来了……

姚敏求贤若渴。走出去，请进来，再走出去，再请进来。神宁集团在国内各地举办专业人才招聘会。与西安交大、中科院化学所等建立人才合作伙伴关系。与齐鲁石化、陕西渭化等企业达成培养人才协议。

带有人文情怀的感召

有事业的吸引，更有人文情怀的感召，神宁的精英越聚越多，这里的人气越来越旺。

煤有了，钱有了，人齐了，拼命干是否就能干成？这还要看技术瓶颈能否突破。

搞煤制油项目，首先要获得世界顶尖的煤化工技术。以煤炭为原料生产煤基甲醇、煤基烯烃，以及煤炭的液化、气化、油品合成等37项科研课题，没有经验可循，没有现成的路径可走，只有拼命干！

白天，姚敏和同事们奔波在项目建设现场，熟悉各种装置设备，晚上开协调会研讨，常常工作到凌晨一两点。为了争时间、抢进度，他和同事们吃住在现场，经常一两个月回不了家，半个月洗不上一次澡，甚至每天只吃2顿饭。夏季，姚敏经常在30摄氏度以上的帐篷里连续研究七八个小时的方案。冬日，他冒着刺骨的寒风到会战工地检查工程进度和调试设备。遇到刮风天，数米之内都无法看到对面的人，饭里拌着沙子是常有的事。

2006年5月，姚敏意外摔伤了髋关节。为了不影响项目建设进度，术后45天他便坐着轮椅回到工地现场。

2007年项目试车时，为了解决气化炉辐射废锅频繁结焦的问题，姚敏拄着拐杖每天往返几次爬上相当于14层楼高的气化框架……

由姚敏带领的神华宁煤集团科技创新小组从 18 个发展到 500 多个，成员发展至万余人。几年下来，他亲手打造的科技队伍累计获得国家专利 12 项、实用新型专利 128 项，创效达 10 亿元。

让中国技术闪耀世界

姚敏深知，顶尖技术是硬碰硬，仅凭拼命三郎的精神还远远不够。为了拿下无数个国内第一、若干个世界首次，神宁集团确定八字原则：引进、消化、吸收、创新。高起点规划，搞标准化建设，高效益推进。

说到技术突破，姚敏感慨良多。神宁取得的第一次技术突破是 25 万吨甲醇项目。当时，煤气化技术采用德士古水煤浆全

废锅流程加压气化技术，在世界上仅有 2 套，一套在美国摊帕电厂，一套在国内。国内许多人质疑，宁夏那么小的地方，那样一家传统企业，那么几个人、几件设备，能玩转高难度的技术生产出国际顶级品质的甲醇吗？

"当时我们真的很难！几十次、上百次的失败，拿技术人员的话说，就是点不着火，投不进煤，频繁结焦。在万分迷茫时，我们一咬牙，重新建立气化炉流场分析模型，改变老外的图纸和操作流程。"姚敏说。按此思路进行多项技术调整后，出现了历史性转折。25 万吨甲醇项目于 2004 年 9 月开工建设，2007 年 6 月气化投料一次性成功，8 月生产出国际一流品质甲醇产品。

一个个项目陆续成功，然而没有核心技术始终是姚敏心里的痛。

"就拿50万吨煤基烯烃项目来说，我们前前后后做了100多项技术创新。比如，这个项目中有个DME反应器，按德国技术专家的工艺流程操作，每次投料时温度总控制不好，怎么调试也运行不下去。我们提出尝试其他方法，德国专家既傲慢又固执，说若不按照他们的方案运行，他们就走人。于是，我们白天跟他们磨，夜里自己大胆创新研发，终于有一天让他们看到'还是中国人的方法好'，他们再也不牛气了！"

与中科合成油一道首创400万吨/年高温浆态床中温费托合成及油品加工成套技术，攻克大型高温浆态床反应器设计、制造和工程技术难题；成功地完成GSP（干煤粉汽化技术）和MTP（甲醇制丙烯技术）全球首次工业化应用；投资178亿元的年产50万吨煤基烯烃项目一次性投料试车成功，作为全球最大的煤制丙烯项目，涵盖了当时世界最先进的煤化工技术；完成烯烃项目技改5200项，多套装置实现世界首次工业化运行；攻克世界级装置规模、套数、系列、公用工程配置上的优化集成难关，打破传统规模装置工程化限制和研究方法的局限……

2016年12月28日，神华宁煤集团煤化工板块的标志性项目——400万吨煤制油正式投产。

煤田变油田，几代人的能源化工梦在这里变成现实。

彭 凡
PENG FAN

出生于1963年4月,宁夏共享集团股份有限公司董事长、党委书记,中国共产党第十八次全国代表大会和第十九次全国代表大会党代表,宁夏回族自治区科学技术协会副主席。主要从事机械成形加工工程及自动化领域的研究工作。

获授权专利116项,其中发明专利67项(包括海外专利32项)。出版专著3部,发表论文27篇。享受国务院特殊津贴,为国家"万人计划"人才。主持国家重点研发计划、国家智能制造专项等7项。获国家科技进步二等奖2项(排第一、排第五),省级科技重大贡献奖1项,省级科技进步一等奖1项,中国专利银奖1项、优秀奖3项(均排第一),"十一五"国家科技计划执行突出贡献奖,何梁何利科学与技术创新奖。

入选"改革开放40年百名杰出民营企业家"、宁夏首批院士后备人才、宁夏首批"塞上英才"。被授予"建国70年100名非公有制经济人士优秀中国特色社会主义事业建设者""全国机械工业劳动模范"称号。荣获"庆祝中华人民共和国成立70周年"纪念章、宁夏有突出贡献专业技术创新人才奖、宁夏创新争先奖、宁夏杰出人才奖。被选拔为2008北京奥运火炬手,被评为"宁夏60年感动宁夏人物"。

彭　凡：
为铸造业转型升级贡献共享力量

国内首创铸造 3D 打印产业化应用，建成世界首个万吨级铸造 3D 打印智能工厂，综合集成技术世界领跑……这些都是宁夏共享集团股份有限公司（简称共享集团）创造的奇迹。

经过几十年的建设发展，共享集团不仅是我国铸造行业的领军企业，而且引领传统手工铸造业向绿色智能转型。这些成绩的取得，用共享集团董事长彭凡的话说："创新驱动，是企业发展、行业崛起的力量。"

彭凡就是那位领跑人。

让国产铸造件走出国门

共享集团的前身是长城机床铸造厂，由辽宁沈阳中捷友谊厂于 1966 年援建，为原机械工业部定点企业。

"事实上，当初的铸造厂更像一个大车间，只有 2 个整机厂的配套设施，没有产品的定价权和选择权。在这种统购统销的机制下运行了 20 多年，公司过着朝不保夕的日子。" 1983 年，彭凡大学毕业来到厂里没几年，刚好赶上企业第一次转型，那也是企业发展最艰难的时期。

为改变现状，20 世纪 80 年代后期，时任厂长的孙文靖决定闯国际市场。

他带着铸件前往日本逐一拜访世界机床行业巨头山崎马扎克机床公司等企业，却遭到日本铸造业协会会长的嘲讽和鄙视。

面对这样的质疑，孙文靖心里憋了一口气，带着给马扎克公司的铸件样品回到国内，下决心生产出口产品。

"当时我们选择技术最好的工人操作，从厂领导、总工到车间主任，全部投入技术攻坚。最终，用时2个月把样品做好，这让马扎克公司在验收的时候都觉得难以置信。"现在回忆起来，彭凡仍激动不已。

有了日本马扎克这一敲门砖，20世纪90年代初，长城铸造厂逐渐打开日本市场。1999年，扩大出口区域，美国通用电气公司的大型动力机械铸件成为他们下一个攻克的目标。

"多年来，我国动力铸造关键零部件完全依赖国外进口，想要给国际巨头供货谈何容易。"尽管合作初期仅仅是小批量，但通用电气对燃气轮机的外缸铸件要求极其苛刻，比如关于铸件的内部质量，甚至要做类似人体的X光检查、超声波检查。跟跑的日子不好过。

建车间，买设备，打造国际级射线探伤室，为了做国际标准的燃气轮机铸件，共享集团3年投入了近亿元。"但谁也没想到，在如此巨大的投入下，还没等开张就差点失败了。"原来，公司在试制某型号透平机缸体铸件时，被验收认定为出现严重的显微缩松缺陷，是不合格产品。通用电气的谈判代表撂下了停产的狠话。

彭凡无法接受这个现实，在3个月的停产整顿期间，掌握通用电气的标准，提升质量管理与工艺水平，最终通过产品验收。

传统铸造业需要大变革

被通用电气认可后，国内外知名企业的订单纷至沓来，有日本大隈、日立、三菱、东芝及德国西门子等。2010年至今，共享集团成功进入全球燃气轮机、蒸汽轮机、核电、水电、风电等发电设备，大型燃气发动机、柴油发动机等内燃机设备，以及压缩机、通用机械等领域。

一路走来，彭凡记不清遇到过多少困苦，又是怎样咬牙坚持下来的。

从挥泪跟跑到赢得满堂喝彩，共享集团定位高技术、高附加值的高端产品，凭借每年80%以上的海外订单，目前已发展成世界高端装备关键基础零部件的一流制造企业。

作为全球第一铸造大国，我国有26000多家铸造企业，总产量几乎占全球的1/2。但高能耗、高污染、重体力劳动的制造方式也在不断提醒这个行业急需一次颠覆性的变革。

切入点在哪？

时间倒回到2012年，彭凡第一次见到3D打印技术时，眼前一亮。他敏锐地感觉到，如果将这项创新技术用到铸造行业搞产业化，那可能是一件颠覆行业的事。

于是，彭凡从德国购进了铸造3D打印设备，但他们在使用过程中发现成本太高。"所有材料和配件都需要进口，设备出了故障必须老外来修，用不起啊。"

彭凡下决心，受制于人的技术问题必须突破，否则转型就是纸上谈兵。2012年，为攻克铸造3D打印产业应用技术研发这道难关，共享集团组建了一支100多人的攻关团队。在没有现成的参数、成套的理论、参考经验的情况下，困难可想而知。

为了啃下这块硬骨头，彭凡和团队一头扎进秘密厂房，过上了"工作无白昼，双休不下线，五月连轴转"的技术攻关生活。狭小的空间、封闭的场所，研发人员完全进入废寝忘食的状态。

时间只是概念，灵感来的时候，找到突破点的时候，每个人都像进入了一种癫狂状态。

记得有一次，硬盘无故格式化，导致忙了近半个月的程序部分逻辑代码丢失，大家想尽了各种方法都无济于事，只能根据部分逻辑代码程序重新编程，在设备调试现场连续奋战 36 个小时，才如期恢复了软件程序，圆满完成任务。

铸造 3D 打印产业化到来

历经 2 年多的探索和研究，2015 年，共享人造出了国内第一台也是世界上效率最高的铸造 3D 打印样机。

"3D 打印机在自主研发时对标德国产品，但我们研发的机器效率是德国同类机器的 2~3 倍。过去需要 2 个月才能制成的砂模，现在用 3D 打印技术只需十几个小时。在铸造 3D 打印产业化应用综合集成技术上，我们做到了世界领跑。"彭凡欣慰地笑起来。

紧接着，研发团队主攻铸造 3D 打印产业化应用技术，陆续攻克了铸造 3D 打印材料、工艺、软件、设备及集成等难题，生产周期缩短 1/2，误差从原来的 1 毫米降到 0.3 毫米，生产效率提高 3~5 倍，成品率提高 20%~30%，综合集成技术世界领跑，实现了铸造 3D 打印产业化应用的国内首创。

如今来到共享集团铸造 3D 打印智能工厂，看到的是与传统铸造截然不同的场景。

仅有的几个技术员坐在干净明亮的中央控制室远程观察、记录。在 3D 打印设备的小房子里，技

术人员输入参数后，机械臂状的铺砂器开始均匀铺砂，每层砂的厚度只有0.3毫米，是一粒砂的直径。上万个50微米的喷孔由计算机软件控制，根据砂芯的截面图形喷射一种特殊胶水——树脂，经过层层堆叠，打印完成后装载着砂芯的砂箱驶向吹砂台。浮砂缓缓吹散，固化的砂芯成形，接下来重载机器人会将砂模制品运送至仓储区。

铸造3D打印智能工厂的出现，彻底让铸造行业发生变革。

截至2022年，共享集团已建成世界首创的多个基于铸造3D打印的数字化工厂，"五无"（无吊车、无模型、无重体力劳动、无废砂及粉尘排放、无温差）成形作业环境，颠覆了多品种、小批量传统砂型铸造生产方式，综合集成技术世界领跑，为烟台冰轮、徐工、格力、新兴铸管等50多家客户提供了解决方案。

山高人为峰。

共享集团在铸造3D打印领域累计获得专利授权415项，其中发明授权227项，关键技术指标达到国际先进水平，并承担了"大尺寸高效铸造砂型增材制造设备"等国家重点研发计划重点专项。近10年，公司投入研发费用占销售收入的比重达到8%，变制造为"智造"。

"希望在2035年前后，通过共建共享全新的产业生态，支持我国铸造业加速步入国际先进行列。"彭凡说。

程炳文
CHENG BING WEN

出生于 1963 年 6 月，宁夏农林科学院旱作农业一级学科带头人、固原分院研究员，农业农村部小宗粮豆专家指导组专家，国家现代农业产业技术体系岗位科学家。

多年来一直致力于小杂粮的研究、示范与推广，通过渗水地膜覆盖波浪式机穴播技术的应用，在宁夏中部干旱带示范推广糜子、谷子。2018 年，中卫市海原县中部干旱示范区糜子、谷子降水利用效率提高 80%，亩产分别由 100 千克、150 千克增加到 200 千克、300 千克，杂交谷子亩产最高达 713.1 千克。2018—2020 年累计建设核心科技示范基地 15 个，示范面积 4.31 万亩。3 年累计推广 29.6 万亩，亩均增收 1146.45 元，共增收 3 亿元以上。谷子渗水地膜覆盖波浪式机穴播技术与肉牛、马铃薯、冷凉蔬菜、中药材等 5 个"科技支宁"东西合作项目联合获得 2021 年宁夏科技进步重大贡献奖。小杂粮由过去的填闲补缺作物成为新型脱贫致富产业。连续被评为单位先进工作者，获宁夏"塞上农业专家"、固原市"六盘英才"、第二届宁夏创新争先奖等荣誉。

程炳文：
小杂粮做出大文章

他从包里掏出一把药，头一仰咽了下去："我有糖尿病和高血压，药得顿顿吃。今早忙着准备下午的调研资料，给忘了。"

程炳文的工作单位不在银川。他是海原县谷子高粱产业组组长。

"搞农业科研，就是为了让产业得发展，让百姓得实惠。其实好多荣誉对我来说都是虚的，昨天单位又让报个啥奖，我因为要来海原，推掉了。"说这话时，他压低了声音，嘿嘿笑了起来。

子承父业走上小杂粮研究之路

从事小杂粮研究、示范与推广工作30多年，程炳文先后主持国家和宁夏重点研发任务15项，育成小杂粮新品种14个，被授予宁夏第二批"塞上农业专家"、固原市"六盘英才"、第二届宁夏创新争先奖等多个荣誉。

他搞小杂粮几乎没有悬念。父亲王玉玺就是国内老一辈的知名糜子专家，曾任全国糜子科研协作组组长。

20世纪60年代中期，为了支援宁夏建设，王玉玺从"小杂粮之乡"山西来到宁夏南部的固原市，10年后又将全家迁到宁夏。固原地处黄土高原西北边缘，是宁夏唯一的非沿黄城市，沟壑纵横，干旱少雨，一度被联合国贴上"最不适合人类居住"的标签。

如何在这片贫瘠的土地上种出高产作物？具有独特抗干旱、耐瘠薄能力的小杂粮进入科研人员的视野。

面朝黄土背朝天的乡亲辛苦一年往往颗粒无收。少年的程炳文看在眼里，痛在心里。看到父亲和前辈们研究出的小杂粮品种一次又一次增产丰收，他暗下决心也要成为父亲这样的人。

1988年，程炳文从宁夏大学农学院毕业，被分配到宁夏农林科学院固原分院。

"宁夏小杂粮过去一直作为补缺的救灾作物，普遍种得少，产量也不高。"程炳文说。随着小杂粮被确定为特色农业产业，科研人员必须在品种优选和栽培技术上下功夫，从而提高产量、提升效益。

2017年，科技部副部长徐南平在宁夏表示，将组织国家级专家在贫困地区实施全国成熟适宜科技成果示范转化，助推宁夏脱贫攻坚。2018年初，科技部农村司与宁夏科技厅联合实施科技扶贫东西协作行动，聚焦深度贫困地区草畜、马铃薯、小杂粮、中药材和冷凉蔬菜五大产业发展关键技术，组织专家啃硬骨头。

程炳文被选为小杂粮项目研究团队的负责人。

他们一边根据宁夏实际对接高校研发新品，一边直接引进较为成熟的科研成果，在本地深加工企业进行生产。程炳文的理由是："农业科研必须盯着产业，否则就是空壳。"

一个项目为贫困地区增收1亿元

宁夏小杂粮种植面积很大，平均每年都在250万亩以上，最多时能达到300万亩，已成为贫困地区新的经济支撑点。

为了能让小小的种子承载起脱贫的希望,程炳文带着科研人员以更大的热情投入到工作中。

在引进并集成示范渗水地膜覆盖波浪式机穴播技术等新技术的同时,他还注重总结和建立小杂粮全程轻简化栽培技术体系和管理模式,创造性地采用同心圆连续扩散推广方法进行推广。

全年有一半以上的时间都在各地调研,下乡是他生活中的高频词。他的私家车在7年间一共跑了13万多千米。

程炳文的车上永远有2样东西:一样是比较厚实的外套,因为指不定什么时候就要出发;另一样是压缩饼干,"糖尿病人一旦饿了可难受了,必须赶快吃点儿东西"。

每年春夏,项目组基本全天泡在田间地头指导农户,程炳文说自己从来搞不清当天是星期几,只知道是几号。白天在各示范基地到处跑,晚上回家写材料,经常熬通宵。

2018—2020年,共引进谷子、糜子新品种61个,筛选鉴定出张杂谷13号等谷子、糜子新品种6个。研发谷子、糜子覆膜栽培专用控释肥技术,示范推广一次性施肥技术,集成渗水地膜覆盖波浪式精量穴播技术标准。3年累计建设核心科技示范基地15个,示范面积4.31万亩。基地谷子亩产量由150千克左右提高到352.46千克,增幅135%。张杂谷19号2020年创下亩产713.1千克的高产纪录。3年累计推广29.6万亩,亩均增收1146.45元,增收3亿元以上。谷子渗水地膜覆盖波浪式机穴播技术与肉牛、马铃薯、冷凉蔬菜、中药材等5个"科技支宁"东西合作项目联合获得2021年宁夏科技进步重大贡献奖。

然而,长期奔波和不规律的生活,让程炳文患上各种疾病。他想去医院好好做个检查,却忙得抽不开空,就连单位每年组织的体检也被他拖成了2年1次。

"活儿多,没办法呀。想把事干成,总得有所付出吧!"程炳文笑着说。

最高兴的事与个人荣誉无关

由于成绩突出,程炳文连续被评为单位先进工作者,被固原市授予五一劳动奖章,还荣膺宁夏"塞上农业专家"、固原市"六盘英才"、第二届宁夏创新争先奖等。

最令他高兴的事却与个人荣誉无关。

"看到我们的品种得到了老百姓的认可,我心里才满足。"程炳文说。这种满足,是拿到各种荣誉或成果转化得了钱所不能比的。

他经常挂在嘴边的一句话是:"在宁南片区搞农业科研就是为脱贫,做科研不能干半截子活。"为此,他连续8年担任科技扶贫指导员。

在吴忠市同心县张家塬乡汪家塬村服务期间,程炳文与村委会一起科学谋划发展思路,实现了中药材、苜蓿、特色作物各种植1万亩,中药材、养殖业、特色种植业和劳务输出各收入1000万元的目标。他还在村里种植文冠果5.3万株、中药材1.3万亩,养牛羊1.2万只,完成圈棚建设152座。

至今都被汪家塬人称道的是,他自驾前往山西垫付25万元购进西门塔尔基础母牛,用送牛还犊的方式向建档立卡户发放,帮助村民滚动发展致富。

种糜子,栽林子,送犊子,建棚子。汪家塬村由过去的深度贫困村摇身变成糜子良种繁殖基地,被评为"田园美、村庄美、风光美"的全国文明村。

程炳文还有2个头衔:农业农村部小宗粮豆专家指导组专家、国家现代农业产业技术体系岗位科学家。

"当务之急是把产业框架打好,逐步将小杂粮发展为宁夏脱贫攻坚主导产业。"程炳文眼里的小杂粮,如今已不完全是粮食作物了,而是一种重要的经济作物。他计划以谷子为突破口,糜子、荞麦、燕麦、豆子等同步跟进。

带队伍亦是关键。

让他欣慰的是,现在他们单位的小杂粮研究人员已达23人,其中研究生7名。领导也非常重视这个产业,项目研究经费占全院年度总额的1/3。

"希望通过我们的努力,让小杂粮在精准扶贫的过程中大显身手。这是我最大的心愿。"程炳文如是说。

刘 炜
LIU WEI

出生于1970年8月,中国农业大学作物遗传育种硕士研究生,美国伊利诺伊大学MBA,三级研究员。宁夏水稻育种及栽培技术研究创新团队带头人,宁夏农作物育种工程技术研究中心主任,宁夏农业育种专项"水稻新品种选育"首席专家。《西北农业学报》《宁夏农业科技》《农业科技管理》编委。北方稻作科技学会、宁夏种子协会、宁夏作物学会常务理事。现任宁夏农林科学院科研处处长。

长期从事水稻新品种选育和示范推广工作,为宁夏水稻产业高质量发展做出突出贡献。主持完成国家自然科学基金、宁夏回族自治区农业育种专项"水稻新品种选育"等科研项目20多项。获宁夏回族自治区科技进步一等奖1项、二等奖1项、三等奖2项。授权专利18项,制定地方标准4项,取得科技成果18项,发表论文30篇。

2020年获第二届宁夏创新争先奖,入选国家百千万人才工程,被授予"有突出贡献中青年专家"称号,享受国务院特殊津贴。

刘 炜：
心怀种子梦　愿做育种人

在贺兰县的试验田里，卷着裤腿弯着腰，查看禾苗长势，汗水浸透衬衫。在海南南繁基地，顶着烈日炙烤，悉心观察水稻穗数……

从试验田到实验室，宁夏回族自治区农业育种专项"水稻新品种选育"项目首席专家、宁夏农林科学院研究员刘炜，三十年如一日，只为育出一粒粒好种子。

由他带领研究团队创建的宁夏水稻种质资源精准鉴定评价、生物技术与常规育种结合、新品种定向选育、稻瘟病抗性和优质抗逆鉴定的水稻高效育种创新技术体系，整体提升了宁夏水稻育种水平，提高了育种效率，推动宁夏水稻领域科技创新不断进步。

让稻香飘满广袤田野是水稻育种家的梦想。为了培育出高产优质品种，刘炜一直在努力。

多位恩师引进门，苦修育种技能

袁隆平先生曾说："书本知识很重要，电脑技术也重要，但书本上种不出水稻，电脑上也种不出水稻，只有试验田里才能够长出我所希望的水稻。"

每年播种、插秧、取样的季节，刘炜便会在田间挥洒汗水。播种下的不仅仅是实验种子,更是一种力量、一份希望。

1991年大学毕业后,学作物育种的刘炜被分配到宁夏农林科学院。该院有个不成文的规定,新来搞研究的大学生都要经历2年的见习期和实习期才能正式入职,也正是这2年的经历,让刘炜专注于水稻育种。

"第一年带我的是杂交水稻专家曾宪平,我跟着他见到了水稻的育种、杂交、授粉、去雄等过程;第二年实习去了青铜峡小坝,在曲文明的指导下,我学了一年水稻栽培。"2年的现场学习,让刘炜真切体会到每一粒大米都是经过悉心呵护才来到餐桌上的,他感慨劳动不易。

1993年正式入职后,刘炜师从宁夏水稻育种泰斗、宁粳9号的育成者——马骥先生。"马老对我们要求很严,要求我们一定要做到亲自下地、亲自选择、亲自把关、亲自育种。"

在刘炜的印象中,马老经常亲自示范,即便在最热的中午也亲自配组合,穿的老汉衫湿透了,干脆脱掉光着膀子,不惧30多度的高温,就是为了把握育种的关键环节。

6年的耳濡目染,刘炜从马老身上学到了作为农业科研工作者朴实、严谨的工作作风。

1999年,他考入中国农业大学。3年间,刘炜在中国农大李自超教授的指导下,学习水稻分子育种技术和种质资源基因型鉴定。

2002年,刘炜硕士毕业,师从宁夏水稻育种专家王兴盛研究员。"王老对水稻杂交的要求近乎苛刻,插秧的时候自己拉线,做到行距和间距一模一样,看他的试验田就像看列兵式一样震撼。"最让刘炜印象深刻的是,王老为了提高杂交的量，大中午拿着锥形瓶，一定要看着太阳最大、温度最高的时候把水稻穗放到温汤里去雄。"那时候田里蚊子泛滥，王老被叮得浑身是包，即便如此，他也要忍着做完手头的工作。"

还有宁夏农科院农作物研究所水稻育种专家王德研究员，虽然没有带过刘炜，但王德一直是刘炜学习的目标。

因为这几位老前辈、老师的引导，刘炜真正走上了水稻育种之路。

厚积薄发，育出 2 个主推品种

"以往育种得满 10 年，得益于育种专项的稳定支持，我们在海南的宁夏农作物育种南繁基地缩短了育种周期，刷新了宁夏旱直播水稻高产纪录。审定的 14 个新品种，能够适应水稻种植方式和种植区域的多样化，占宁夏水稻种植总面积的 80% 以上，为宁夏粮食连年丰收提供了保障。"在 2020 年宁夏种业科技创新座谈会上，刘炜发言时这样说。

以往，由于缺少稳定的育种专项支持项目，水稻育种艰难前行。加上水资源紧缺，宁夏水稻种植面积压缩为 40 多万亩。2013 年，宁夏启动实施农业育种专项，针对水稻产业品种优化及相关问题开展技术攻关。

2018 年，"水稻新品种选育"项目作为宁夏农业育种专项首期第二轮研究内容启动实施，由宁夏农林科学院农作物研究所联合宁夏大学、宁夏农科院生物中心等 8 家单位共同攻关，为宁夏水稻产业选育、推广具有产量高、耐盐碱、抗病性强等特点的优质新品种。

在刘炜等科研人员的努力下，项目组鉴定筛选出抗稻瘟病、耐盐碱、耐冷等优异资源 670 份，挖掘水稻、耐旱、耐盐碱等相关位点 15 个，研发有重要育种利用价值的新种质 227 份。育成新品系 640 个，提纯复壮 15 个生产上大量应用的优质、高产品种，新品种累计推广面积 203 万亩。

"得益于育种专项，集合农科院生物中心、宁夏大学及一些种植企业形成一个跨单位、跨部门的育种大团队，我们搭建了育种平台，建立了育种协作机制。同时，跟中国农科院、中国农业大学共享相关平台。"通过2轮实施，刘炜见证了宁夏水稻育种能力发生的天翻地覆的变化，他说与2013年之前相比简直有天壤之别。

借着宁夏育种专项这一东风，刘炜也培育出宁粳53号、59号、60号、61号4个品种。其中，宁粳53号水稻新品种耐盐碱、耐低温、肥料利用效率高，是宁夏早熟、耐盐碱和直播种植的主要品种；优质早熟新品种宁粳60号列入宁夏2022年主导品种。

由项目组参与选育的宁粳48号最高亩产884.4千克，刷新了宁夏水稻直播高产纪录。宁粳54号在首届中国大米品牌大会上被评为"中国十大好吃米饭"，实现了宁夏优良食味香米品种的突破。

16个新品种打响宁夏大米品牌

9月5日，在永宁县杨和镇的王太农作物研究所水稻育种基地，黄澄澄的水稻压弯了腰。再过半个月，这些新选育的品种将迎来收获。

"历经5年研究，我们共引进种质资源1057份，在永宁县望洪镇和王太村建立核心育种基地417亩，开展了种质资源的引进鉴定评价、育种新技术应用、良种繁育和新品种示范等，最终16个水稻品种通过自治区审定。"这份亮眼的成绩，让刘炜激动不已。

"从种植基地水稻的整体长势来看，新品种水稻呈现出大穗、优质、高产等优良特性。这些新品种的选育，将对宁夏水稻产业高质量发展和粮食安全起到重要支撑。"新品种赢得了中国农科院作物科学研究所研究员韩龙植的肯定。

近日，该项目正式通过由宁夏科技厅组织的项目田间验收。

刘炜介绍说，项目在执行期内通过宁夏审定水稻品种16个，申请植物新品种保护20个，获得国家新品种保护权证书5个，取得科技成果13项，制定地方标准1项。在他看来，项目的成功实施，将有效助力宁夏水稻产业提质增效，提升市场认可度。

从事水稻育种31年，他带领研究团队创建宁夏水稻良种繁育体系和育繁推育种新模式，推进育成品种的转化和推广应用，先后转让水稻品种21个，转让收益403万元。扩繁原、良种1700万千克，联合各级农业技术部门、种子和粮食加工企业及新型经营主体，建立优新品种展示示范基地23个，召开78场观摩会、推介会，培训种植户、农民合作社和新型经营主体技术骨干6210人次。指导服务企业建立优质米种植基地80万亩。选育的新品种累计示范推广370万亩，实现经济效益11.8亿元。选育的水稻新品种辐射甘肃、陕西、新疆等周边省区，实现大面积种植。

能够为西北地区粮食安全发挥重要作用，为宁夏水稻产业高质量发展做出积极贡献，这是刘炜最欣慰的事，他觉得之前所有吃的苦值了。

如今，虽然坐在宁夏农林科学院科研处处长的位置上，但每到周末，刘炜仍奔波在田间地头，他不仅要站在宁夏全区角度考虑水稻发展的问题，而且要结合实际情况制定第二期育种目标，以符合宁夏水稻产业育种的特点和方向。

"不管走到哪个岗位，科研是我永远的追求。"刘炜说。

刘 诤
LIU ZHENG

出生于1979年5月，宁夏医科大学总医院神经外科主任医师，副教授，硕士生导师。在功能神经外科、周围神经疾患、颅脑外伤、颅脑肿瘤等领域取得众多研究成果。为国家神经疾病区域医疗中心、国家神经系统疾病医学临床研究中心宁夏分中心、全国卫生部临床重点专科、国家神经外科医师规范化培训基地、宁夏回族自治区重点学科、宁夏重大科技创新团队、宁夏人才小高地等评审申报工作主持人。主持、参与宁夏医科大学总医院新技术、新业务11项，获得医院奖励6次。作为科研骨干，分别参与完成国家973重大科研计划子项目、国家"十一五"和"十二五"科技攻关项目等多项课题。发表本专业科研论文43篇，其中SCI收录6篇；参编论著7部。作为"中国志愿医生"宁夏地区负责人，筹划组织2019中国志愿医生行动宁夏站大型医疗义诊、健康扶贫活动。

刘　诤：
与中国志愿医生行动一路走来

2019年6月16日上午，在宁夏固原市西吉县医院，一位患急性腰椎间盘突出的病人进行了一台手术。

这场看似普通的手术背后却有一个不为人知的故事。主刀医生是来自首都医科大学宣武医院神经外科的王作伟教授。为了这台手术，他提前一天，半夜从隆德赶到西吉，而且费用全免。

大城市的著名医学教授为何会出现在西北地区一个偏僻的小县城医院？这要从2019中国志愿医生行动宁夏站活动说起。

"中国志愿医生"宁夏地区的负责人就是宁夏医科大学总医院神经外科主任医师刘诤。

中国志愿医生行动来到宁夏

2017年3月，首都医科大学宣武医院神经外科凌锋教授和北京大学人民医院心内科主任胡大一教授共同发起中国医师协会医师志愿者工作委员会，旨在建设一支医师志愿者队伍，主题是"扶贫、义诊、救灾、援外"，以缓解目前存在于贫困地区的医疗资源短缺矛盾，降低"因病致贫，因病返贫"人口数，推进精准健康扶贫工作，切实解决贫困地区人民群众看病难问题。

2018年5月，国家卫健委委托中国医师协会医师志愿者工作委员会参与全国贫困县健康扶贫工作。2019年，中国志愿医生行动来到了宁夏。

"我因为常年从事神经外科工作和研究，对宁夏贫困县医疗事业发展情况比较了解，也就敏锐地意识到这场活动的重大意义。"刘诤说。

2002年7月大学毕业后，刘诤进入宁夏医科大学总医院神经外科。从医整整20年，他早已成为神经外科领域的佼佼者，主持参与众多国家级科技攻关项目，是神经外科临床医学博士、美国USF大学访问学者。

目前，刘诤的个人年均手术量为120台。他在宁夏首先开展了DBS脑深部电刺激治疗帕金森病和"舞蹈病"、VNS迷走神经刺激治疗顽固性癫痫、PBC经皮穿刺球囊压迫治疗三叉神经痛、颅椎连接处先天性畸形神经外科改进等手术，并获得多项技术成果登记。同时，作为医院最年轻的硕士研究生导师，他又培养了大批专业人才。

从中国志愿医生行动宁夏站活动筹备开始，刘诤就多方联系、多次协调、多点落实，与各贫困县区卫健委和医院明确扶贫需求，与中国医师协会对接专家专业领域和工作内容；针对不同贫困县区的不同医疗实际，始终以精确识别、精确帮扶的方式做到精准健康扶贫；依托宁夏卫健委，在宁夏下基层的千名医师中广泛开展宣传、动员。

最终，本次活动共有来自北京、福建、江苏等9省区，包括首都医科大学宣武医院神经外科王作伟教授、解放军总医院第一附属医院肝胆外科焦华波教授、中国人民解放军总医院眼科刘晓萃教授、中国中医科学院孙沛泽博士等28名著名医疗专家，并在短时间内发展接收"中国志愿医生"宁夏志愿者220多人。

带不走的医师志愿者队伍

6月13日，中国志愿医生行动宁夏站启动仪式在吴忠市同心县举行。老

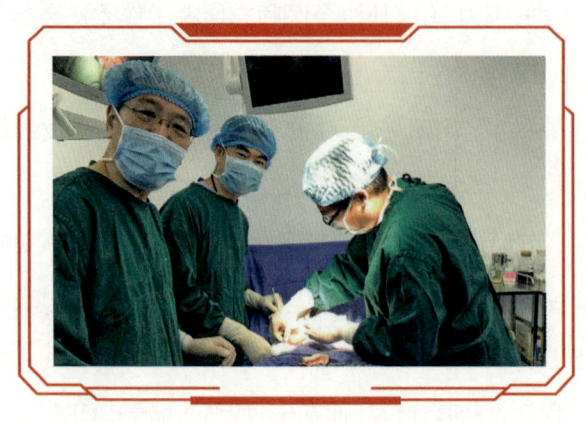

百姓听说来了大城市的专家,纷纷带上病例和拍的片子,到县医院排起了长队。

4天时间里,刘诤和志愿医生团队深入当时的宁夏贫困县区同心县、彭阳县、原州区、隆德县、西吉县等医院,分别开展义诊、查房、手术、远程会诊、建立专家工作站、卫生健康专题讲座和基层适宜技术培训等多项活动,以志愿医疗的方式助力脱贫攻坚。

虽然已经过去3年时间,但很多事情都给刘诤留下了深刻印象。

"我们的专家团队每到一个地方,都是轻车简行,吃的都是盒饭,不给当地医院添麻烦,不收老百姓一分钱。"刘诤回忆道。

到了当地,专家组都会了解多发病、常见病和技术短板,从门诊、查房、讲课等方面给予医疗服务方面的帮助。对在当时解决不了的难题,也会带回去研究,尽量攻克。

"每天都从早上六七点一直忙到深夜。有的患者不方便来医院,我们还会去家里进行治疗。"刘诤说。

中国志愿医生的徽章为红色心形,为甲骨文的"心"字,寓意用心。中国志愿医生宁夏行动虽然只有短短几天,但是他们用满腔的热情和高超的技术诠释着徽章的含义。

在同心,有一个老人听说焦华波教授来了,特意赶过来看他,因为2年前焦教授来同心义诊时为他做了胆囊手术,老人一直特别感激。焦华波和老人握手交谈的场面,让刘诤感受到医生和病人之间的那份情谊。

几天时间里，志愿医生团队共义诊1200多名患者，讨论病例32例，远程会诊疑难病例6例，进行专家手术1台，讲授中医适宜技术推广讲课6次，培训村医与基层医生500多人，建立专家工作站23个，为宁夏留下了一支带不走的医师志愿者队伍。

6月16日，团队从西吉县返回时还特意去了将台堡，在红军长征会师纪念碑前合影留念。

更要用实际行动改变现状

组织和参与中国志愿医生宁夏行动后，刘诤突然意识到自己之前太过于专注科研，忽视了神经外科领域在宁夏区内的现实发展，尤其是要提升贫困县区神经外科建设的整体水平。

建立中国志愿医生团队，就是为了给广大医务工作者提供一个展现医者情怀的平台，将医生的智慧和爱心汇集起来，为更多患者解除病痛。

在宁夏，志愿医生们到部分术后病人的家中探望。其中一个农民虽然通过手术治好了病，但是后期的康复治疗跟不上，没有及时恢复生活自理能力，最终造成了残疾，只能困在一个轮椅上，给家庭带来很大负担。

"每每看到这样的病人，我们都很难受，觉得治病只是治疗的第一步。"刘诤说，"医生要有悲天悯人的情怀，更要用实际行动改变一些人的现状。"

针对宁夏部分县区至今未能规范化开展颅脑创伤和脑卒中疾病治疗工作而导致患者不能及时得到救治的现状，刘诤积极争取宁夏医科大学总医院的支持，分别与5家贫困县区医院正式签订全面合作协议。

合作是多维的、长期的、即时的。

刘诤将它们纳为宁医大总院神经外科暨宁夏神经系统疾病临床医学研究中心协作网医院，给予贫困县区医院神经外科专业建设不同方式的帮扶。已有科室建制的医院，加强业务能力指导，利用信息化技术率先开展科室内的远程医疗会诊，制定神经外科医生值班制度，实现 24 小时专业技术支持。对于还未有科室建制的医院，加强人才培养、设备购置的帮扶，以免费培养进修医生、免费参加专业学术会议与技术培训、神经外科医师定点长期服务等方式帮扶。

活动期间，刘诤无意间听到凌峰教授聊起中国医师协会一个关于康复小屋的项目，专门针对术后康复病人、残疾人、早期脑瘫患者等，让他们实现在家门口锻炼的愿望

他积极争取项目支持，申请了 5 个康复健康小屋，2021 年在吴忠市红寺堡地区建成，由村医和红寺堡区医院医生为那些需要进行康复锻炼的村民提供服务。目前正在积极申报第二批 15 个康复健康小屋。

医疗志愿服务，刘诤说自己永远在路上。

李秀广
LI XIU GUANG

出生于1981年12月，高级工程师，硕士毕业于太原理工大学电力系统及其自动化专业，现任国网宁夏电力有限公司电力科学研究院科技互联网部副主任，北方民族大学兼职企业硕士生导师。长期从事电气设备技术监督及故障诊断工作。2015年入选国家电网优秀专家人才后备，2017年入选宁夏回族自治区青年拔尖人才，2018年荣获第十六届宁夏青年科技奖，享受宁夏特殊津贴。

被评为国网宁夏电力有限公司劳动模范、先进生产（工作）者、技术监督先进个人、科技暨智能电网先进个人、职工技术创新双越之星先进个人、电力科学研究院先进生产（工作）者、优秀共产党员等。获得国家专利38项、制定行业标准16项。

李秀广：
甘当电力塔上的螺丝钉

"我是河北人，有幸来宁夏工作，这里成就了我，是我的第二故乡，我要用自身所学为建设宁夏坚强电网贡献科技力量。"

说这话的人叫李秀广，在国网宁夏电力有限公司电力科学研究院（以下简称宁夏电科院）被誉为"科技创新专业户"。

2010年研究生毕业入职，李秀广在12年间不断攀登电力科技高峰，由一名青涩的学生成长为一名优秀的电力高级工程师、国家电网优秀专家人才后备、宁夏青年拔尖人才。

爷爷去世，他在220千伏西大滩变电站新扩建工程进行交接试验；儿子出生，他赴银川东换流站参加年度综检启动会；孩子生病，他总是因为工作无法照顾。幸好家里有一位全力支持他的妻子，他才能长期不忘初心、无私奉献，在平凡的岗位上体现不平凡的价值。

第一年，不怕苦不畏难

没有无缘无故的成功。

2010年7月，李秀广研究生毕业后进入宁夏电科院。那年恰逢宁夏电网进入新一轮大建设、大发展时期。±660千伏银东输变电工程、750千伏黄河变电站、乌北变电站、灵武电厂升压站等一系列重大工程相继开工,试验任务异常繁重。李秀广作为新人,被派到一线成为高压试验员。

圈里人都把高压试验员叫作"门神",意思是这道关把不好,后续建设就没法进行,也没人敢进行。

"这项工作辛苦,压力也大,但对于刚入职的我来说,是打基础、学本领的好机会。"从农村出来的李秀广任劳任怨,在休息日,别人休息放松,他却主动申请加班。

入职第三个月,李秀广就和其他入职多年的同事们一同被派往新疆,为新疆750千伏乌北变电站做750千伏变压器局放试验。

这次远行是对宁夏电力科技实力的一次检验。

由于信号干扰,试验从早晨推到了下午,又延迟到了深夜。为排除干扰源,李秀广和同事们连夜开会研究,采用排除法分析查找原因。10月的新疆昼夜温差大,直到凌晨4点,第一台变压器局放试验终于完成。

由于过于专注,忘记了自己已在寒夜里待了三四个小时,起身的那一刻,李秀广感到天旋地转,险些跌倒。同事们让他安心休息,然而第二天,最早来到试验现场的人还是李秀广。

苦吃了,李秀广的业务水平和实践能力提高了一大截,入职一年就成为大型现场试验负责人兼绝缘技术监督工作。

各地市供电公司、检修公司等单位有成百上千项技术标准。他白天奔波在现场,夜晚查阅技术标准。几年下来,李秀广和他的试验团队走遍宁夏电网的每寸土地,对运检方面的技术标准了然于胸。

第六年,守好零缺陷关

责任心重、工作能力强,领导每次都把最核心的岗位交给李秀广。

2016年，李秀广担任宁夏电科院技术监督室负责人。他结合现场经验，把传统的技术监督前移为全过程监督，织密技术监督防护网。

记得第一次开展新建输变电工程金属专业监督检测时，细心的他发现即将投运的330千伏华严变电站GIS（气体绝缘全封闭组合电器）设备存在多处焊缝缺陷，决定立即整改。此事受到了国家电网的表扬。

宁夏电科院作为国网宁夏电力有限公司的技术支撑单位，平时的技术支撑工作相当多，遇电气设备检修和抢修，从来没有节假日，在偏远的换流站一待就是半个月甚至一个月。2018年国庆假期，±800千伏灵州特高压换流站综合检修，李秀广驻站工作期间发现了上百个不符合技术标准的问题。

近年来，李秀广先后组织了13次银川东、灵州换流变电站年度综合检修专项技术监督工作，有效保证电网安全经济运行。

白天忙于技术支撑工作，科研只能在晚上下班后开展。为了编制国家电网科技项目"变压器励磁涌流抑制技术研究与装备研制及应用"的督导材料，他连着熬了2个通宵才写完。

入职仅一年，他撰写的论文《超声波在GIS局部放电检测中的应用研究》，荣获国网宁夏电力有限公司专业技术论文评比二等奖。2015年，由李广秀牵头实施的"省级电网全过程技术监督工作效能提升实践"项目，被评为国家电网2015年"三集五大"体系最佳实践案例。他带领的技术监督室先后获得国网宁夏电力有限公司运检专业先进集体、电科院先进集体、灵绍输电工程二等功臣集体等荣誉。

各种荣誉在身，李秀广依旧在努力学习。

"我们这行就跟医生一样，时刻都会面临新问题，只有不断学习，才能在遇到问题时灵活处理。"如今，李秀广不仅是西安交通大学在读博士，而且是北方民族大学企业研究生导师。他希望利用自己所学和工作经验，帮助更多年轻人成就未来。

第九年，提升研产空间

创新来自于改变，这句话用在李秀广身上再合适不过。

2019年，李秀广到宁夏电科院科技部负责技术监督和科技管理工作。技术监督工作就是不断发现问题、解决问题，这为爱钻牛角尖的李秀广提供了技术创新理由。每次遇到技术难题，他赶紧去网上查资料，找不到解决的办法就自己想办法。

一次，他去检修公司技术监督检查时，发现在现有的GIS设备里，六氟化硫气体微水密度在线监测系统与离线测量结果存在非常大的偏差。为了弄清缘由，他多次赶赴现场，发现六氟化硫气体在GIS设备内无法循环，在线监测传感器测量处的气体为"死区"，测量结果不是GIS设备内部真实的微水值，这为设备安全运行埋下了非常大的隐患。

为解决六氟化硫气体微水密度在线监测数据准确度不高、密度继电器抗震性能差等问题，李秀广带领团队开始了攻坚之路。

经过一年的努力，他们成功研制出基于循环六氟化硫气体的组合电器微水密度在线监测方法，并研究出基于气缸加热法、气缸活塞法的六氟化硫气体取样技术及微动开关法的密度继电器抗振技术，开发出六氟化硫气体微水密度在线监测系统、高抗振性气体密度继电器。

这一成果最终应用于宁夏电网330千伏凯歌变电站。

经宁夏科技成果管理中心鉴定，此项目在采用气缸加热和气缸活塞的气体交换方法进行微水、密度值测量方面居于国际领先地位，也因此获得7项专利授权，并荣获国家电网技术发明三等奖、全国电力职工创新成果一等奖等。

目前，李秀广共获得38项国家专利，编制16项电力相关行业技术标准，成为科研生产一体化的青年开拓者和奉献者。

这些成果，有的填补了国际空白，更多的有效防止设备事故的发生，已在国家电网、南方电网等企业应用。据不完全统计，可避免直接经济损失23874.77万元。

随着国家提出"碳中和、碳达峰"战略目标，国家电网加快推进新型电力系统建设，国网宁夏电力有限公司提出打造宁夏"双样板"、推进公司"双创新"、建设现代"双一流"的发展目标，李秀广带着他的团队加班加点开展具有免维护功能的新型密度继电器攻关工作。他们勇闯技术"无人区"，这也是落实"双创新"的具体行动，为建设现代"双一流"公司贡献智慧力量。

与电力科技发展同频共振，做科研生产一体化的践行者、创新者、开拓者和奉献者。李秀广说，自己永远要当一颗电力塔上不起眼的螺丝钉，哪里有需要，哪里就有他。

李海波
LI HAI BO

  出生于1984年11月，理学博士，教授，硕士生导师，宁夏大学材料与新能源学院副院长，中国青年科技工作者协会理事，宁夏侨联委员。主要从事纳米功能材料与器件设计及其电化学特性的相关研究工作。系国际期刊 *Frontiers in Materials* 副主编、*Current Nanoscience* 和 *Electronic Materials* 编委。主持完成国家级、省部级、厅局级项目14项。获宁夏科技进步二、三等奖各1项、第二届宁夏创新争先奖、中国侨联创新人才奖、第十六届宁夏青年科技奖、宁夏大学优秀研究生指导教师等荣誉，入选宁夏海外引才百人计划。发表英文专著1部，在 *Energy and Environmental Materials* 等国际学术期刊上发表论文100多篇，H因子36。授权中国发明专利10项，完成宁夏回族自治区科技成果登记2项，指导硕士研究生22名。多名研究生获得优秀毕业生和研究生国家奖学金等荣誉。

李海波：
通过科研抵达广阔天地

碳纳米管、石墨烯、介孔炭、电容去离子、双电层过程理论、薄膜太阳能电池电极材料……这是李海波的研究内容。还不到40岁的他，在这些领域取得了令人瞩目的成绩。

回想起2012年初来宁夏大学任教时的期待与迷茫，2015年回国返校时的自信与激情，现在的李海波更加坚定最初的选择。

他说自己要在这里实现科研梦想，让学生抵达更广阔的天地。

阴差阳错进入科研领域

如果当时大学专业选择的是数学，如今会在研究什么？李海波偶尔会冒出这样的问题。

"我其实是比较喜欢数学的，但父亲是一名高中物理教师。报志愿时他给了我一些建议，于是我选择了物理学。虽然考取了华东师范大学，但我当时并不是很中意教师这个职业，便选了师范性没那么明显的电子科学与技术专业。"李海波娓娓道来。

当时华东师范大学的电子科学与技术专业承担着为光学国家重点实验室培养梯队人才的重任，主要研究内容是精密光谱科学与技术。就这样，李海波进入了一个从未涉足的领域——激光物理。

本科知识很难满足他的求知欲,于是李海波继续留在母校深造。2007年,他考取了材料物理与化学专业,开始了他的研究生学习。

幸运的是,攻读研究生的第一年,学校就进行了相关改革,鼓励表现优秀的硕士一年级学生直接进入博士阶段学习。彼时,李海波在导师的指导下提出一种抑制共离子效应隔膜型电容去离子技术,又在基于石墨烯及其复合材料电容去离子技术方面取得了一些研究进展。得益于这些成果,李海波顺利获得硕博连读的资格。

2008年,国家留学基金委开始大量选派研究生出国留学,选派类别为博士学位研究生和联合培养博士研究生。李海波觉得这是个好机会。经过一系列的考核,包括耶鲁大学在内的8个著名学府向他发来了入学通知书。最终,李海波选择了在南澳大学水资源管理与生态再生修复中心进行联合培养的学习。

"南澳大学的知名度并不高,但我选择的那位导师对我非常看重,提供的科研平台也更有发展潜力。经过多次交流,他让我觉得到了那里会获得更多的机会,会更有作为。"

2009—2011年,李海波在南澳大利亚大学自然科学系完成联合培养。2012年回到华东师范大学完成博士答辩,当年就被宁夏大学作为海外高层次人才全职引进。

那一年,李海波才28岁。

"本科时,我从未想过自己将来要走科研这条路。谁知一路阴差阳错地就走到了今天。"李海波笑着说。

扎根宁大开疆拓土

签约宁夏大学，让李海波颇为感动的是，不论科研启动经费还是安家费，宁夏大学均给予他最高标准。

怀着满腔热血，李海波开始了从教生涯。然而，现实却给他泼了一盆冷水。他遭遇无材料制备实验室、无研发团队、无科研项目、无专人指导的四无困难。

为了能继续进行科研，他想到了借船出海。2013年，李海波回到南澳大学做了一年博士后，之后又去新加坡设计科技大学工业产品设计系做了一年研究员。

其间，李海波面对极大的诱惑。进入南澳大学工作前，他的合作导师承诺可以帮助他申请澳大利亚杰出人才签证，这样不仅可以留在那里继续搞研究，有高薪，而且能获得永久居留权。在一番犹豫后，他还是决定回到宁夏大学。

"这里才是我扎根一辈子的地方。"李海波说。2015年回到宁夏大学后，他非常欣喜地看到宁夏大学在科研环境和科研条件方面有了巨大改善。"对于科研人员而言，能做事，能看到未来的远景才是最重要的。"

2016年，李海波有了自己的实验室，还有了第一个硕士研究生。

"我的研究领域涉及纳米功能材料在新型电化学水处理技术和储能电池方面的研究及应用，首次公布隔膜型电容去离子技术的实验结果后，荷兰瓦格宁根大学Biesheuvel教授针对该技术发展出修正唐南模型，丰富了双电层理论，同时在一些商业化脱盐器件中，如美国达拉斯半导体公司的ECOMITE系列CDI器件都采用该技术。2016年，提出了一种碳纳米中空微球制备方法，并研究出该微球的动态电容去离子特性，研究成果受到英国水处理公司的关注，并提出合作意向。"

为了尽快开展前期研究,李海波带着他的学生几乎住在了实验室。"第一个学生的本科专业是炮弹学,转到电化学专业后在研究上感到力不从心。我带着他一边摸索一边实验,晚上整栋大楼只有我俩。我清楚地记得,大年三十那天下午我们才走出实验室,他突然说:'老师,我已经一周没回宿舍了,我得回去洗洗衣服。'"

李海波在宁夏大学成立了碳基薄膜电极制备与电化学应用研究组,积极申请项目。申报课题期间,他白天讲课、备课、开会,只能利用晚上的休息时间查阅资料、写材料。"前后查阅了300多份中外文献,每天睡四五个小时。"李海波说。为了确保材料准确无误,他还让妻子、朋友帮忙校对,"先后修改了30多个版本"。

虽然每项研究都很辛苦,但是收获时也充满成就感。一篇篇顶级学术期刊的论文、一项项国家发明专利就是最好的回报。

任职宁夏大学以来,李海波的课题组已发表高水平学术论文60多篇,H指数36,引用次数5000多次。申请国家发明专利16项、美国发明专利1项;多项成果被相关科技网站推介。

当然,这其中还有科研人才能领略到的乐趣。"拨开重重迷雾,经过层层质疑、拷问,用严谨的逻辑在混沌中找到秩序,让一切变得简洁清晰,这正是科研的美妙之处。"

最大的骄傲来自学生

2022年,宁夏大学成立材料与新能源学院,迎来了人才培养和科学研究平台融为一体、教学科研融合发展、学科专业布局更加优化的高质量发展新阶段。目前,学院有新能源材料与器件、微电子学与固体电子学、材料工程等5个本科、研究生专业。李海波任副院长,为宁夏在新材料领域培养人才成为他的第一要务。

"我最引以为傲的,不是我在科研领域取得的成绩,而是我的学生去了他们理想的大学继续深造。"2019年,李海波的第一个研究生免试进入清华大学攻读博士学位。至今,他已经带了22名研究生,有近一半人毕业后去了清华大学、中国科技大学继续深造。

他非常重视与学生的交流,鼓励学生多走出去看看。

2018年,李海波为8名学生申请到中日青少年科技交流计划的名额,去日本岛根大学参加学术交流活动。在机场,他才知道大部分学生甚至没有坐过飞机。活动前夕,他们被告知需要用英文做报告。这些学生虽然英语基础比较差,但是大家没有放弃,连夜对着PPT进行演练,并在第二天的活动中顺利完成报告。回国之后,他们还向其他师生用英文做了汇报。

"我常和学生说,有机会一定要去国外看看,要形成对这个世界自己的认识。科研也是这样,开阔的眼界非常重要。同时,我还一直强调,英雄不问出身,你从哪个学校来不重要,重要的是你通过努力走到了想去的地方。"李海波说。

李海波的微信签名是Fight for freedom。在他看来,自由分为经济自由、时间自由和精神自由,而科研是为数不多的通过努力就可以实现这3种自由的工作之一。"我认为这是科研最可贵的地方,希望我的学生有一天都能领略到这种魅力。"

冷晓红
LENG XIAO HONG

女，出生于 1964 年 1 月，二级教授。现就职于宁夏职业技术学院，系宁夏中药材开发与利用工程技术研究中心主任、中国药学会宁夏分会常务理事。2010 年获得全国先进工作者，为宁夏回族自治区 313 人才、自治区特殊津贴获得者、自治区教学名师、首批自治区"塞上名师"、首批自治区科技创新团队带头人。

从事新药及宁夏道地中药材的研究与开发工作，主持承担国家级科研项目 3 项、自治区级重点研发项目 11 项、企业行业委托横向项目 3 项。获批科研经费 1080 万元。获得国家科技进步二等奖 1 项、自治区科技进步一等奖 1 项。获得成果登记 3 项。发表论文 30 多篇。申请发明专利 15 项，其中 8 项获得授权。作为带头人，所在团队获得自治区第二批人才小高地项目支持，本人获得第二届自治区创新争先奖。

冷晓红：
这位老师是个多面手

很多人认为搞科研是本科院校的专利，而对于高职院校要不要搞、有没有能力搞，他们持怀疑态度。

冷晓红不信这个邪。

看起来单薄的她，却有一种不服输的力量。作为宁夏职业技术学院生命科技学院副院长，她在完成教学任务的同时积极投身科研，承担多项国家及宁夏回族自治区课题并获奖。

"我们学校有宁夏高职院校中唯一获科技厅批准的自治区级工程技术研究中心。"这位全国劳动模范教师满是自豪。

在冷晓红看来，跟本科院校相比，他们校企合作得紧密，更知道企业需要什么，能够转化什么。

转行但不忘初心

宁夏职业技术学院生命科技学院还有2个牌子：宁夏中药材开发与利用工程技术研究中心、中医药文化传承与发展中心。说起来，这都跟冷晓红有很大关系。

1985年，冷晓红从沈阳药科大学毕业后被分到宁夏药物研究所。一入职就跟着几位前辈搞科研。他们几年内研发出来好几款新药,并都推向了市场。就在那时,她爱上了这项工作,"觉得能给人带来成就感"。

调到宁夏职业技术学院后,因为一直对科研有热情,冷晓红当时就大胆地向校领导提出,学校在科研这块还是空白,她来了以后能不能接着做。

校领导自然很高兴,表示全力支持。

在一个零基础的摊子上搞科研,刚开始是真的苦。让冷晓红记忆最深刻的一件事发生在2008年,当时她跟宁夏农林科学院的李明研究员一起报了一个国家科技支撑项目。

"那个时候学校在科研方面几乎是空白,申报国家课题,连网站的账号都没有。李明老师都报上去了,我们的账号还没申请下来。按理说,申请账号等一系列程序是行政部门的事,但学校也不知道怎么弄,最后都是我自己做。"冷晓红说。

但也是在这个过程中,她感受到宁夏职业技术学院对自己的全力支持。

校长及其他校领导告诉冷晓红:"学校在这方面的确不在行,咱们在西夏区,走哪都不方便,这几天学校的专车听你调配。"

冷晓红当即眼里就涌上了泪花。她觉得,一件事的成功确实需要个人努力,但如果没有外界的支持,成功很难。

冷晓红没有放弃,一步一步按照要求操作,项目最后申请成功。

利用现有资源,带着团队一直从事新药及宁夏道地中药材的研究与开发工作,一路走来,冷晓红收获满满。

近年来,她作为主持人,承担完成国家科技部科技支撑计划课题1项、科技部科技人员服务企业项目1项、宁夏科技支撑项目3项,与企业合作完成横向课题2项。正在实施宁夏重大科研项目1项,获得宁夏科技成果登记1项。先后发表论文30多篇。申请发明专利15项,其中8项获得授权。

一切都是为了孩子

"教学和科研是相辅相成的。"冷晓红反复强调,老师和学生都是受益者。

在冷晓红看来,一方面,老师自身能力能够迅速提高。以她所在的团队为例,11个成员通过科研工作的带动,一人成为拔尖人才,3人成为托举人才。另一方面,老师们知道了本行业最新的信息、最新的技术,又反哺到教学当中,让学生也获得了新知识。

因此,冷晓红在科研的同时,没有放松对学生的教育培养。

在她的倡导下,系里选拔出一部分具有潜质的学生,给科研团队的老师当科研助手。"他在做科研助手的同时,老师能教他好多在课堂上学不到的东西,而且动手的机会比别的孩子多。"冷晓红说。

让她欣慰的是,经过他们特殊训练的孩子,知识面广,动手能力强,在企业面试时表现非常优秀,到企业后的培训时间也大大缩短。比如2011级学生李继龙,一直参与学校的科研活动,毕业后到一家制药企业工作,试用期缩短了2/3。

目前,宁夏职业技术学院生命科技学院的毕业生有2000多人,分布在宁夏、内蒙古、上海及陕西等地的制药企业、医药公司、药店、医院,从事药品的生产、质量管理及营销等工作,很多人成为技术应用的中坚力量,就业率高达98%。

冷晓红积极投身高等职业教育改革工作,亲自指导学生生产实习、顶岗实习、课程实训等不同的实践环节。尤其承担了多项百所示范性院校重点专业的建设工作,把制药行业的职业道德培养融入教学工作,学生综合素质普遍提高。

"我是这样想的,我们在科研方面跟宁夏大学、宁夏医科大学等本科院校相比,人才团队和硬件设施确实不如他们,但我们有我们的长处,搞应用研究，我们比他们有优势。"冷晓红笑道，"各取所长，有所为有所不为吧。"

其实，她更多地想向家长传递这样一个理念：读了职业院校的孩子，经过精心培养，照样会有一番作为，"我们的学生在各个药企的管理和技术岗位上，都干得很好"。

"一切都是为了孩子。"冷晓红说，宁夏职业技术学院就是要打造一个"宁职样板"。

社会责任一肩扛

做科技特派员服务基层是近年来冷晓红另一个工作重心。

大概在10年前，她被选派为永宁县、银川市、宁夏回族自治区三级科技特派员，深入企业，帮他们解决实际问题。她觉得很有成就感。"比如说宁夏泰瑞，我对2个新兽药的研发进行了技术指导，后来他们拿到了新药证书，经济效益挺可观的。"

后来国家提倡科技扶贫，冷晓红又积极响应号召，成为一名"三区"人才。她对扶贫工作很用心，经常自己开车调研，帮企业在中药材加工方面解决了很多棘手难题，提高了企业收益，增加了农民工收入。

是什么力量让冷晓红如此坚持？

"最开始都只是为了完成一个项目，但当我真正下基层以后，看到企业把我们当成救星的那种眼神，还有欢迎的态度，我立马感受到了自己的使命和责任。如果我做不好，就对不起他们。"她的语气平和却坚定。

在冷晓红的影响下，她的团队也积极投身乡村振兴建设，目前已有4位老师成为宁夏乡村振兴科技指导员，宁夏科技厅连续2年给他们颁发了"先进集体"荣誉称号。

为了企业的发展，为了大地的丰收，为了孩子的未来，冷晓红这个弱女子将继续奔走。

张　锋
ZHANG FENG

出生于1973年5月，宁夏水产研究所有限公司党支部书记，高级工程师，国家大宗淡水鱼类产业技术体系银川试验站站长，宁夏适水产业技术服务团队首席专家，宁夏回族自治区政府重大行政决策咨询论证专家。

主持或承担国家级、省部级重大科技项目30多项，取得10项达到国内领先水平的科研成果。获得省部级科技进步一等奖1项、二等奖4项、三等奖3项。出版专著1部，编写著作5部，制定地方标准3项，申报国家发明专利3项。年培训技术人员100人次、渔民500人次以上。创新技术成果累计推广66.75万亩，累计增收10.21亿元。其中集成创新建立了一整套稻蟹生态种养技术，相关成果"稻蟹生态种养新技术研究与示范推广"获得宁夏科技进步三等奖、全国农牧渔业丰收奖二等奖。

张　锋：
从授人以鱼到授人以渔

经过几十年的发展，宁夏渔业实现了从"守着鱼盆无鱼吃"到西北地区最重要的渔业生产基地和水产品集散中心的巨变。

这个翻天覆地的变化凝聚了众多水产科研人员的智慧。张锋就是其中一员。

1993年至今，他深耕宁夏水产领域，见证并参与宁夏渔业蜕变历程，多项科研技术成果切切实实地提高了老百姓的收入。

守着鱼盆终于有鱼吃

张锋出生在灵武。黄河水滋养着这片沃土，夏季满目都是稻田。

小时候他看着农民在田里劳作，见幼小的稻苗结出沉甸甸的稻穗，便觉得农业生产是件很有意思的事。高考后，张锋选择了宁夏农学院的水资源专业。千里黄河富宁夏，他觉得这个专业让他离水和农事更近了。

1993年大学毕业后，他被分配到宁夏水产研究所，专职搞水产科技研究。

这是一个几乎和宁夏回族自治区同龄的老单位，在普通人眼里，这个单位就是负责养鱼的。20世纪90年代，银川城被湖水包围，北京路那时还叫北环路，路北有很多湖都是水产所的鱼池。每天奔波在办公室和鱼池之间，成了张锋刚接触水产工作时最多的记忆。

"宁夏自古被称为'鱼米之乡',引黄灌区湖泊众多,发展渔业的条件很好。但宁夏渔业发展缓慢,到1978年全区养鱼水面仅3万多亩,年产也才280多吨。养鱼的人少,吃鱼难成为许多人的记忆。形象地说,宁夏守着鱼盆无鱼吃。"张锋说。

张锋本不会养鱼,"但是干一行爱一行,从学校到单位,我也在不断学习,秉承水产研究的科研精神,学中干、干中学,慢慢地,自己的视野拓宽了,对水产这个行业也有了清醒的认识"。

最初的10年,他主要研究大宗水产品鱼,如鲤鱼、草鱼、花白鲢等在宁夏的生产问题,研究和推广了大棚温室繁育鱼苗技术、淡水鱼苗工厂化繁育技术。

在张锋这一代科研人员的努力下,宁夏渔业渐渐有了起色。1997年前后,不仅宁夏人自己菜篮子里有了足够的鱼,宁夏的鱼还游到了区外。

据统计,1997年宁夏产鱼突破2.2万吨,其中销往甘肃、内蒙古、青海、陕西、新疆、西藏等周边省区的有1.4万多吨。

立足宁夏实际开展科研

一个科研项目能够开花结果不是一蹴而就的,往往需要数年的培育。对于农业科研项目而言,更是如此。

随着宁夏人吃鱼难的问题得到解决,如何通过引进新品种丰富人们的餐桌,成了水产研究人员新的重要课题。

2000年初,张锋先后参与或承担了"淡水鱼类工厂化苗种繁育系统工艺及应用技术""水产优良品种引进繁育及高效养殖技术"等课题,引进推广水产良种12个,更新换代良种亲本2万余组,示范推广8个名优特新鱼类规模化繁育技术，年繁育苗种突破10亿尾，彻底解决了宁夏苗种无法自给自足的局面。

随着研究的深入，张锋将目光转向黄河重点保护鱼类救护繁育技术的难题上。

黄河鲶鱼是黄河上游宁夏段特有的大型经济鱼类，以味美、肉多、刺少、肉质细嫩而著称，具有很高的营养价值，被称为黄河里的活人参。但随着黄河水质的下降和过度捕捞，黄河鲶鱼数量种群急剧减少，濒临灭绝。

从2004年开始，宁夏水产研究所进行了为期5年的研究攻关。作为主要研究人员的张锋与团队一起，解决了黄河鲶驯化、苗种繁育、人工养殖、饲料开发等关键技术难题，提高了催产率和出苗率，规模化批量生产黄河鲶鱼大规格苗种。

"其实一开始我们对这种鱼并不了解。第一年对捕捞上来的鱼进行驯养，发现它们产的鱼子一种是淡黄色，一种是淡绿色，这个现象引发了团队的思考。经过解剖生物学研究，发现原来混杂了土鲶，这才将真正的黄河鲶鱼从中分辨出来。"相关技术成果"黄河鲶繁殖生物学和药物毒理与抗毒育种基因功能及良种规模化繁育研究与应用"荣获2009年宁夏科技进步一等奖。

同样被驯养的黄河特有鱼类还有赤眼鳟。经过4年的研究，取得规模化人工孵化和苗种培育关键技术，为后期产业化生产打下基础。

最近2年，张锋还带领团队启动了国家二级保护野生动物大鼻吻鮈资源调查与抢救性保护工作。

此外，鱼类增殖和水草种植等生物操纵技术还被张锋运用到沙湖治理中。

2016年，中国环境保护部发布全国地表水环境质量状况报告，显示沙湖水质为劣五类，处在中度富营养化水平。次年，张锋主持开展沙湖水域生态环境修复及治理工作，进行水域底层曝气增氧改良技术、水生植物修复技术等工程示范，构建菌-藻-草-鱼系统生物治理技术体系。

为了搞这项研究，张锋和团队在沙湖建了一个工作站，支了几张床板，在那里住了几个月，对40多亩实验围格开展生物治理实验，种草、放鱼、观测，每天对不同时段的水温、气温等进行数据监测。"有一次取样时橡皮艇翻了，我们几个在沙湖里泡了个澡。"回忆起科研中的趣事，张锋禁不住笑了起来。

稻田蟹铺就百姓致富路

"作为农业科技工作者，只有跟乡村振兴、农民增收等紧密联系起来，个人价值才能得到完美体现。"张锋说。

最能证明这句话的，就是他主持研究的稻蟹生态种养技术。

从2009年位于贺兰县洪广镇高荣村的500亩试验田，到2021年遍布宁夏沿黄稻作区的3万亩农田，宁夏稻田蟹养殖已从星星之火发展为燎原之势，点燃了无数百姓的致富梦。

"2009年前后，宁夏水稻种植面积达到100万亩，我们希望在这个上面有所突破，于是调研引进了立体种养模式。"张锋介绍道。那时辽宁盘锦的稻田养蟹技术比较成熟，他们在宁夏回族自治区科技厅、农牧厅牵头下，联合引进了相关技术，在高荣村选了500亩试验田开展研究示范。

为了让这项"钱景"广阔的项目落地生根，张锋带着2个研究生和贺兰县水产站的工作人员搭了一个活动板房，住在了试验田边。他们晚上打着手电筒观察河蟹的行为，一一进行记录、分析和研究。到了捕捞季节更是连天连夜地工作，成群的蚊虫在他们身边嗡嗡作响。当年，这项研究就获得了成功，2010年在宁夏沿黄灌区进行大面积推广。

"2009年，一亩地的河蟹为农户带来400~600元的收入。通过稻蟹种养殖，'一地双收、一水两用'，节约了成本，水稻品质也大大提高。示范区测产显示，发展稻田养蟹，亩均增收1080元。"张锋兴奋地说。

他带领团队创立的稻田综合种养技术被农业农村部确定为样板工程在全国推广。2020年6月，习近平总书记视察宁夏，对贺兰"稻渔空间"融合发展模式给予充分肯定。

但研究没有停止。"没有一套模式可以完全适用于所有环境。宁夏稻田蟹养殖在不同地区是有差异的，比如平罗盐碱地如何养殖等"现在，在每年的生产季节，张锋每周至少要去一次田里，面对面解决农户养殖时遇到的问题，还邀请专家和技术人员为农民开展技术讲座和指导。

"搞农业科研，必须要和农民打成一片，掌握第一手资料，让他们能拿起电话随时和你沟通。说到底，就是要有一颗真诚为他们服务的心。"张锋望着平静的水面吐露心声。

陈彦云
CHEN YAN YUN

出生于1965年1月，中共党员，研究员，硕士生导师，享受国务院特殊津贴。1986年毕业于宁夏农学院农学专业，现就职于宁夏大学生命科学学院，系西北退化生态系统恢复与重建省部共建教育部重点实验室研究员、宁夏马铃薯协会理事、宁夏塞上农业专家。获宁夏创新争先奖、宁夏脱贫攻坚先进个人、宁夏事业单位脱贫攻坚先进个人记大功、宁夏教育系统优秀共产党员、宁夏大学服务地方贡献奖等荣誉。主持完成国家级及省部级科技项目20多项，获省部级科技奖7项，其中宁夏科技进步一等奖1项（排名第八）、二等奖5项（4项排名第一）、三等奖1项（排名第一），农业部农牧渔业丰收奖三等奖1项（排名第一）。获授权专利17项、软件著作权1项，制定国家标准1项、地方技术标准6项，出版著作2部，发表论文100多篇。

陈彦云:
一位大学教授的扶贫情结

3月的西北,春寒料峭。在宁夏农林科学院下乡的路上,路过中卫市海原县一个村庄时,有位年轻人突然指着车窗外的一个身影喊道:"快看,宁大陈老师!他这么早就下来啦!"

这位陈老师,就是宁夏大学生命科学学院硕士生导师陈彦云。

在教学的同时,他紧紧围绕宁夏优势特色马铃薯产业的重大科技问题和需求,建立马铃薯保鲜贮藏、种薯繁育及旱作栽培应用理论和技术体系,解决了旱作区发展马铃薯产业的一系列关键技术难题。

参加工作30多年,陈彦云有一半以上时间在宁夏南部山区的扶贫工作中度过。熟悉他的人都由衷地称赞:"陈老师是真正把科研做在田间地头的人。"

从田间到课堂再到田间

放眼望去,只见一位裹着厚厚大衣的男子,正跟几个农民说着什么。山里风很大,他没有戴帽子,也没有戴口罩,领着大伙儿径直往田里走。

这样的场景,在陈彦云的工作和生活中是经常出现。

"丰年当菜,荒年当粮",说的就是马铃薯。在宁夏南部广袤的黄土上,它是效益最好的经济作物。

然而长期以来，这一重要产业并没有实现被期望的价值。品种单一老化、种植方式落后、病虫害多、劳动力短缺……受制于多方面原因，深度贫困村仍然脱不了贫，摘不了帽。

主导产业怎样成为支柱产业？宁夏人向科技要答案。

2015年，陈彦云积极响应宁夏回族自治区号召，主动要求成为一名科技扶贫指导员，投身到农村一线的科技扶贫工作中，长期在西吉、海原等六盘山连片贫困区开展马铃薯生产关键技术研究。

盛夏，中卫市海原县关庄乡高台村的马铃薯开花了。依山而开的层层梯田上满眼小白花，煞是喜人。

高台村是宁夏科技厅定点帮扶的深度贫困村。当地马铃薯种植历史悠久，但一直处于低水平发展阶段，中期一度萎缩，严重影响了经济发展。2018年，海原县委书记在全县产业经济观摩会上抛出了一个问题：科技扶贫到底如何让马铃薯这一优势特色产业实现现代化、科学化种植？

陈彦云把它形容为对科技工作者的灵魂拷问。

这位1986年毕业于宁夏大学农学院的专家，有着丰富的工作经验。他最开始在石嘴山市平罗县农业技术推广中心担任技术员，后来到宁夏甜菜糖业研究所担任高级农艺师，1998年10月调至宁夏大学，主要从事马铃薯、植物生态学植物资源学等方面的研究与教学工作。

多年来，在国家科技支撑、星火计划、成果资金转化及宁夏重点项目支持下，陈彦云针对制约宁夏马铃薯产业发展的瓶颈问题，开展了保鲜贮藏、旱作栽培、种薯繁育等研究，形成了一套适合宁夏及周边省区马铃薯保鲜贮藏的技术体系。

他还开发出适合农户、合作组织和企业需要的贮藏设施，以及具有自主知识产权的马铃薯贮藏智能化管理软件与装备。

引进新品种，推广新技术

从农村来，到农村去。陈彦云当科技扶贫指导员，最重视引进新品种，推广新技术。

"种子好，收成就好。"陈彦云和科技厅驻村工作队充分发挥科技扶贫优势，先从筛选引进新品种入手，确定了青薯9号和冀张薯12号，解决品种单一老化问题。

春播时节，他们共同努力多方筹资，为农户免费筹备春耕用种冀张薯12号20多吨、原原种25万粒、青薯9号24吨、测土配方肥10吨、生物有机肥10吨，春播生产资料总价值约30万元。

高台村是宁夏推行马铃薯旱作优质高产栽培技术的样板村。

这里的马铃薯产业打了翻身仗，除了良种，还有播种、施肥、起垄、覆膜"四位一体"播种技术以及膜上覆土全机械化种植技术的支持。

"播种等4个农事作业流程，用一台第20代小型马铃薯种植机一次性完成，这就是'四位一体'。但这时候又出现一个问题，因为有一层膜，马铃薯没办法出苗，咋办？"陈彦云笑称，如果再一棵棵地人工放苗，那就不叫机械化了。

他们引进的膜上覆土技术，播种20天后，利用机械在膜上覆盖一层3~5厘米厚的土，半个月后马铃薯幼芽会自己破膜而出。膜上覆土兼具除草、壅土、保墒等作用。这是荣获宁夏科技进步二等奖项目的主要技术创新点，使马铃薯种植全面实现机械化，节水增产率提高30%，节约种植成本15%以上。

产业帮扶，集成效果是风向标。

陈彦云从2015年起累计推广青薯9号、陇薯3号等新品种531.7万亩，平均亩产1535.2千克，增产率达16.2%。

除了"四位一体"和膜上覆土技术，他还大力推广马铃薯标准化贮藏技术，提升反季节销售能力。目前，共建立藏窖20多万座，每年储藏马铃薯50万吨。

"以前，地一耕，就一撒，听天由命去！种出来的洋芋这么大点儿，没人要，只能往淀粉厂送。"回忆起从前，村民杨永兴两手一摊，连连摇头。

用科学方法种，还有科技人员指导他啥时候打药、啥时候施肥，每亩地一年至少能产2000千克，比原来翻了一番，"还有人上门收，简直就像做梦"。

振兴乡村是我们的初心使命

陈彦云做事不走过场，搞科研是，干扶贫亦是。

马铃薯种植品种退化严重咋办？病虫害多了怎么防治？"四位一体"机械化种植技术可靠吗？……

在田间地头，陈彦云对农户提出的问题细心解答，手把手给他们教方法、做示范，通过集中培训、入户指导、实地讲解、视频诊断等灵活多样的方式，确保技术实施到位。

扎根农村多年，他不仅致力于引进优新品种和先进技术，而且注重发挥科技示范户的示范带动作用，通过培养土专家、致富带头人，建立科技示范户、专业示范合作社的模式，带领农民走上脱贫致富路。

2016年，外出打工的姜晓勇回乡创业，面对荒凉的大山和贫瘠的黄土地，他很迷茫也很焦虑。陈彦云找到他，鼓励他利用当地海拔高、气候冷凉、天然隔离条件好、土层深厚的自然条件，以规模种植马铃薯为创业方向。

然而，从小吃着马铃薯长大的姜晓勇却对种植马铃薯创业缺乏信心。经过数次交流沟通，姜晓勇抱着试一试的心态种了新引进的冀张薯12号和青薯9号抗耐旱品种，没想到当年产量喜人。第二年，陈彦云又帮他配置了马铃薯膜上覆土机械，产量比全村平均亩产提高了20%以上。这下，姜晓勇真正看到了科技致富的希望，从此坚定信心，认真学习并应用先进技术。

说起这些事，陈彦云笑得很开心。

"总书记要求广大科技工作者把论文写在祖国的大地上。服务农民、振兴乡村是我们农科人的初心使命。"他说。

陈解放
CHEN JIE FANG

出生于1970年11月，固原市隆德县凤岭畜牧兽医工作站高级兽医师，中国畜牧兽医学会高级会员，中国兽医协会会员，政协隆德县十二届委员。一直在乡镇畜牧兽医站从事科学普及和技术推广工作，在中文核心期刊发表学术论文近30篇。主编《规模化猪场常见病的防治与净化》，获第二十六届（2017年度）中国西部地区优秀科技图书三等奖，被中央农广校评为"100本优秀农民教育培训文字教材"。

近年来，为改变农民的养殖观念和饲养方式，举办养殖培训班150多期，培训农户16830人次、规模养殖场（户）代表880人次。推广养殖新技术20多项，推广良种养殖法10多种。引进西门塔尔、安格斯等优良肉牛冻精，以当地西杂、利杂牛为母本实施杂交改良，推广使用细管冻精5.2万支，创经济效益8200多万元。推广应用节本增效新技术，使肉牛胎间距缩短15~20天，头均增收300元以上。

扎实开展动物疫病防控工作，防疫数量60多万头（份），降低动物发病率13%，累计创造经济效益上亿元。2019年被固原市人才工作领导小组授予"六盘农业专家"称号，2020年被固原市委、政府评为先进工作者，2020年获第二届宁夏创新争先奖，2021年获中国兽医协会杰出兽医（诊疗能手）提名奖。

陈解放：
寒来暑往三十载　此生无悔兽医人

"我喜欢畜牧兽医工作，也热爱我的这份工作。天天跟老百姓和家畜家禽打交道，是一件很愉快的事儿。"固原市隆德县凤岭畜牧兽医工作站高级兽医师陈解放说。

说起兽医，多数人的一贯印象是给猪牛羊、鸡鸭鹅等动物看病的医生。其实，随着社会的不断发展和进步，兽医不仅是保障动物健康安全、动物产品质量安全和公共卫生安全的守护者，而且是人类健康生存的第一道把关人。

入行31年，最令陈解放骄傲的是，他服务过的乡镇没有发生重大动物疫病和食品安全事故。经过他的技术指导，一些养殖户提高了畜禽产量，增加了收入。

"过去，很多人对兽医有偏见。如今，越来越多的人开始理解并尊重这份职业。"陈解放说。现在，老乡们会叫他老师，"这个称谓沉甸甸的"。

无惧脏苦累，用心守护动物健康

"小时候，村里有个赤脚兽医，看到病恹恹的动物在他手里能变得活蹦乱跳，感觉特别神奇。"于是陈解放从小便定下了目标——当一名兽医。初中毕业后，他报考了宁夏固原农校畜牧兽医专业，1991年正式上岗。

兽医，看似简单，其实不易，在工作的过程中，经常要冒着被家畜伤到的风险。

"别看是动物，它们察觉到不是自己熟悉的人，根本不让靠近。给它们看病，对自身安全都有一定威胁。"不少初入行的兽医都被羊顶过、牛踢过，陈解放也被动物伤过多次。最严重的一次是在给村里的牛打防疫针时，老乡没抓好牛，使他的右腿被踢伤，缓了四五天才能下地走路。

在他看来，"身上没有几处伤口，都称不上是名合格的兽医"。

与动物接触多年，陈解放慢慢总结出一套和动物相处的方法，比如给牛打针的时候摸摸它的头，牛就不害怕了。"动物也通人性，你对它好，它也会更配合你的诊疗。"

"动物无言，给它们看病，除了需要忍受腥、臭、膻，最难的是如何迅速、准确地掌握病情。"尽管现在许多牛羊都佩有耳标，也有诊疗记录，但毕竟不能像人一样自诉症状。这就要靠兽医的眼力、经验和功底，能够一针见血地找到使动物生病的源头，从而进行正确的治疗。

记得有一次，一位农户家的一头安格斯牛，在喂完草料后不到半小时，肚子突然鼓胀，农户给陈解放打电话的时候着急得都快哭了。"那可是老百姓花血汗钱买的牛，一旦出点儿状况，等于要了农户的命！"

陈解放带上药品，骑了半个小时的摩托车赶到农户家。了解到饲喂的草料是苜蓿，便断定这是牛吃料太急引发的瘤胃鼓气。他拿起套管针进行瘤胃穿刺放气，再注射药物。看着圆滚滚的牛肚子慢慢瘪下去，农户高兴得热泪盈眶。"瘤胃鼓气如果治疗不及时，可能导致死亡，造成损失。"临走时，他不忘叮嘱农户，以后要注意饲喂方式，避免牛发生危险。

身背药箱，行走在乡间的小路上，钻牛栏、进猪圈、打防疫针……这是陈解放的日常工作。作为一名畜牧战线上的一线工作者，在从业30多年的艰苦岁月里，忘记吃饭，早出晚归，很晚休息，都是家常便饭。

勤奋又好学，提升农户养殖水平

兽医行业有很多学问要学，疫病预防、疫情监测、动物检疫、动物诊疗、消毒灭源、技术推广，这其中涉及饲料兽药、遗传育种、疫病防控、饲养管理等。真正的兽医是复合型人才，需要内、外、产科等各个方面兼修，是个活到老学到老的工作。

这些年，无论多忙，陈解放每天都要将自己的工作经验和体会记录下来，经过总结整理，用于指导畜牧业生产。加上勤奋好学，用5年时间，他函授自考拿到本科学历。

随着养殖规模的逐渐扩大，动物医学的发展思路也从以治疗为主转变为以预防为主。

"动物一旦出现重大疫病，比如高致病性禽流感、非洲猪瘟等，无法治愈，只能集中扑杀。如果控制不住，就会给畜禽养殖产业造成巨大损失。"为做好动物疫病的预防、控制工作，陈解放一年的工作日程被安排得满满当当：春秋2季为所有畜禽打疫苗，进行集中免疫；1月、5月和9月重点对牛羊进行程序化免疫；常年持续开展布鲁氏菌病监测。

从春到冬，他几乎没有闲下来的时候。

通过他的努力，隆德县建立健全了县、乡、村三级动物防疫体系，辖区内高致病性禽流感、口蹄疫、高致病性猪蓝耳病、猪瘟、鸡新城疫等重大动物疫病免疫密度常年保持在100%，免疫抗体常年保持在100%，防疫数量60多万头（份），降低动物发病率13%，累计创造经济效益上亿元。

兽医的职能远不止于此。在他看来，要想让隆德的畜牧业早日发展起来，仅靠专业技术人员掌握养殖和疫病防治技术是不够的，必须让广大养殖户掌握先进的养殖技术和科学知识，改变他们的养殖观念和饲养方式。

"传统的饲喂养殖方式比较粗放，只给牛羊喂农作物秸秆，营养不够，出栏率也低。但通过改良配方、饲草调制，使营养均衡、全面，出栏率就能提高。也就是说，在缩短饲喂时间的同时，减少了农户的养殖成本，最关键的是还能卖个好价钱。"多年来，陈解放走村串户，和养殖户同吃同住同劳动，通过现场交流、指导等方式，大力推广标准化圈舍修建、畜禽良种繁育、饲草综合加工利用、动物疫病防治等配套实用技术，帮助农户提升种养殖技术水平。

助农增收，进行肉牛品种改良

近年来，隆德县大力推广"家家种草、户户养牛、自繁自育、出户入园"的肉牛发展模式，打造了以北片为主的肉牛发展产业带。通过培优区域特色品种等举措，有力推动全县肉牛产业高质量发展，并被宁夏回族自治区农业农村厅列入2022年宁夏六盘山牛肉地理标志农产品保护工程重点产区。

"搞好肉牛产业，品种改良是关键。"为了老百姓方便，陈解放经常骑着摩托车，背上液氮罐（装肉牛冻精的容器），奔走在崎岖的山间小路上。不论春夏秋冬，群众一个电话，他总是第一时间赶到，将黄牛冷配改良技术推广到开来。

由他主持完成的宁夏农业科技推广示范项目"优质（高档）肉牛生产技术示范推广"，引进西门塔尔、安格斯等优良肉牛冻精，以当地西杂、利杂牛为母本实施杂交改良,建立良种基础母牛群,走商品化生产之路,加快肉牛商品化进程。以安格斯牛为父本,以秦川牛为母本,有计划地实施杂交改良和纯种扩繁,走高档肉牛发展之路,开拓高端肉牛市场。其间推广使用细管冻精5.2万支,创造经济效益8200多万元。

"看到老百姓日子好过了,我很欣慰、很自豪,这么多年的辛苦也值得了。"陈解放嘿嘿笑着。

实施脱贫攻坚和乡村振兴战略,畜牧业发挥了突出作用,农村的脱贫产业几乎一半是畜牧业。而广大兽医长期为畜牧业健康发展保驾护航,他们一路辛苦走来,做出了卓越的贡献。

金政伟
JIN ZHENG WEI

出生于1979年7月，工学博士，高级工程师。2007年获得北京化工大学博士学位，2007年7月至2011年8月在天津科技大学工作，副教授、硕士生导师，主要从事化工新材料领域教学和科研工作。2011年作为急需紧缺高层次人才引进宁夏。2011年8月至2017年7月在宁东基地管委会工作，主要负责产业规划、科技人才、园区循环经济建设和招商引资等方面的工作。2017年7月至今在国家能源集团宁夏煤业公司工作，曾任公司煤制油化工研发中心副主任、煤炭化学工业技术研究院院长，现任煤制油分公司总工程师、煤炭化学工业技术研究院技术总监。

作为宁夏煤基高附加值化学品催化转化创新团队负责人、宁夏煤基合成树脂高值化产业技术协同创新中心负责人，入选宁夏青年拔尖人才国家级学术带头人后备人才计划、"西部之光"人才计划，获2017年宁夏五一劳动奖等荣誉。带领团队在MTP分子筛催化剂开发、煤炭结构与煤气化工艺研究、化工反应过程优化强化等领域取得一批研究成果，并在生产装置中得到应用。主持参加国家级及省部级科技攻关项目20多项，在国内外学术期刊上发表论文110多篇，其中SCI、EI、ISTP收录32篇，出版专著1部，获授权专利56项。近年来，获中国石油和化学工业联合会科技进步特等奖1项、二等奖1项，宁夏科技进步二等奖1项等5项省部级科技进步奖。

金政伟：
我为第二故乡绘蓝图

"是宁夏给了我更大的干事业的平台，我必须要为第二故乡竭尽全力。"金政伟是这么说的，也是这么做的。

编制宁东基地建设最先进的能源化工基地实施方案，培养出一支专业招商团队，引进氨纶、锂电池等一批高质量产业项目。

针对装置生产运行的技术瓶颈问题，确立攻关课题，开展技术攻关，推进"宁煤烙印"科技创新成果的转化应用，为煤化工装置"安稳长满优"运行和产业高质量发展做出积极努力。

带领的团队开发出自主知识产权的固定床反应器物料高效均布设施关键技术和核心设备，实现进口替代；开发的纺丝级聚甲醛、低 VOC 聚甲醛新产品填补国内空白……

来宁夏 11 年，这位高材生为第二故乡交出一份漂亮的成绩单。

一份报纸让他选择宁东

金政伟是河南人，北京化工大学博士毕业后，留在天津科技大学任教，本以为这辈子就是一位教育工作者，可没想到一份报纸开启了他人生的新旅程。

"妻子是银川人,记得2010年年底,岳父岳母来天津看我们,拿了份《宁夏日报》,刚好上面有一篇报道,说的就是宁东的煤电化产业。"认真看完这篇报道后,金政伟不禁感叹:"宁东的煤化工产业将来大有前途。"

岳父趁机接过话茬,表示宁夏急缺人才,建议夫妻二人回去,那里有更广阔的发展舞台。

金政伟当时并没有回答,默默地上网了解宁夏的产业发展情况,尤其是宁东发展和开发建设的情况,激起了他藏在心底干事创业的梦想。

查了几天的资料,他对宁东未来的发展前景有了自己的判断。"宁东煤化工当时规划的全是上游产业链,也就是基础大宗原料。但看我国东部发展好的一些园区,在最初也是如此。通过分析,可以发现东部的化工产业结构是以大炼化产业做'头',化工做产业链的'身',最后以轻工产业收'尾'。当时我感觉宁东的产业有可能是煤'头'、化'身'、轻'尾'这样一个产业集群。"金政伟将宁东和东部地区作了综合比对后,认为宁东非常有发展潜力。

"在高校,我只能从事相关学科的教学和研究工作,但如果到宁东,就能学以致用,创造价值。"是继续在大学安稳地当老师,还是利用自己所学造福一方,金政伟的内心在摇摆。

2011年暑假他来到银川,走访了多家单位,感受到宁夏对人才的渴望。而且宁东能源化工基地现场一片热火朝天的建设景象,让人振奋不已。当时已成规模的宁东基地激起了他的万丈雄心,他决定到宁夏大展宏图。

不久,32岁的天津科技大学副教授金政伟博士,作为宁夏急需紧缺高层次煤化工专家型技术人才,被引进宁东能源化工基地,投入到轰轰烈烈的开发建设中。

编方案，谈招商，样样行

初到宁东基地管委会，金政伟干得最多的就是送文件、复印、打印、布置会场之类的事，这和他的预想有差距，内心不免产生失落和感到迷惘。好在一次会议让他得到改变。

"延伸产业链，发展煤化工下游，提高产品附加值。"这是金政伟来宁东后听到最多的一句话。"当时宁煤、宝丰、中石化（当时的英力特）都建完了煤化工上游产业链，宁东提出发展煤化工下游产业，可煤化工的下游到底是啥，一直停留在笼统的概念阶段，不明确。"其实，从本科到博士，金政伟学的化学工程与工艺、有机化学、高分子材料专业跟宁东产业链比较吻合，他心中早有思量。

在一次会议上，领导专门点名金政伟，要听取他关于煤化工下游产业发展方向的建议。会后，就将确定煤化工下游产业方向的重任交给了金政伟。

从那一刻起，他白天跑现场做调研，晚上写方案，最终结合宁东产业状况，梳理出"工程塑料、特种纤维、特种橡胶、精细化工"16个字作为宁东煤化工下游产业的发展方向。

后来，宁东基地产业规划都围绕着这16字的发展方向进行设计。与当时的陕西榆林、内蒙古鄂尔多斯等国内很多煤化工园区相比，宁东最早提出煤化工下游产业方向，国内煤化工领域的专家也认为"宁东是国内最早明确发展煤化工下游产业产品内容的园区"。

这之后，为推动循环经济产业链的构建，金政伟充分发挥自己在化工领域的专业特长，研究编制了宁东基地建设最先进能源化工基地实施方案，提出宁东基地现代煤化工产业转型升级和产品链延伸发展方向，编制并成功申报国家园区循环化改造示范试点建设方案，推动宁东基地循环经济建设达到新高度。

2015—2017年，因工作需要，金政伟瞄准补链强链项目，开展精准招商。为了让企业家看到移师宁夏的好处，他在天津举行的2017宁东基地环渤海经济区经济技术合作交流会上一笔一笔地给企业算账。在6万吨环保型差别化氨纶项目洽谈中，他准确计算出在宁东建设该项目的成本竞争力，增强了企业投资信心。很快，项目落地开工。

那年的招商成绩喜人：仅宁东基地环渤海经济区经济技术合作交流会，与环渤海地区企业和高校共达成11项合作意向，其中工业项目9个，总投资126亿元；科技人才项目合作2个。

一个个项目谈了下来、一个个规划变成现实，所有人都给宁东基地这位金博士竖起了大拇指。

带团队，攻难关，创发展

最近5年，金政伟致力于自主研发，带领团队披荆斩棘，攻克了一个又一个技术难题，好几项技术创新使企业彻底摆脱了过度依赖国外的困境。其中，在开展煤化工气化原料煤结构与气化工艺耦合规律研究中，创建大型现代煤化工装置气化原料煤评价及调控技术。针对现有气化用煤控制指标判据普适性差、准确度低的问题，揭示煤灰成分与气化工艺之间的匹配规律，首次采用量化煤灰成分指标方法对煤灰高温流动性进行精确分类，解决了国际上煤灰高温流动状态无量化指标的难题。明确干煤粉、水煤浆气化炉原料煤煤灰成分边界条件，实现了气化原料煤核心指标的精准预判，降低了气化炉结渣倾向和水冷壁烧损的技术，保障了气化装置长期稳定运行。开发气化用煤配煤专家系统软件，并在400万吨/年煤制油、50万吨/年煤制丙烯、60万吨/年煤制甲醇等大型生产装置上成功实现工业化应用。

"就是这项技术，近3年为公司降本增效超过3亿元。"金政伟的言语中满是自豪。

他还开展甲醇制丙烯（MTP）过程关键技术研究，开发具有自主知识产权的超大直径薄床层固定床反应器物料高效均布设施关键技术和核心设备，使用寿命较德国鲁奇公司原设计提高5倍以上，并推广应用到内蒙古大唐多伦46万吨/年MTP装置，保障了工业装置高效、稳定、长周期运行。提升现有MTP工艺的经济性，仅物料分布器的工业应用，直接为公司降本增效4350万元，为我国大型煤化工项目生产技术进步提供支撑。

针对国内聚甲醛生产企业产品均为通用料，结构单一、同质化严重，高端聚甲醛产品全部依赖进口的现状，他突破通用聚甲醛纺丝难、高VOC的技术瓶颈，开发具有自主知识产权的土工建材用纺丝级聚甲醛助剂包、低VOC聚甲醛助剂包。在万吨级工业装置上，成功生产高强、高模纺丝级聚甲醛MC90-F专用料和低VOC聚甲醛MC90-LV专用料，实现了高端聚甲醛产品的国产化生产。

另外，围绕世界单体规模最大的400万吨/年煤炭间接液化装置，金政伟又开展铁基费托催化剂耐磨损性能及装置能效优化研究，实现了反应过程强化，提升了装置运行效率。

"我还年轻，未来的路还很长，现在正是干事业的黄金时期。我将继续学以致用，为自治区'一号工程'建设添砖加瓦、贡献力量。"金政伟如是说。

屈文慧
QU WEN HUI

女，出生于1972年10月，固原市人民医院重症医学科副主任，主任医师，曾担任宁夏第一批支援湖北医疗队固原市人民医院分队队长。1995年参加工作。2013年调入固原市人民医院重症医学科（ICU）。仅一年时间，参与诊治危重病人100多例，进行气管插管术60多例，进行深静脉穿刺术80多例，进行纤维支气管镜吸痰术30多例。随着业务水平的提升，承担全院重症临床带教工作，主持开展ICU各项工作，推广应用机械通气、肠外营养等多项技术，成为固原市重症医学的中坚力量。

从医近30年，始终忠实履行医务人员的神圣职责，多次被医院评为先进工作者，参与开展和推广新技术、新业务4项，获宁夏自然科学基金与固原市科技项目2项，发表核心论文16篇。

屈文慧：
医路向前　唯爱有光

"当初从医是父母的意愿，现在想来，要感谢双亲真知灼见，在我年少懵懂的时候为我选择了最适合的职业。"

说话的人叫屈文慧，是固原市人民医院重症医学科副主任，主任医师。

1992年，屈文慧高中毕业，报考大学时，父母为她选择了宁夏医学院（现宁夏医科大学）麻醉专业。"那时候对这一职业充满了好奇，很羡慕身穿白大褂、脖子上挂着听诊器的医生，但是对麻醉一无所知，甚至天真地认为麻醉就是打一针的事。"

直到开始接触病人，屈文慧才慢慢体会到医生这个职业的价值。

手术中有麻醉医生保驾护航

大学毕业后，屈文慧成为固原市人民医院的一名麻醉医生。

方寸之间尽显人生百态，医院每天都上演着生老病死的故事，有人喜极而泣，有人纵情痛哭。或为小生命的诞生奔告母子平安，或为危在旦夕的病人夜以继日守候，医生的心情也在这大喜大悲间跌宕起伏。

在整个手术过程中，有时候麻醉医生只是守候在旁边，看起来好像很悠闲，没有过多操作。实际上，他们的大脑处于高度警备状态，时刻关注着患者的生命体征和手术过程。

记得有一例剖宫产手术，屈文慧给患者打完腰椎麻醉，手术开始，患者通过鼻导管吸氧很平稳。突然，患者呼吸困难，血压下降，需要进行紧急气管插管。

"那时候医疗条件差，病人吸氧用的是氧气筒，使用呼吸机的时候要把氧气接口连接在氧气筒上。眼见氧气不足，压力低，我便放开嗓门冲着走廊里的巡回护士大喊一声'氧气'！当时那个护士还身怀六甲，硬是把30多千克重的氧气筒从隔壁手术室抱了进来。"

屈文慧见状，迅速拿起扳手，但由于个子矮，她便双脚踩在氧气筒外面的黑色橡胶圈上，熟练地拧开呼吸机的螺丝，换上新的氧气筒，打开氧气阀门，并以最快的速度完成气管插管。等病人生命体征平稳，她才发现自己的右手被划了一道长长的口子。

"人在应激状态下爆发出的力量真是无穷啊。"屈文慧笑起来。

麻醉医生面临的压力和挑战很大，他们虽然不需要做手术，但是临床医生能否做好一台手术，与手术中的麻醉效果密不可分。

经过18年的历练，屈文慧成长为一名洞察应变能力强、有预见性和整体观、能够独当一面的优秀麻醉医生。但她并没有以此止步，反而在40岁时向难度更大的重症学科发起挑战。

在离死神最近的地方坚守10年

转到重症医学科，还得从一次救治经历说起。

"那是一个冬天，有个农民开着三轮蹦蹦车不慎翻车，造成脾脏破裂，要做脾切除手术。我迅速开始麻醉，但病人在车祸前可能刚吃完饭，胃部特别饱，在麻醉诱导的过程中有些误吸，加上术中出血多，术后生命体征不平稳，无法脱离麻醉机。"当时还没有 ICU 病房，也没有呼吸机，病人只能戴着麻醉机去普通病房。

也就是在那时，屈文慧觉得重症监护病房对救治病人太重要了，之后去上海的进修学习更加坚定了她转到重症医学科的信念。

她说："去了大城市，我们看到人家医院重症监护室的医生懂得特别多，对各个专业的急危重症救治能力强，让我深刻认识到从事重症很有意义。"

40 岁，副高，从麻醉转重症，这对任何一个医生来说，其实是非常冒险的行为。

"转行后才发现自己欠缺的知识太多，就连最基础的病历都不能规范书写，甚至科室比我小的年轻人当了我师傅，心里很不好受。"换了科室，相当于从零开始，曾经麻醉科的大拿一下子变成重症医学科的学徒，屈文慧心里有落差。

重症医学涉及的医学知识范围特别广，要学神经科、心内科、呼吸科、消化科等相关临床专业，还要学会做 B 超、CT、核磁，重症开展的新业务、新技术也特别多，困难重重。好在重症医学科的气管插管、深静脉穿刺等技术，屈文慧在麻醉科的时候就已完全掌握，再加上勤奋好学，她很快跟上了步伐。

工作 28 年，屈文慧陪伴家人的时间很少，孩子的教育全部落在父母的肩上。但在她的职业观里，宁愿愧对家人，绝不辜负患者。可即便如此，作为医生的她最苦恼的还是病人和病人家属的不理解。

"重症监护室相对比较封闭，大部分的治疗过程病人家属是看不到的，所以有些家属对我们极不信任，他们觉得关起门来治病不靠谱！可事实上，我们一整夜都在为病人操心。"

抛开委屈、擦干眼泪，她仍然是那个风风火火在救死扶伤道路上勇往直前的屈文慧。

在重症医学科 10 年间，屈文慧基本没看过电视，大部分时间都在学习，各个专业也基本被她拿下。如今,她又多了一个学科带头人的身份。

面对疫情冲锋在前

新冠疫情突发,武汉首当其冲。屈文慧第一个报名参加援鄂医疗队。2020年大年初四,屈文慧任队长,带领14名医务人员出征湖北襄阳。

他们支援的航空364医院是一个废弃了8年之久的地方,只有2栋破烂的楼房,旁边堆放着刚刚铲除的杂草,窗户上落满了厚厚的灰尘,墙面斑斑点点,一群工人正在粉刷门厅,襄阳本地的医务人员拿着笤帚、铁锹打扫卫生,楼宇里到处是电锯作业的声音。

为确保364医院在3天内可以接收病人,屈文慧发挥带头模范作用,带领队员从打扫病房卫生、改设病房开始,争分夺秒与疫情赛跑,以最快的速度改造好病房。同时,她提出的分散设置病房、严格管理污染源、预防感染等20多条意见和建议均被采纳。

1月30日,航空364医院正式接收病人。

由于疫情,重病患者多,病人都是成批运送过来,最忙的时候半个小时收治了10多个人。每天都要加班加点,一个班下来基本就是十一二个小时。传染楼3层楼共设置了6个病区,最多时收治了70多位病人,病区的距离跨度很大。穿着防护服在6个病区查房,一次至少需要3个小时。晚上,楼道的光线不足,带着护目镜,几乎要把脸贴到门牌上才能找到病房。

有些病人因为害怕而焦虑，需要耐心地进行健康宣教及心理疏导；还有些老人只会说方言，交流起来很吃力。屈文慧不厌其烦，还学了几句方言，或用手势进行沟通。

最难熬的是医疗队员在进入病房前不能喝水，也不能吃太饱，一旦途中想上厕所，走出病房就要换一身新的防护服，会浪费物资。有一天，屈文慧上班前喝了中药，进入病房一个多小时就想上厕所，但她一直忍着，6个多小时后才走出病房，痛得她流下了眼泪。

2020年2月15日，医疗队圆满完成第一阶段任务，考虑到襄阳医务人员短缺，屈文慧带头请战留在襄阳阻击疫情。

襄阳群众给她们送来了袜子、棉衣等物品。屈文慧收获了满满的幸福，也感受到沉甸甸的责任。

姜怡邓
JIANG YI DENG

出生于 1974 年 6 月，医学博士，教授，博士生导师，享受国务院特殊津贴。现任国家卫健委代谢性心血管疾病研究重点实验室主任、宁夏血管损伤与修复研究重点实验室主任等。获百千万人才工程有突出贡献中青年专家、教育部新世纪优秀人才、宁夏科技创新领军人才、宁夏 313 人才、宁夏青年科技奖、宁夏青年五四奖、宁夏科研贡献奖等荣誉。同时担任宁夏医学会副会长、《中国动脉粥样硬化》杂志副主编、宁夏检验医学研究所副所长，以及 Clinical Epigenetics 等 20 多种国内外杂志的审稿人。

姜怡邓：
深耕基础医学　十年磨成一剑

对于从事基础医学研究的人来说，学风是学术的生命，没有良好的学风，不可能培养出一流的拔尖人才，也不可能获得高水平的研究成果。

而要耐得住寂寞，潜心钻研。

宁夏医科大学姜怡邓教授用近30年的坚守，诠释了这种精神。

传承创新高血同研究

1994年，怀着一份救死扶伤的情怀，姜怡邓进入宁夏医学院临床医学系学习，毕业后留在学校任教，主要承担病理生理学教学工作。

在那个时代，宁夏医学院以教学为主，科研工作开展得还很少。2001年，姜怡邓继续在母校攻读生理学研究生，导师带着他开展枸杞子油对心脑血管影响等方面的研究。在这个课题的引领下，姜怡邓在心脑血管疾病领域有了相关成果。

科技的发展、医学的进步使姜怡邓的求知欲更加旺盛。伴随着对心血管疾病研究的深入，他意识到要想有所突破、有所创新，必须向知识的更远更深处寻找答案。

2005年，姜怡邓开始攻读四川大学华西基础医学博士，师从国内知名病理生理学和心血管专家王树人教授。王教授的课题主要是心血管疾病研究，尤其是高血同领域。正是在王树人的指导下，姜怡邓接触到这个全新的科研领域。

"高血同是继高血压、高血糖、高血脂之后，对血管损伤疾病影响非常大的一个因素。王树人教授的研究是从氧化损伤方向开始的。但是在研究过程中发现了一个新的方向，高血同不只氧化损伤，患者发病之前也会有一些指标的变化，如果从早期诊断的角度进行研究呢？这在当时是非常前沿的领域。"姜怡邓回忆道。王树人教授抛出了个疑问后就退休了。"对这个新领域的研究被我带到了宁夏医科大学，并将之前的研究全部继承下来，直到今天，我们依然在这个领域努力，成为全国最有影响力的研究基地。"

高血同指的是高同型半胱氨酸血症，它是一种以血液中同型半胱氨酸水平升高作为特征的疾病，通常指同型半胱氨酸水平大于 $15\mu mol/L$。高同型半胱氨酸血症不是一种严重的疾病，大部分患者都没有症状。但是研究发现，高血同与严重的心脑血管疾病、痴呆，与骨质疏松、骨折密切相关。高血同可反映机体甲基化状态和转硫化异常状态，损伤细胞、组织、器官，是许多慢性疾病发生的独立危险因素或重要危险因素，与高血压、高血脂、高血糖一样，是判定健康风险的重要指标之一，未来需要进行重点防治。

"现在国家对高血同的高发病率和防治工作非常重视。目前有该领域的相关专家已在开展全国范围的项目研究。国家卫健委支持我们在宁夏及周边地区开展该疾病分子流行病学的分布情况研究，现在宁夏地区已做完。目前在积极申请项目，希望未来能建立完善的防控体系，提高人们对高血同的认知和防范能力。"姜怡邓介绍道。

深耕基础医学研究

"现在全国各地已有多家医院开设了高血同相关门诊,我们也与宁夏医科大学总院积极协商,开设代谢性心血管疾病门诊或者病房,开展相关研究和防治工作。"

十年磨一剑,姜怡邓用此来形容他们的研究历程。

20世纪以来,临床医学跨越式发展,有望进入可以诱导干细胞定向发育、异种器官移植、改变人类生育甚至自身基因编辑的时代。而对于基础医学来说,脚步迈得就慢多了。

"实践表明,临床医学等学科的发展,根本上源自基础医学对生命和疾病现象的本质及规律认识。医学的基础研究,既是研发创新药物和疫苗等治疗手段的基础和方向,又是疾病诊断和预防手段发展的基石。"姜怡邓说。

"高血同研究领域很大,我们是从表观遗传学的角度研究它。目前是国际上继遗传学之后的重大突破,可以说,我们在这方面走在最前面。十几年以来,我们的团队在高血同疾病机制、分布、防控等方面培养出100多个研究生、10多个博士,获批30多个国基金,申请20多个发明专利,出版10多部专著,发表国内外高水平的学术论文200多篇,取得了突破性成果。"

"对一个疾病的研究,需要成体系,研究它的分布情况,进行病例跟踪,找到靶点,开展药物和药效研究,进而建立防控体系,为老百姓健康服务。这是一条龙式的,其过程也是非常漫长的。我们科研工作者也许工作一辈子，才能在这个领域的某一个点上取得突破。"姜怡邓感慨地说。

十几年来，姜怡邓团队还在动脉粥样硬化性疾病早期诊断方面倾注了大量心血。针对心脑血管疾病中关键基础性病变动脉粥样硬化缺乏早期诊断的生物学标志物、早期病变难以发现和缺乏特异性靶标等问题，团队开展了多基因联合早期诊断动脉粥样硬化系列创新研究。

该研究在国内处于领先水平，宁夏科技厅组织的专家对该研究的评价为"为国内首创，为动脉粥样化的防治提供了理论基础和潜在靶点，开辟了动脉粥样硬化研究的新途径"，同时研究成果也受到美国、英国等同行专家的高度认可，奠定了宁夏在该领域研究的国内乃至国际重要地位。

首个卫健委重点实验室

"很多同行说，你这个国家重点实验室的主任比大学的校长更重要。"这时，姜怡邓的身份是宁夏医科大学国家卫生健康委代谢性心血管疾病研究重点实验室主任。

代谢性心血管疾病研究重点实验室是宁夏地区开展心血管疾病基础研究的科研机构，2019年由国家卫生健康委员会批准成立，是宁夏地区唯一的委省共建重点实验室，也是国家卫健委唯一在高校成立的重点实验室。它由成立于2008年的宁夏医学院校级实验室发展而来，主要聚焦于代谢性心血管疾病分子调控机制、靶向性治疗与预防方面的研究。通过合理有效地整合、共享优势资源，为开展区域高发代谢性心血管疾病的基础与临床研究搭建了科研平台，也成为地方院校人才培养的重要基地，成为引领宁夏、辐射周边地区的心血管疾病教学、科研、临床、人才培养与学术交流中心。

姜怡邓所带领的病理学与病理生理学学科已建设成为省级重点学科，博士、硕士学位授予点，被汤森路透评为最为活跃的学科领域之一。

"这源自我们十几年来在代谢性心血管疾病领域坚持不懈的努力，而且取得了令人瞩目的成绩。国内一流的设备、一流的技术人员，所有的研究方法和技术都能在我们实验室实施，可以说只要我们想搞一个研究，就没有搞不成的。"姜怡邓很自信。

姜怡邓认为，一个没有沉淀和文化的实验室是发展不好的。在他看来，代谢性心血管疾病研究重点实验室取得今天的成绩很不容易，凝聚了很多代几十个博士的心血。

"他们从全国各地求学归来，将先进的科研技术汇集于此。但是一两年后，这些技术可能就会被更先进的技术淘汰，这些博士便只能退出，这是非常残酷的。正是在这样快速的新陈代谢中，我们的实验室保持着旺盛的创新活力，也形成了深厚的积淀。现在全国各地的专家都很关注我们的研究，纷纷来找我们寻求合作。"

正因为有如此先进的管理理念和强大的科研平台，姜怡邓所带的学生都非常优秀。

基础研究这条路，他将永远走下去。

曹云娥
CAO YUN E

女，出生于1977年12月，博士研究生，现工作于宁夏大学农学院园林系，教授。一直致力于设施栽培与生理研究工作。作为主持人或主要人员，参加国家支撑计划、国家自然科学基金、宁夏回族自治区级多项重点研发项目、宁夏科技支撑计划项目以及各个市县的科技综合项目。研究并示范设施滴灌营养液土壤栽培、功能性堆肥及其浸提液高效利用技术；自主开发利用蚯蚓生物工程构建设施园艺全产业循环生态圈；围绕生物有机肥和有机水溶肥工艺优化和新产品开发，与宁夏多家龙头企业合作。

主持和参与国家级项目5项、省部级项目9项；发表SCI论文10多篇；授权发明专利6项、实用新型专利20多项，发布地方标准6项；获2016、2019年宁夏科技进步二等奖（排名第四、第五），2018年第十六届宁夏青年科技奖，2020年宁夏创新争先奖。转化专利及新技术12项，实现了相关产品的产业化生产。

曹云娥：
所有热情献给那片沃土

"土壤这个东西，普通人觉得它会把鞋子搞脏，衣服搞脏，手搞脏。但在我们眼里，它是有呼吸的，它通过里面的微生物和动植物，形成了一个有生命的体系。"

留着短发的曹云娥目光炯炯、语气铿锵，但是说到这里，她的语气突然柔和起来。

这也难怪，作为宁夏大学农学院从事园艺作物栽培生理研究的教授，这些年她一直在跟土壤打交道。她对土地有感情。

在曹云娥看来，农民对土地寄予的厚望是怎样施上化肥长出更多东西，他们想挣钱；科研工作者则希望把这片土地打造出生态系统，长出更健康的作物。"毕竟，谁不怀念小时候的味道呢？"

不懂农民的乐趣

"我经常意识不到自己是个女人。"曹云娥哈哈笑着，"你看这指甲，秃溜溜，昨天刚剪的。为啥？去地里抓完蚯蚓粪，里面全是泥，剪掉了才能洗干净。"

如果你认为她对农业有着天生的热爱，那就错了。

高考结束,曹云娥被录取到宁夏大学农学院,专业是林学。她并不喜欢这个专业,即便后来考上了本校的研究生,学了设施园艺,她的热情也不高。

直到有一回,她到地里像农民一样,把种番茄的所有流程认认真真干了一遍,起垄、播种、打药、除虫……当看到秧上红彤彤一片的时候,曹云娥觉得自己真的可以当好一个农民,也终于喜欢上了这个专业。

这成了曹云娥教导学生常举的例子。她告诉他们,要对自己有清晰的认知,首先得把自己看成一个农民,再进行专业上的探索,把所学的先进理念运用到实践中去,就一定能做出成绩。

在她看来,农业是生命与生命之间的对话。"当你全身心投入了,培养出更多健康的生命体,就会发现这是一件有意思的事情;如果你只是想拿更多项目和课题,想挣更多的钱,那就无趣了。"

靠着这份姗姗来迟的热爱,曹云娥一路迎头赶上。

她主持和参与国家级项目3项、省部级项目9项;以第一作者发表SCI论文10多篇;授权发明专利6项、实用新型专利20多项,发布地方标准6项;获宁夏科技进步二等奖、第十六届宁夏青年科技奖、宁夏创新争先奖……

曹云娥经常跟人开玩笑,说他们不懂农民的乐趣,更准确地讲,她认为自己享受的是"农民+科研"的乐趣。在这个思想的指引下,2011年她又考入中国农业大学园艺学院攻读蔬菜学博士学位,之后还到美国佛罗里达大学做了农业和环境友好型生产方向的博士后。

她感到庆幸的是,自己一毕业就加入了宁夏大学副校长李建设的科研团队。李校长是宁夏蔬菜园艺界首席专家,多年来一直从事蔬菜栽培、设施园艺、无土栽培的教学、科研工作。曹云娥跟着他进步很大,"就像上了高速"。

研究一款有机肥超十年

宁夏光照充足、热量丰富、冬无严寒、夏无酷暑、昼夜温差大，是农业农村部规划的黄土高原夏秋蔬菜生产优势区域和设施农业优势生产区。

近年来，宁夏将蔬菜产业确定为主导产业之一，坚持"冬菜北上、夏菜南下"战略，实施设施蔬菜、露地蔬菜、西甜瓜3个百万亩工程，产业发展迅速，70%的产品销往周边及南方省区，并成功进入俄罗斯、蒙古以及中亚地区等市场。

然而当前，宁夏全区蔬菜产业正处于从传统农业向现代农业发展的转型阶段，存在的问题比较突出，主要表现在粮食生产用地和蔬菜用地矛盾大，水资源紧缺，土壤连作障碍严重；主导产业不突出，产业链不完善，没有形成规模效益；设施装备水平差，生产效益较低等方面。

"所以我们必须以高品质求胜。"曹云娥所在的课题组有个共同坚持的方向，就是要把蔬菜产业做成高品质产业，让老百姓吃到更好的菜。

高品质的菜，必须有高品质的肥。很早意识到这点的曹云娥，硕士论文的内容就是用化学配方肥种菜。

"那个时候的农民，只要看着经济效益好，就一个劲地给作物打水打肥地催。本来这个东西成熟可能需要100天，但他恨不得一夜之间长成，你想还能是健康的吗？在这种情况下，我们提出了做化学配方肥的思路。"曹云娥说。

化学配方肥是什么？

她解释道："就是不添加任何激素的配方肥，让农民用最少的、最适合的量，种出产量高、品质好的菜。比如番茄，它今天要吃多少肥料，我就给它多少，一点儿都不会多。"

农民的认知需要改变，曹云娥和同事做了很多场培训，每年培训好几千人。

在这个过程中,她尝试利用有机材料替代化肥,在客观上减少化肥农药的用量。她的一个主要研究方向就是把秸秆、粪污等废弃物用蚯蚓快速降解,最终形成有机肥。

这是个一举多效的办法。有机废弃物用微生物和蚯蚓进行处理后,面源污染的问题解决了;科研人员把它变成有机肥,然后撒到地里,不会对土壤造成二次污染,土地也会更洁净。

正是这个有机肥,让曹云娥倾力研究了十余年。

愿做农业科研摆渡人

"有机肥让化学肥料的使用量降低了50%以上。"曹云娥指出,"从搞科研的角度来说,这是产业从一个节点走向了另一个节点。"

她的科研工作,也迎来了新机遇。

自2005年参加工作以来,曹云娥就积极响应国家"以有机肥替代化肥"的号召,致力于研究"功能性堆肥+堆肥浸提液""蚯蚓堆肥+蚯蚓肉体发酵液""蚯蚓+蔬菜立体种养""作物高光效及秸秆生物反应堆""功能性堆肥+养液土耕"5种园艺作物绿色、安全、有机生产模式,实现了从土壤到植株的有机立体营养供应。

随着土壤质量的改善,果实品质提高,曹云娥倡导的新模式目前已示范并推广10万余亩,新增产值8571万元,增收节支总额达9351万元,成果达到国内领先水平。

曹云娥性格爽朗，与她的学生肯定处得也像哥们儿一样吧？

谁知她连连摆手。"喜欢我的学生很怕我，不喜欢我的学生就更怕我了。"她顿了顿说，"轻松是做不成事情的，你只有不停地往前走，对自己严格要求，才能有所成就。"

一方面严格要求自己，一方面严格要求学生。

曹云娥认为，农业科学研究但凡想做出点儿成绩，是需要学生进行配合的，不可能老师站在讲台上，成果自己就跑来了。"这个时候跟学生的沟通就很重要，学生跟老师之间必然是一个紧密的互动结合体。"

她自主开发利用蚯蚓生物工程构建设施园艺全产业循环生态圈；围绕生物有机肥和有机水溶肥工艺优化和新产品开发，与宁夏多家龙头企业合作，加深了校企合作深度。每一个课题，都有学生广泛参与，他们跟她一样，收获了知识，更收获了梦想。

正是有像曹云娥这样的老师，在宁夏大学农学院，有60%以上的学生立志毕业后从事农业科研工作。

"大部分人都是从不了解到了解，再从喜欢到热爱，就跟我一样。在农业科研的路上，我愿意做这样的摆渡人。"曹云娥笑起来。

韩凤兰
HAN FENG LAN

女，出生于1964年8月，中共党员，大学本科，教授，现任北方民族大学材料科学与工程学院高分子系主任。主要从事工业副产物的资源化应用研究工作。围绕地方产业，紧盯工业固废，强化产学研合作，实现了科研成果转化，为宁夏地方经济发展提供技术支持。

主持或参与完成国家级项目11项、省部级项目12项、横向项目8项。正在主持宁夏回族自治区重大专项1项，参与重大专项2项。获得中国有色技术工艺科学技术三等奖1项、宁夏科技进步奖三等奖1项、宁夏气象局科学技术一等奖1项、2013—2015年度国家民委文明职工、宁夏"巾帼建功标兵"、宁夏创新争先奖等。

韩凤兰：
用科技力量变废为宝

在科研工作中，她紧盯宁夏发展实际，密切对接企业需求，在工业副产物循环利用领域实现了多项突破；在教学中，她将课堂搬到车间、田野，亲力亲为，用实践教会学生如何把论文写在大地上。

从事业单位研究所到北方民族大学，韩凤兰在时代改革的大潮中完成了身份的转变，但不变的是她热爱科研的初心。

从研究所到高校

离开温润的四川盆地回到风沙漫天的宁夏，24岁的韩凤兰竟然有点儿不适应了。

1986年，她从四川大学化学系毕业，被分配到宁夏新技术应用研究所。研究所创建于20世纪70年代，前身是宁夏技术物理研究所，隶属于宁夏科技厅。韩凤兰在这里从事大型仪器管理及材料循环利用的研究工作。

20世纪80年代末，伴随着我国科研体制改革，宁夏新技术研究所面临前途莫测、何去何从的困境。几经周折，2002年8月，研究所整体并入西北第二民族学院（现北方民族大学）。

这是北方民族大学专业建设中非常重要的一件事。

在技术所骨干力量的支撑下,学校新增了材料、生物、化工3个工科院系。之前学校学科建设比较单一,特别是材料科学、生命科学方面的专业设置尚属空白。就这样,作为技术所进入西北第二民族学院的骨干力量,韩凤兰成为材料科学与工程学院的一名教师。

"其实我大学毕业时,有机会到宁夏医学院当老师,但觉得自己比较内向,站到讲台上面对那么多学生讲课是比较困难的事。同时我非常喜欢研究工作,所以就选择了宁夏新技术应用研究所。"韩凤兰回忆道。

成为一名高校教师,韩凤兰有点自卑:非师范类学校毕业,学历也只是本科。她唯一能做的就是加倍地投入精力。"一节课是45分钟,但是我至少要付出8倍的时间去做教案、备课。那时候我女儿上初中,我俩晚上常常坐在一起学习。当然我也有优势,因为之前在研究所做分析测试工作,所以我的课理论和实践结合特别紧密,这一点学生和系里的老师都特别认可。"

在教学之余,韩凤兰依然坚持她喜欢的科研工作。

"2008年,宁夏惠冶镁业集团在发展中遇到困难,生产带来的大量工业固废污染大、处理难,希望我校能给他们提供解决方案。经过实验研究,我们解决了企业的难题。从此,我们进入工业固废处理领域。"韩凤兰说。

当发现实验室研究能够将工业固废消除甚至变废为宝时,韩凤兰将更多力量投入到工业固废处理领域,相继承接了多个省级、国家级重大项目。她所带的团队也在这个过程中日渐壮大。

她说:"我从小在盐池长大,见过风沙和盐碱地的危害,改善生态、造福一方百姓几乎是我们那个时代同龄人的梦想。"

在盐碱地里种庄稼

9月初,贺兰山下已有了秋意,玉米、水稻被染上一层秋天的黄。然而,宁夏农垦贺兰山农牧场有几块玉米地却异常鲜绿,让人有种此处还是盛夏的错觉。"我们发现,这里的土地温度比其他地方高2~3摄氏度。"韩凤兰开心地说。

这几块玉米地是近几年韩凤兰团队开展的"MH盐碱地改良新材料"项目的试验田之一。

粉煤灰是燃煤电厂排出的主要固体废物,主要来源于以煤粉为燃料的火电厂和城市集中供热锅炉。粉煤灰中未燃烧的有机物含碳量较高,易对环境造成污染。由于区域经济发展不平衡,粉煤灰主要堆存于宁夏、内蒙古、新疆等地。宁夏粉煤灰产量超过2000万吨。同时这些地区又处在干旱半干旱地区,土壤盐碱化严重,仅宁夏盐碱地面积就达260万亩,占耕地面积的40%,亟须土壤改良。

结合宁夏区域特点开展科技攻关,成了韩凤兰的执念。

2018年下半年,韩凤兰去北京参加一个研讨会,同样作为中国粉煤灰与煤矸石专委会的委员,她和中国科学院过程工程研究所研究员马淑花探讨用宁夏的粉煤灰解决宁夏盐碱地的问题,马淑花认为可行性很大。

很快,二人达成共识,在国内首次提出粉煤灰无害化和定向选择性活化后用于盐碱化土壤改良的新思路,即采用粉煤灰改性与多养分协同集成技术制备MH盐碱地改良新材料,开展盐碱地改良系统研究,修复盐碱土壤,并同步实现粉煤灰大宗消纳。

"我们在2018年年底就开始了研究,在实验室用花盆进行了小规模实验,对技术进行研判之后,2019年就到平罗翰泉海附近做了大田试验,只有44亩。"韩凤兰清楚地记得,"地上白花花的一层盐碱,踩上去就像水泥路面。"

这44亩试验田综合出苗率只有50%~60%,企业失望了,但是团队却受到很大鼓舞。"从实验室到试验田,我们做到了!"之后,团队重新对植物、土壤等进行参数测定,调整MH盐碱地改良新材料组分结构和用量,继续种植试验田,2020年出苗率达到90%以上。

2021年在宁夏农垦贺兰山农牧场,他们种了近1000亩水稻。10月10日,团队在金灿灿的稻田边举办了成果展示会,测试人员从种植面积340亩的试验田中随机取样,现场检验水稻生长情况。最终,未改良的对比田亩产248千克,加了3吨粉煤灰基改良材料的稻田,亩产则高达719.5千克。

"当显示出700千克的时候,我都不敢相信,当时觉得能超过500千克就不错了!"韩凤兰说。

这一突破性成果被媒体报道后,吸引来了宁夏区内外很多企业的目光。北京、新疆、内蒙古、甘肃等地的企业纷纷来试验田参观,寻求合作。

把论文写在大地上

"科研成果实现转化应用造福一方是我们科研人最大的梦想。虽然这项技术取得了突破性进展,但是推广起来却困难重重。"这是韩凤兰之前不曾想到的。

她说,一方面,企业需要大面积的盐碱地试验田,宁夏分散的田块很难满足;另一方面,当时政府主导的产业政策还没有形成,与投资商谈时很难达成合作。2021年,她与内蒙古2家企业谈合作,前期流程都走完了,卡在了技术转让费上,最后停止了合作。

"但是我们还是很有信心的,因为它确实是一个利国利民的好项目。"韩凤兰总结道。

让成果走出实验室,把论文写在大地上,更需要新生力量的参与。

"MH盐碱地改良新材料开发与应用"项目实施的几年,韩凤兰都把学生带在身边。"它涉及多个核心技术,包括粉煤灰中金属深度脱除、粉煤灰定向活化、盐碱土壤结构再造等,这些理论知识只有和实践结合才能被学生真正吸收消化。"

"粉煤灰基地质聚合物制备路面砖产业化示范技术""硅锰合金渣制备生态环境材料关键技术及示范"……韩凤兰先后主持或参与完成国家级项目11项,主持并完成宁夏回族自治区重大专项、支撑计划等省部级项目9项,以及宁夏教育厅项目2项。正在主持并参与重大专项2项、重点专项1项、与企业合作项目8项。她都通过各种方式让学生参与其中。

韩凤兰特别注重培养学生的实践能力和动手能力,她常利用节假日和实习环节,将课堂搬到田间地头,带领学生下基层,让学生获得的知识和理论用于实践。

"研究生长期跟着我们一起搞科研,他们学习认真、工作踏实,在参与实际科研的过程中成长很快,已经有多名毕业生考到了北京科技大学、中南大学、南京航空航天大学、上海大学等高校攻读博士学位。同时还为企业培养了很多技术骨干。"韩凤兰自豪地说。

现在,把科研做到车间,把论文写在大地上,成为北方民族大学培养创新型、实用型人才的有效途径。韩凤兰希望他们培养出来的学生能在科学研究、环境保护等方面有更大的作为!

遇 旻
YU MIN

女，出生于1965年6月，中共党员，教育管理学硕士，高级教师，特级教师，宁夏回族自治区塞上名师，现任银川市实验小学党委书记、校长。2013年4月获得宁夏回族自治区"优秀党务工作者"称号，2015年1月享受国务院特殊津贴，2019年被中华全国妇女联合会授予"全国巾帼建功标兵"称号。

2013年至今，开办阅一校区、阅二校区、永泰校区、滨河校区、阅三校区、阅四校区，之后又相继托管金凤校区、永宁三沙校区和金凤六街校区，形成10个校区的规模，成为宁夏最大的教育集团。培养出一支懂教育、善管理的学习型教师队伍。学校多年来赢得良好的办学效果和社会口碑。

遇旻：
在校园里播下科技的种子

亲切、优雅，这是宁夏回族自治区政协委员，银川市实验小学党委书记、校长遇旻给人的第一印象。

"要更加重视青年人才培养，努力造就一批具有世界影响力的顶尖科技人才，稳定支持一批创新团队，培养更多高素质技术技能人才、能工巧匠、大国工匠。"习近平总书记在中国科学院第二十次院士大会、中国工程院第十五次院士大会、中国科协第十次全国代表大会上的讲话深深刻在了遇旻心里。

在她看来，培养创新型人才是一项利国利民的伟大工程。国家科技创新的根本在人。对创新人才的教育培养，学校责任重大。

2002年年底，遇旻来到银川市实验小学工作。从副校长到校长，15年来，她秉承着"和谐文化立校，创新教育育人"的育人理念，带领教师团队走出一条科技强校的建校之路。

科技创新在学校落地生根

走进银川市实验小学阅海第一校区，首先进入眼帘的便是学校的科技创新楼，从1楼到4楼都有满满的科技感。尤其是4楼，每间教室都有高科技：AI工作坊里有"海绵城市""智能温室""火星探秘"的乐高拼装，学生们可以动手了解水循环、了解火星车模型；在虚拟现实创新教育实验室，配套了60个头戴设备，学生们戴上它可以在宇宙中畅游，探秘人体构造；在3D打印室，有5台3D打印机和1台激光雕刻打印机，学生们在这里可以将构思变成触手可及的实物，教室里随处可见学生们的作品，它们栩栩如生、细致入微……

一间间教室成为各种奇思妙想的孵化基地。

"在实验小学本部，学生创造的作品非常多。早在十几年前，我们学生制作的小发明就获得过国家专利。"遇旻说。事实上，这样的奇才在银川市实验小学集团并不少见，这一切源于学校良好的成长土壤和科技氛围。

遇旻认为，学校是开展科技教育的重要阵地，是培养学生实践创新能力的摇篮。很多年前，她就把科技的种子播撒到了学生心中，如今很多科技创新活动都深得全校师生喜爱。

比如已经连续举办了5届的校园科技节，即便是在2021年5月受疫情影响尚未复课的情况下，各校区各年级都启动了"云上科技节"。学校每年近30个门类的科技创新校本课程，涵盖机器人、编程、3D绘画、陶艺、航模、海模、无人机等，有效助推启智益学。学生在银川市、宁夏、全国科技创新类比赛中屡屡获奖。出版的《晨读晚诵小古文》《遇见二十四节气》教材，更是将传统文化与科技进行了完美结合。

不积跬步无以至千里。

"宁夏中小学创客教育基地""银川市首批科技特色校" "银川市名校

长工作室"……银川市实验小学身后的众多荣誉,是学校常态化开展科技创新教育的最好勋章。

校园里都是小创客

遇旻始终认为,小学阶段的教育对人的成长有十分重要的作用。面对银川市实验小学10个校区1.6万余小学生,如何用知识滋养他们的心灵,是她做校长十几年来不断思考的问题。

早在2002年年底她到银川市实验小学时,就开始大力提倡科技创新,这在今天看来是颇具前瞻性的。

为什么如此重视科技教育?遇旻娓娓道来:"我们的小学教育面对的是6~12岁的孩子,20年以后,这些孩子将步入社会,承担社会的责任、家庭的责任,要为民族、为国家付出。所以我认为教育应该前瞻,我们要站在创新的基础之上去规划学校的所有教育教学活动。"

作为创新教育的内容之一,她认为科技创新就是春风化雨、润物无声,科技教育不仅要教授学生科技知识,而且要激发学生的创新思维,磨砺意志力。

如何把科技创新教育落地,让更多学生参与其中呢?十几年来,遇旻不断变换抓手。

最初,她带领师生团队参加中国教育学会组织的全国创新素养大赛。这在当时是教育系统最高规格的大赛,他们的成绩一直名列前茅。为了组织比赛,当时学校每年都投入不少资金购买相关设备。后来,宁夏的科技部门组织的青少年科技创意活动逐渐多了起来,实验小学团队又成为各个赛场上的常客。近几年,宁夏倡导开展创新素养教育,遇旻又借助这个抓手建立了实验小学创新素养教育课程体系,使科技创造从课外走向课堂。

在这个过程中,学校不断丰富科技创新活动类型,努力做到人人喜欢、人人参与。

"每一个学生在学校的科普活动中都有所收获、有所感悟，有的同学因此产生了兴趣，确定了发展方向；有的学生则通过参与活动，充分体验科技创新的魅力与快乐，提高了动手和创新能力。"遇旻说。

打造一支复合型教师队伍

一系列科创活动的开展，不仅塑造了学生的健康人格，培养了优秀品质，而且带出了一支业务精湛的师资队伍。

只有创新型教师才能培养出具有创新精神的学生，这是遇旻的观念。

2007年起，学校把科技创新教育作为培养复合型教师、培养学生自主创新思维与能力的校本课程，每周三下午开设综合实践课。学校多次代表宁夏参加全国机器人大赛并取得佳绩，承办了全国中小学生创新素养大赛，在中国教育学会组织的全国中小学生创新素养大赛中多次荣获一等奖。

"当时主要是把美术老师和科学老师整合到一起，美术老师负责外观设计，科学老师负责声光电科技。"遇旻说。

十几年前，这2个学科在小学教育中还是边缘学科，为了激发教师的积极性和战斗力，遇旻让他们负责设计参加全国创新素养大赛的作品，让他们有机会走到全校师生的面前。

"每有重大赛事，教师和学生都是一起策划课题，这需要教师不断突破课本知识，进而达到创新的目的。曾经有一位美术老师收到了2次德国发明机构的项目研讨邀请。"遇旻欣慰地笑起来。

这一举措不仅培养出一批又一批一专多能的创新型教师，而且推出了许多骨干教师和凤城名师。目前，银川市实验小学的10个校区拥有宁夏、银川市各类人才、骨干教师60多人。

教育是要用心做的事业

天下难事，必做于易；天下大事，必做于细。一路走来，遇旻总结道："教育是需要用心去做的事业。不能大水漫灌，要用心浇灌。"

对于小学阶段的科学创新活动，看似简单，但是倾注了教师的很多心血。

2022年5月17日"国际博物馆日"前夕，实验小学举办了一堂"'小不点'游场馆 小眼'大视界'"的场馆课程，学生们借助网络和AR技术参观了陕西水利博物馆。这是2018年以来学校开展的场馆课程内容之一，不过因为疫情原因，由线下转移到了线上，学生们借助"云端"走进全国各地的博物馆。

"这次参观不是简单地进去看看就行了，对于宁夏的场馆，老师需要提前了解，然后给学生布置相应的学习内容。"遇旻介绍道。

2021年春节疫情居家学习期间，实验小学专门为各年级学生设计了居家科学小实验，教会学生如何制作实验用具，如何设计和开展实验，让学生和家长一起动手感受科学的乐趣。

现在很多小学都会组织跳蚤市场，实验小学将更多心思花在活动开展之前，他们只给每个学生2张购买券，培养学生资源节约、公平公正等理念。跳蚤市场涉及顾客、商家、城管等很多角色，学校让学生选一个角色，选好以后要对角色的特点和职责进行了解和学习，并在活动中进行实践。

所有这一切又回到了"创新教育育人"的起点。通过用心地做好每件小事，实验小学科技创新的意识越来越强。

"我们的孩子将来一定是拥有创新思维、掌握创新科技手段的人。这些要从大处着眼、细处用心，我们有责任让他们的将来不平凡。"遇旻说。

魏亦勤
WEI YI QIN

  出生于1962年11月，中共党员，农学硕士，为宁夏农林科学院农作物研究所研究员。2018年享受国务院特殊津贴。长期在农业科研和生产一线，致力于小麦新品种选育研究和新品种新技术推广应用工作，为宁夏优质粮食产业高质量发展和产业提质增效做出重要贡献。

  主持国家重点研发课题、宁夏回族自治区农业育种专项和小麦产业技术体系等重大项目。任国家和宁夏农作物品种审定委员会委员、国家小麦改良中心学术委员会委员、国家小麦产业技术体系银川综合试验站站长、宁夏优质粮食小麦产业专家组首席专家、宁夏小麦遗传育种与耕作栽培研究创新团队带头人等。育成通过国家、宁夏审定的小麦新品种10多个。获农业农村部科技进步三等奖1项，神农中华农业科技奖1项，宁夏科技进步三等奖3项、二等奖2项、一等奖1项。发布地方标准（规程）2项，获国家植物新品种保护权6项，获得成果登记10多项。执笔和参与发表论文百余篇，参编著作3部。

魏亦勤：
人勤了，庄稼才不会懒

宁夏农林科学院农作物研究所的同事都说，魏亦勤永远没有歇息的时候，家里人想见他一面都难，可山区的庄稼汉们倒是常能看到他。他们说，在宁夏，有关小麦的问题就问魏专家。

2018年，享受国务院特殊津贴的人员名单公布。有来自全国的约4000名专家学者及技术人员入选，其中有宁夏的28人，魏亦勤的名字位列其中。

机缘巧合，投身农业科研

魏亦勤出生于1962年，那时我国正遭遇3年自然灾害之后粮食严重短缺的困境。他的童年是在那个饥饿年代度过的。

正是有了这样的经历，魏亦勤从小就对粮食十分渴望，想象着长大后能天天吃上白面馍馍、干捞面。1979年参加高考后，他毫不犹豫地选择了宁夏农学院农学专业。

那是全国科学大会召开的第二年，我国迎来科学的春天，邓小平提出科学技术是第一生产力。魏亦勤暗下决心，一定要努力学习，将来做一名农业科学家，为筑牢我国粮食安全大坝贡献自己的力量。

1983年8月，他本科毕业后被分配到宁夏农林科学院农作物研究所，开启了农业科技创新之路。

彼时，宁夏各科研单位的人才正处于青黄不接的状态。因此，宁夏农林科学院对魏亦勤这批大学生非常重视，一方面让老同志多传授经验，另一方面大胆放手让他们干。

一段时间后，魏亦勤逐渐在单位挑起了大梁。为提升专业能力，他在参加工作的第十一个年头赴日本进修了半年，并于1997年考取西北农林科技大学小麦遗传育种专业的研究生。

经过长期坚持不懈地学习和研究探索，秉承"实践、认识、再实践、再认识"的科学规律，魏亦勤使宁夏小麦育种技术及新品种选育在西北地区居领先水平，取得了一批具有自主知识产权的科技成果。

7月的宁夏大地，广阔的麦田里，绿色日渐被金色代替，一场收获的盛宴即将到来。

宁夏农科院农作物研究所在综合示范基地举办了一场新品种现场观摩会，近百个种子经销商及种粮大户齐聚于此。原来，这是农作物研究所要通过小麦田间淘宝的方式选择适合当地播种的优良品种，为来年小麦生产做准备。

"举办品种观摩会是我们农业科技推广的一项重要措施。"魏亦勤说。

2017年以来，魏亦勤带领团队率先实现了宁夏自育小麦品种的企业转化，先后获得成果转化收益260万元，加快了科技创新和科技成果转化，有效地推动产学研结合、育繁推一体化现代种业建设与发展。

十年一种，多少辛酸往事

"十年磨一种"，这是魏亦勤常挂在嘴边的话。

小麦育种试验主要在田间进行。确定育种目标后，先选择种质资源作为亲本，然后进行杂交组合，组配后结的籽粒即为 F1 代。

每年，科研人员要进行上千次这样的组合试验，不断地挑、不断地配、不断地种。

"等到了 F7 或 F8 代，它的产量、抗病性等品质才能基本符合要求。"魏亦勤说。

出于气候原因，育种试验如果只在宁夏进行，需要 8~10 年的时间。为解决这一问题，从 20 世纪 80 年代中期开始，宁夏科研工作者便选择到云南省元谋县开展育种工作。

这就是人们常说的"南繁"。

9 月上中旬，他们将选好的材料拿到云南去种，来年 1 月上旬收回来再到宁夏种。如此，时间就能缩短一半。

上述工作完成后，科研人员挑选出 2~3 个品种参加品比试验。一两年后，再挑选好的参加宁夏区域试验，时间共计约 3 年。区域试验通过，一个小麦新品种就算被正式研发出来，可进入生产环节。

可以想象，研发一个小麦品种的过程该是多么艰辛。

"1989 年，孩子不到 1 岁，我当时在云南一待就是 4 个半月。那时条件差啊，一站一站地倒火车，两三天才能到。火车上还经常没座，只能一路站过去。而且为了节省经费，撒肥、割麦、脱粒、装袋这些活儿都是自己干。"魏亦勤回忆道。

即便条件这样艰苦，魏亦勤依旧坚持每年都去，如今也是如此。

这些年来，他紧紧围绕宁夏小麦产业存在的亟须解决的问题和关键技术需求开展技术研发，秉承求真务实和为产业发展服务的理念，坚持将论文写在大地上，写在田间地头，让科技成果成为产业增效、农民增收的技术法宝。

在魏亦勤看来，科研育种，没有最好，只有更好，必须投入百分之百的努力，才有可能育出满意的品种。

当然，生物学中充满了必然和偶然，可如果开始都不愿俯下身子做，又何谈之后的"侥幸"收获呢？

"这就是科学家精神。永远脚踏实地，永远追求创新，不掺杂半点儿功利世俗。这样的精神，也是现在很多年轻科研人员所欠缺的。"魏亦勤说。

培育后辈，提升团队水平

耕耘麦田多年，魏亦勤终于迎来自己的丰收季。

30多年来，他带领团队先后育成通过宁夏审定的宁春16号、宁春32号等多个春小麦品种，其中通过国家品种审定的有宁J210、宁2038、宁3015、宁春58等。多项科研成果获农业农村部科技进步三等奖1项，神农中华农业科技奖1项，宁夏科技进步三等奖3项、二等奖2项、一等奖1项。

2013年，宁夏回族自治区人民政府和科技厅以先行先试、高瞻远瞩的顶层设计思维，启动自治区农业特色优势产业育种专项。作为保障区域性粮食安全的重要口粮作物，小麦专项第一批实施。

魏亦勤被委以重任，成为专项首席专家。他和团队成员一起，在"十三五"期间开展小麦遗传育种等相关基础理论和优质高产、多抗广适新品种选育研究。

建立宁夏小麦种质精准鉴定评价技术体系，鉴定挖掘出一批优异种质，丰富和拓宽了宁夏小麦育种的遗传基础。

利用新种质和新技术，与常规育种结合，在宁夏、云南和海南"周年三地三代"穿梭选育，培育新品种11个。其中宁春55号、宁春61号突破早熟性与高产、优质的矛盾，熟期比宁春 4 号早 5~7 天；宁春 58 号最高亩产 710.49 千克，刷新宁夏春小麦高产纪录；宁春 56 号耐热耐旱性突出且产量潜力大，在减少灌水 30% 的条件下，比宁春 4 号增产 13.59%，水分利用率提高 13.72%。

如今，作为宁夏回族自治区和宁夏农林科学院小麦育种与栽培学科的学术带头人、团队领军人才，魏亦勤将主要精力放在了创新团队建设上。

2001 年以来，团队先后培养和引进博士 5 人、硕士近 10 人，主持申报、承建宁夏农作物育种中心、国家农作物小麦改良中心银川分中心、国家区域试验作物所试验站和宁夏农林科学院国家小麦育种创新基地等一批国家级及自治区级重大建设项目。

"我就是在前辈的帮助和鼓励下成长起来的，所以我也要这样做。"魏亦勤对年轻人的培养方式有 2 种：一是让其放手干，多给机会锻炼；二是自己多干多教，率先垂范。

一粒种子可以改变世界，靠的就是农业科技进步，而要提升育种的整体水平，必须发挥创新团队的引领作用。

"我现在带的这支团队就是后备力量，我要为宁夏小麦研究播下种子。"魏亦勤说。